Rudi Kost

Drei Vorhänge für Grock

Rudi Kost

Drei Vorhänge für Grock

Ein Baden-Württemberg-Krimi

Silberburg-Verlag

Rudi Kost, 1949 in Stuttgart geboren, ist gelernter Journalist und arbeitet seit langem als freier Autor und Herausgeber. Er hat Hörfunkfeatures und Hörspiele geschrieben, PC-Fachbücher, Reiseführer und vieles mehr. Er lebt bei Schwäbisch Hall.

Das Stuttgarter Staatstheater gibt es natürlich. Aber alles andere entspringt nur der kruden Fantasie des Autors. Großen Dank für hilfreiche Anmerkungen an Friedrich Schirmer, 1993 bis 2005 Intendant des Schauspiels der Staatstheater Stuttgart, jetzt Intendant der Württembergischen Landesbühne Esslingen, und an Marcus Grube, Chefdramaturg dortselbst. Ich habe mir die dichterische Freiheit genommen, manches zu ignorieren.

1. Auflage 2015

Umschlaggestaltung: Christoph Wöhler, Tübingen.
Coverfoto: © caracterdesign - iStockphoto.
Druck: CPI books, Leck.
Printed in Germany.

ISBN 978-3-8425-1431-7

I

Wieder mal holten sie den Grock aus dem Schlaf. Er hatte schwer geträumt, in seinem Kopf schwirrten Fetzen, die sich zu diffusen Bildern fügten, wieder auseinanderstoben und sich neu formten. Ein Scheinwerfer, wie ein Spot, geisterte herum und hob Dinge hervor, die er trotzdem nicht greifen konnte. Immer wieder ein Etwas, was beharrlich schnurrte, sich wieder beruhigte und dann von Neuem begann.

Irgendwann begriff er. Das Handy. Auf dem Nachttisch. Vibrationsalarm. Alarm!

Der Spot ging aus.

Grock krächzte nur. Ein Bildfetzen war hängengeblieben. Ein Frauenbein, schlank und wohlgeformt. Wo das wohl hingehörte?

»Na endlich!«, sagte Theresa Wimmer munter. »Ich habe es schon drei Mal versucht.«

Grock räusperte sich und hörte zu.

»Gut«, raspelte er. »Bin schon unterwegs.«

Von wegen! Er sah aufs Display. Viertel vor acht. Mühsam wälzte er sich aus dem Bett und schlurfte in die Küche. Es stank nach dem Essen vom Asiaten, das er sich gestern Abend mitgebracht hatte, Nummer siebenundzwanzig. Er war zu müde gewesen, die Reste wegzuwerfen. Nein, zu faul.

Er setzte Wasser auf und löffelte Kaffee in den Filter. Nachdem Lena die teure Kaffeemaschine mitgenommen hatte, war er wieder zur althergebrachten Methode zurückgekehrt. Er goss das kochende Wasser in dünnem Strahl auf das Pulver und sog den betörenden Duft ein. Üblicherweise saß er in begieriger Vorfreude daneben und lauschte geduldig, wie der Kaffee in die Kanne tröpfelte. Aber heute hatte er es eilig, er war ja schon unterwegs. Also ging er duschen, bis der Kaffee durchgelaufen war. Optimales Zeitmanagement.

Derweil steckte Theresa Wimmer das Handy zurück in die Tasche und schüttelte den Kopf.

»Ich fürchte, wir haben heute wieder einen verkaterten Chef«, sagte sie zu Dirk Petersen.

Von wegen! Es war noch keine drei Tage her, da hatte Grock einen Entschluss gefasst. Ich muss mein Leben ändern, hatte er sich gesagt. Nun, das sagte er jeden Morgen. Vielleicht wäre es auch schon längst dazu gekommen, wenn er gewusst hätte, wie sein geändertes Leben aussehen sollte. Chianti statt Trollinger? Ravioli statt Maultaschen? Das war doch keine Alternative!

Kommt Zeit, kommt Rat. Saudummes Sprichwort. Der Rat stand öfter auf dem Teppich, als ihm lieb war.

»Hat man schon ein Alkoholproblem, wenn man abends eine Flasche Trollinger trinkt?«, hatte er den verrückten Hans einmal gefragt.

»Ja«, hatte der geantwortet. »Aber wo ist das Problem?«

Grock hatte sich ein Desensibilisierungsprogramm zurechtgelegt. Nur noch zwei Viertele am Abend, mehr nicht. Eiserne Disziplin. Drei Tage schon. Er war stolz auf sich. Er war auf dem besten Weg, ein besserer Mensch zu werden.

Warum brummte ihm dann trotzdem jeden Morgen der Kopf? Deswegen?

Der Kaffee schwarz, dazu eine Schwarze, genüsslich gepafft. So viel Zeit musste sein. Es gab ja genügend Leute, die dafür sorgten, dass der Tote nicht davonlief.

Von Luginsland hinunter ins Neckartal, aber nicht auf die B 10, vor der Gaisburger Brücke gab es bestimmt wieder einen mordsmäßigen Stau. Stattdessen die Benzstraße. Schleichweg quasi.

Die Idee hatten auch andere.

Er stand die Talstraße hinauf, den Wagenburgtunnel hindurch. Er fluchte, ermahnte sich jedoch sogleich zur Gelassenheit, er wollte ja ein besserer Mensch werden. Drei Schwarze. Seit er den Wagen allein benutzte, gab es wenigstens niemanden mehr, der über den Gestank schimpfte. Seine Gedanken drifteten ab, wieder kam ihm dieses Frauenbein in den Sinn.

Theresa hatte ihm den Weg beschrieben, aber er verpasste die Abfahrt und musste mit der Kirche ums Dorf fahren, stand am Charlottenplatz wieder im Stau, stand mit den anderen die Konrad-Adenauer-Straße vor. Die vierte Schwarze. Sein Magen rebellierte.

Dann endlich die Oper. Hier rechts ab, vor zum Eckensee, wieder rechts, und dann siehst du das Aufgebot schon, Eingang Schauspielhaus.

Die guten Vorsätze halfen nichts, er war grantig, als er seinen Wagen zum Aufgebot hinzustellte und ausstieg. Er hätte seine Gedanken auf ein Frühstück richten sollen und nicht auf ein mysteriöses Frauenbein.

Einer der Uniformierten, genauso muffelig wie er, führte ihn wortlos durch ein Labyrinth von Gängen, dann standen sie auf der Bühne. Wuselige Geschäftigkeit von den Leuten in ihren Ganzkörperanzügen, die herumpinselten, Kärtchen mit Zahlen aufstellten oder sonst was taten. Wenigstens hatten sie diesmal gutes Licht. Es schien ihm, als seien es hunderte von Scheinwerfern, die alles in ein übergrelles Licht tauchten.

Der dicke Dirk Petersen fing ihn ab.

»Spät«, knurrte er.

»Stau«, knurrte Grock. »Was ist? Schlechte Laune?«

»Vor dem Frühstück immer.«

»Dann schick jemanden. Irgendwo wird es hier doch einen Bäcker oder eine Fressbude geben.«

»Das ist Missbrauch einer Amtsperson zu privaten Zwecken. Das übersteigt meine Kompetenz. Dazu braucht es einen Dezernatsleiter.«

»Nun schick schon jemanden!«

Theresa Wimmer kam auf sie zu, mit einem strahlenden Lächeln. »Männer! Denken immer nur an das eine. Ich organisiere das. Was hätten die Herren denn gerne?«

»Egal«, brummte Grock. »Nur nichts Fettiges.«

Theresa runzelte die Stirn. »Nichts Fettiges?«

Grock fühlte sich zu einer Erklärung genötigt. »Ich muss abnehmen.«

Theresa sah ihren hageren Chef an. »Abnehmen, so.« Sie gluckste und ging davon. Nichts Fettiges! Das deutete auf einen veritablen Kater hin. Allmählich kannte sie ihren Chef.

»Warum ist die so gut drauf? Um diese Zeit?«, wunderte sich Grock.

»Frag sie.«

»Hat sie einen Freund?«

»Frag sie.«

Mit einer Kopfbewegung wies Grock auf die männliche Gestalt, die mit dem Gesicht nach unten auf der Bühne lag. »Und?«

»Carlos«, sagte Dirk.

»Carlos wer?«

»Nur Carlos.«

Grock schaute irritiert.

»Künstlername«, erklärte Dirk Petersen. »Regisseur hier am Schauspielhaus. Starregisseur, um genau zu sein, was immer das zu bedeuten hat. Bürgerlich hieß er Rolf Meier.«

»Mit dem Namen wirst du kein Starregisseur, was immer das zu bedeuten hat«, sinnierte Grock.

»Grock ginge schon eher. Aber den Stefan musst du weglassen. Zu bieder.«

»Dann eben nur Grock. Grock, der Star.«

Ihre Leiche war ein großer, kräftiger Mann mit fusseligem Bart und zotteligen Haaren. Neben ihm lag etwas, was wie ein rotes Stirnband aussah.

Theresa kam zurück, mit leeren Händen. Grock und Dirk sahen sie hungrig und verärgert an.

»Ich habe einen der uniformierten Kollegen geschickt. Die stehen sowieso nur rum und langweilen sich.«

»Carlos«, sinnierte Grock. »Da denke ich an den Terroristen. Carlos, der Schakal.«

»Und ich an Don Carlos. Schiller«, erklärte Theresa. »Beides würde übrigens passen. Carlos, der Schakal, ist ein Zerstörer. Don Carlos ein Idealist, der gegen Konventionen aufbegehrt. So ähnlich könnte man unsere Leiche auch beschreiben.«

Grock war verblüfft. »Manchmal erschreckt mich dein Wissen, Theresa.«

»Alles nur geklaut«, sagte Theresa und hielt ihr Tablet hoch.

»Wer hat diesen Carlos gefunden?«, fragte Grock.

»Die Bühnenarbeiter. Gegen Viertel nach sieben. Bisher keine weiteren Erkenntnisse. Alle, die gestern Abend da waren, sind natürlich jetzt noch nicht im Haus.«

»Wo ist unser Leichenfledderer?«

»Unser geschätzter Doktor Rathgeb steckt auch im Stau. Aber er hat wenigstens angerufen.«

»Weshalb sind wir eigentlich hier?«

»Tragischer Unglücksfall, würde ich sagen«, meinte Dirk. »Das soll uns der Herr Doktor bestätigen, sobald er da ist. Danach können wir wieder heim ins warme Ehebett. Ich zumindest. Ich habe noch Überstunden abzufeiern.«

Ein Uniformierter kam und überreichte Theresa eine Tüte. »Ein Croissant für jeden.«

»Mehr nicht?«, fragte Dirk Petersen enttäuscht.

»Ihr wollt doch abnehmen, habe ich gehört«, sagte Theresa und klopfte auf Dirks Bauch.

»Ich nicht«, erklärte Dirk. »Ein Mann muss wissen, wann er den Kampf verloren hat.«

»Sieht das deine Frau genauso?«

Grock biss in sein Croissant. Noch ofenwarm. Und fettig.

Sofort kam ein Mann auf sie zugeschossen. Finkbeiner, Leiter der Spurensicherung. »Seid ihr verrückt? Esst gefälligst woanders! Ihr versaut mir sämtliche Spuren!«

»Der Chef persönlich!«, sagte Grock und biss noch einmal ab. »Wenn der Tote wüsste, welche Ehre ihm widerfährt.«

Finkbeiner war ein mürrischer Mann, der nie eine Miene verzog und sich ständig über die viele Arbeit beklagte, die ihm die Herren Kommissare zumuteten. Wahrscheinlich wurde man so, wenn das Leben aus DNA-Analysen, kleinsten Wollfetzen und unsichtbaren Blutspritzern bestand, aus hunderten von Spuren, von denen sich nur einige wenige als zielführend erwiesen.

Jetzt aber lächelte er. »Einmal auf der Bühne des Staatstheaters zu stehen, das lasse ich mir doch nicht entgehen.« Und fast verlegen fügte er hinzu: »Ich spiele selbst. In einer Laiengruppe.«

Grock war verblüfft. Da kannte man die Kollegen seit Jahren und wusste nichts von ihnen.

2

Auftritt Staatsanwaltschaft. Rainer »Den-Doktor-können-Sie-weglassen« Ströbel rauschte heran, im Schlepptau eine leidlich attraktive, aber verschüchtert wirkende junge Frau mit langen blonden Haaren.

»Was will der denn schon hier?«, brummte Grock unwillig.

»Der lässt sich doch keine große Bühne entgehen«, sagte Dirk.

»Meine Herren!«, rief Ströbel, die Dame geflissentlich übersehend, wofür Theresa eher dankbar denn beleidigt war.

Mit ausgebreiteten Armen kam er ihnen entgegen.

»Welche Tragödie! Ein unersetzlicher Verlust für das deutsche Theater! Carlos war ein Genie. Ich habe seine ›Medea‹ in Köln gesehen. Umwerfend, sage ich Ihnen, umwerfend! Der Fall hat absolute Priorität, Grock!«

»Vorerst ist es noch kein Fall«, sagte Grock unbeeindruckt.

»Wie bitte?« Ströbel schien in seinem Elan gebremst.

»Vorerst haben wir nur eine männliche Leiche«, erklärte Dirk Petersen, der jede Chance auskostete, Ströbel auflaufen zu lassen. »Sechsundvierzig Jahre alt, Todesursache unbekannt.«

»Ein ungeklärter Todesfall! Aber genau deswegen müssen wir tätig werden, das wissen Sie genau, Petersen. Was sagt denn Doktor Rathgeb?«

»Nichts.«

»Wieso nichts?«

»Weil er noch gar nicht da ist.«

»Um Himmels willen! Bei einem Fall mit dieser Brisanz dürfen wir uns keine Verzögerung erlauben, die ganze Welt blickt auf uns. Warum ist der Doktor Rathgeb noch nicht hier?«

Rathgeb schien hinter der Bühne auf sein Stichwort gewartet zu haben. Er schnaufte mit seinem Koffer herbei.

»Weil der Doktor Rathgeb in einem Stau gesteckt ist. Schicken Sie mir das nächste Mal einen Hubschrauber, wenn es so pressant ist. Und jetzt verschwindet, Kinder, alle miteinander, und lasst mich endlich meine Arbeit machen.«

Ströbel rannte auf der Bühne umher, schaute nach links und nach rechts und nach oben.

»Da!«, rief er und deutete mit dem Finger nach oben. »Der Schnürboden! Die Kulissenschieberei! Dort ist das Opfer hinuntergestürzt, glauben Sie mir. Finkbeiner, Sie müssen das alles untersuchen, diese ganzen Seile da.«

»Die Seile nennt man Züge, Herr Staatsanwalt.«

»Egal! Das muss alles untersucht werden. Alle Spuren müssen gesichert werden. Und Sie, Petersen, müssen alle hier im Haus befragen, alle, bis zur letzten Putzfrau.«

Petersen und Finkbeiner warfen sich einen Blick zu.

»Wir wissen, wie wir unsere Arbeit zu machen haben«, sagte Dirk nicht eben freundlich.

Finkbeiner winkte einen seiner Leute zu sich, flüsterte mit ihm. Der Mann grinste, verschwand und kam gleich darauf mit einem Paar Plastiküberzieher wieder.

»Herr Staatsanwalt!«, sagte Finkbeiner todernst, mit seinem üblichen mürrischen Gesicht. »Ziehen Sie bitte Ihre Schuhe aus!«

»Was?«

»Sie trampeln hier in unserem Tatort herum und haben viele Spuren hinterlassen. Wir müssen Abdrücke von Ihren Schuhen nehmen, damit wir Sie schon mal aus dem Kreis der Verdächtigen ausschließen können. Ziemlich viel Mehrarbeit für uns, aber was soll's, muss eben sein. Und machen Sie einen Termin im Präsidium aus, wegen der Fingerabdrücke. Auch die müssen wir ja ausschließen.«

Der Staatsanwalt lief puterrot an. »Das ist Schikane!«

»Nein«, sagte Finkbeiner gelassen. »Das ist Ermittlungsarbeit. Alle Spuren müssen gesichert werden. Ihre Anweisung.«

Er hielt ihm die Überzieher hin. »Aber Sie müssen ja nicht in Strümpfen herumlaufen.«

Was blieb Ströbel anderes übrig? Mit wütender Miene schlüpfte er aus seinen Schuhen, die Finkbeiner in einen Asservatenbeutel steckte und sorgsam beschriftete. »Kann ein paar Tage dauern, bis Sie die wiederbekommen. Sie sehen ja, viel zu tun.«

Ströbel zog sich die Überzieher an und schaute sich unbehaglich um. Niemand nahm Notiz von ihm, alle waren in ihre Arbeit vertieft. Er holte tief Luft. »Dann will ich mal nicht länger stören. Aber Sie halten mich auf dem Laufenden, Grock, unverzüglich!«

Er trat zu Rathgeb. »Wie sieht's aus, Herr Doktor Rathgeb?«

Rathgeb schaute zu ihm hoch und kratzte sich am Kopf. »Schwierig, schwierig! Ich kann noch nichts Genaues sagen. Aber wir sehen uns ja bei der Obduktion, nicht wahr, Herr Staatsanwalt? Ich gehe doch davon aus, dass Sie persönlich anwesend sein werden.«

»Äh … wenn es sich einrichten lässt«, stotterte Ströbel.

Es war allgemein bekannt, dass er in der Gerichtsmedizin zu einem kleinen Würstchen schrumpfte, weil ihm regelmäßig schlecht wurde. Wofür Grock volles Verständnis hatte, ihm ging es nicht anders.

»Aber ich bitte Sie, Herr Doktor Ströbel! Bei einem Fall mit dieser Brisanz!«

Abgang Staatsanwalt, die verschüchterte Dame zehn Schritte hinter ihm.

Grock, Petersen und Finkbeiner sahen sich an und grinsten.

»Finkbeiner, du bist mir so einer!«, sagte Grock. »Dass du nicht selbst lachen musstest!«

Finkbeiner zuckte mit den Achseln. »Auch als Amateurschauspieler lernt man so einiges.«

Grock schaute sich um. Doktor Rathgeb widmete sich wieder seiner Leiche, Finkbeiner scheuchte seine Leute umher.

Grock ging auf der Bühne vor bis zum Ende und schaute in den Zuschauerraum. Das also waren die Bretter, die für manche die Welt bedeuteten. Er hatte es sich gewaltiger vorgestellt, einschüchternder. Von hier aus wirkten die Zuschauerränge fast intim. Viel beeindruckender war, was sich hinter dem Bühnenportal befand, dort, wo die Leiche lag.

Trotzdem, wenn er hier stehen müsste, er würde keinen Satz herausbringen.

Er schloss die Augen.

Hinter sich hörte er Dialoge aus einem absurden Theaterstück.

Theresa: »Warum haben Sie nicht auch seinen schicken Designeranzug mitgenommen, Herr Finkbeiner?«

Dirk: »Du willst ja nur sehen, welche Unterhosen unser schneidiger Staatsanwalt trägt.«

Theresa: »Trunks von Calvin Klein, gelb mit schwarzem Bund.«

Finkbeiner: »Oh!«

Theresa: »Ich habe vor Kurzem zufällig gesehen, wie er die beim Breuninger gekauft hat. Dreierpack im Sonderangebot.«

Dirk: »Da ist doch die Frage: Was hast du bei den Männerunterhosen zu suchen?«

Theresa: »Meine neueste Masche, einen Kerl aufzureißen. Schau auf seine Unterhosen, und du weißt, was du kriegst.«

Nachdenkliches Schweigen zweier Männer.

Dirk (zögernd): »Trunks?«

Finkbeiner (ungläubig): »Gelb?«

Rathgeb (dröhnend): »Mehr Licht!«

Über den Zuschauerrängen ging eine Batterie von Scheinwerfern an, so grell, dass es sogar durch die geschlossenen Lider blendete. Grock öffnete die Augen und blickte in eine Wand aus Licht, nichts war mehr zu sehen von den Sitzreihen vor ihm.

Er versuchte sich vorzustellen, wie einem Schauspieler zumute war. Ganz allein auf sich gestellt stand er hier in einem Käfig aus Licht, der ihn vom Rest der Welt abschirmte und gleichzeitig erbarmungslos bloßstellte, und interpretierte einen Text, den er auswendig gelernt hatte.

Was war ihm denn aus Schulzeiten noch im Gedächtnis geblieben, als sie sich mit diesen langweiligen Klassikern abplagen mussten? Ein Textfetzen kam ihn in den Sinn, seine Herkunft so mysteriös wie das nächtliche Frauenbein. Er schloss wieder die Augen und bewegte lautlos die Lippen. Wär's möglich? Könnt' ich nicht mehr, wie ich wollte? Nicht mehr zurück, wie mir's beliebt?

Er stellte sich den Applaus des Publikums vor, und tatsächlich, er hörte Applaus.

Es war nur Petersen, der klatschte.

»Du würdest einen guten Faust abgeben.«

»Warum Faust?«, fragte Grock.

»Grüblerisch und auf der Suche nach dem, was die Welt im Innersten zusammenhält.«

»War das nicht der, der seine Seele dem Teufel verschrieben hat?«

»Ja.«

»Passt.«

»Komm, Rathgeb ist fertig«, sagte Petersen. »Die Lichtorgie war eine extra Inszenierung für dich. Das hat Finkbeiner organisiert.«

Grock wollte schon aufbrausen, doch dann sah er die leuchtenden, erwartungsvollen Augen Finkbeiners.

»Und?«, fragte der. »Wie ist es, so im Rampenlicht zu stehen?«

»Es ist ... eigenartig. Faszinierend und beängstigend zugleich. Ich kann's nicht genau benennen.«

»Man kann süchtig danach werden.«

»Du auch?«

»Irgendwie schon.«

»Sag mir Bescheid, wenn du wieder spielst. Du auf der Bühne, das muss ich sehen.«

»Am Freitag«, sagte Finkbeiner prompt. »Ich lasse dir eine Karte zukommen.«

So ernst hatte das Grock nun auch wieder nicht gemeint. Aber warum nicht? Den missmutigen Finkbeiner auf einer Theaterbühne konnte er sich nicht so recht vorstellen.

Rathgeb klatschte in die Hände. »Wenn die Herren die Güte hätten? Auf mich warten noch andere Leichen.«

Es war eigentlich klar, was passiert sein musste, aber Grock tat Rathgeb den Gefallen, damit der seine Show abziehen konnte, und fragte: »Und?«

»Das sieht doch jedes Kind«, antwortete der Arzt von oben herab. Dann stellte sich der kleine, korpulente Mann in Positur, ein Bein gestreckt, das andere leicht angewinkelt, eine Hand auf dem Bauch, die andere in die Höhe gereckt, und deklamierte: »Gefallen – gefallen – hinuntergefallen!«

Er grinste Grock an. »Ernst Jandl.«

»Muss man den kennen?«

»Du bist ein Kulturbanause, Grock!«

»Stimmt«, sagte Grock und schüttelte den Kopf. Hatte diese Theaterbühne eine besondere Ausstrahlung, die alle zu Kindereien animierte?

Rathgeb wurde wieder ernst. »Genickbruch durch einen Sturz. Und zwar von ziemlich weit oben. Ein paar andere Knochen haben auch was abgekriegt, aber das hat dann schon keine Rolle mehr gespielt.«

Grock sah nach oben. Sie waren hinter dem Portal der Bühne, es ging weit nach oben, zu weit für seinen Geschmack. Er zählte fünf Galerien … Laufstege … Rundgänge … was immer das auch waren. Das oberste … Ding … vielleicht in zehn, fünfzehn Metern Höhe oder auch mehr, er war schlecht im Schätzen.

»Gefallen oder geschubst?«, fragte er den Arzt.

»Soll ich deine Arbeit etwa auch noch machen?«, gab der zurück, gewohnt patzig.

»Rathgeb, du weißt, was ich meine. Ich habe heute nicht die Nerven, dir jedes Wort einzeln aus der Nase zu ziehen.«

»Schlecht geschlafen, der Herr?«, fragte Rathgeb.

»Herrgott, ja!«, blaffte Grock.

»Du bist heute wirklich nicht gut drauf, was?«, fragte Rathgeb und fuhr schnell fort: »Er hat keine über die Rübe gekriegt, wenn du das meinst. Und bevor du danach fragst: zwischen zwölf und zwei Uhr heute Nacht. Das kann ich im Moment nicht besser eingrenzen, diese Scheinwerfer erzeugen eine ganz schöne Hitze.«

»Wann bekomme ich's genauer?«, fragte Grock.

»Wenn es deine Laune hebt: am frühen Nachmittag.«

»Das ist ein Wort«, sagte Grock, einigermaßen verblüfft. Manchmal hatte schlechte Laune offenbar beschleunigende Wirkung. Das sollte er beim nächsten Seminar über Mitarbeiterführung mal zur Sprache bringen.

»Ich ziehe diesen Kunden vor«, sagte Rathgeb, »ich weiß doch, dass dir Ströbel im Nacken sitzt.«

Er wusste nicht, was ihm plötzlich die Stimmung so verhagelt hatte. Die unidentifizierbaren Traumreste? Dieses Theatermilieu hier, das ihm so fremd war wie sonst was? Der Staatsanwalt? Das schien ja ein Fall von einiger Prominenz zu werden, und Ströbel witterte die Chance für einen großen Auftritt. Er würde ihm keine Ruhe lassen, dessen war Grock sich sicher.

Rathgeb holte ihn aus seinen Gedanken.

»Schau mal her, Grock«, sagte er, ging ächzend auf die Knie und drehte den Kopf des Toten. »Siehst du das an seiner linken Wange?«

»Eine Folge des Sturzes?«

»Definitiv nicht. Dem hat einer die Fresse poliert, landläufig gesagt.«

»Könnte das die Ursache …«

»Nein, dafür sind die Hämatome zu weit ausgeprägt. Aber auch noch nicht vollständig, das heißt, das Ganze ist nicht allzu lange vor seinem Dahinscheiden passiert. Genaueres …«

»… am frühen Nachmittag, ja.«

»Wer kommt? Du ja bestimmt nicht.«

Grocks Aversion gegen die pflichtgemäße Anwesenheit bei Obduktionen war allgemein bekannt und akzeptiert.

»Mal sehen«, sagte er.

»Darf ich einen Wunsch äußern?«, fragte Rathgeb. »Theresa. Wir hatten da eine interessante Diskussion über maskuline Bekleidungsstücke, die ich bei der Gelegenheit gerne fortsetzen würde.«

»Verschone sie mit deinen schmutzigen Medizinerwitzen, Rathgeb!«

»Das wären in dem Fall eher Herrenwitze.«

»Noch schlimmer.«

»Im Ernst, sie kann viel lernen, und dieser Kunde sieht ja noch ganz appetitlich aus. Ich bin auch ganz brav, versprochen.«

»Mal sehen«, sagte Grock wieder.

»Ich rufe dich an, wenn ich so weit bin.«

Grock wandte sich dem Leiter der Spurensicherung zu. »Finkbeiner, deine Leute müssen dringend da rauf auf diese Gänge. Von irgendwo dort oben muss er gekommen sein.«

Finkbeiner zuckte ergeben mit den Schultern. »Wenn's sein muss. Wir haben ja sonst nichts zu tun. Aber das kann dauern.«

»Wie lange?«

Unbemerkt war ein Mann in Arbeitsklamotten zu ihnen getreten.

»Ralf König, Bühnenmeister, ich leite die Schicht«, stellte er sich vor und wiederholte: »Wie lange?«

Finkbeiner kratzte sich am Kopf. »Schwer zu sagen. Später Nachmittag wird's schon werden.«

»Das geht nicht«, erklärte König. »Wir müssen arbeiten.«

»Wir auch«, gab Finkbeiner gelassen zurück.

»Was arbeiten?«, fragte Grock.

Der Bühnenmeister deutete um sich. »Das Bühnenbild der Abendvorstellung abbauen. Das Bühnenbild der Probe aufbauen, die soll um elf Uhr beginnen. Die Probendeko abbauen, die Abendbühne aufbauen. Wir haben heute einen straffen Zeitplan.«

»Mit der Probe wird's schon mal nichts«, sagte Finkbeiner. »Und dann sehen wir weiter. Ich verstehe ja Ihr Problem, aber ich kann's wirklich nicht abschätzen.«

»Das ist eine Katastrophe!«

»Das war's für den Herrn Carlos auch.«

Grock wandte sich an den Bühnenmeister.

»Herr König, diese Laufstege ... Rundgänge ...« Wenn es dafür einen Fachbegriff gab, geruhte der Bühnenmeister nicht, diesen preiszugeben. »Wer kann da hoch?«

»Jeder.«

»Und wer geht normalerweise hoch?«

»Bühnentechniker. Beleuchter.«

»Regisseure auch?«

»Warum sollten sie?«

»Damit sie sich ihr geniales Werk von oben anschauen können.«

Der Bühnenmeister schüttelte verständnislos den Kopf. »Was hätten sie davon? Die Zuschauer sitzen da unten. So verrückt war nicht einmal der Carlos.«

»Und das will etwas heißen?«

Der Bühnenmeister schwieg. Vielsagend, wie Grock fand.

»Jedenfalls haben Sie erst einmal Pause. Machen Sie sich einen freien Tag.«

»Das muss ich mit der Theaterleitung besprechen«, sagte der Bühnenmeister.

»Gutes Stichwort. Wo finde ich die?«

»Ich bringe Sie hin«, sagte eine Stimme hinter ihm.

Andauernd materialisierten sich Menschen, die er bislang nicht wahrgenommen hatte. Als ob sie vom Himmel kämen. Vielleicht waren sie das auch, im Theater schien alles möglich. Wenn sogar der mürrische Finkbeiner ... Er sah nach oben auf eine verwirrende Technik. Stangen, an denen Kulissen hingen, Seile, Laufgänge, unendlich viele Scheinwerfer. Bestimmt, von dort oben kamen sie herabgeschwebt, die Menschen, die vor Grock Gestalt annahmen. Vielleicht auch ein toter Regisseur namens Carlos, nur dass der nicht geschwebt war.

»Finkbeiner, da ganz oben, wo dieses Zeugs hängt, da müsst ihr …«

»Der Schnürboden mit den Zügen. Prospektzüge, Punktzüge. Keine Sorge, Grock, wir suchen überall, ich bin schließlich Profi, ich kenne mich aus.«

Finkbeiner lächelte. Eigenartig, sobald es ums Theater ging, trat ein anderer Finkbeiner zu Tage, als hätte er sich eine zweite Haut übergezogen. Oder abgestreift. Solch eine Bühne musste mit den Menschen etwas machen.

»Und ihr, Dirk, Theresa, ihr … Ach was!« Er winkte ab. Es war unnötig, weitere Anweisungen zu geben, seine Leute wussten, was sie zu tun hatten.

3

Der Mensch, der neu vom Himmel geschwebt war, stand derweil da und wartete, geduldig, träge, schicksalsergeben. Mitte dreißig, verwaschene Jeans, zerknittertes Jackett, zerknittertes Hemd, zerknitterte Frisur. Er war unrasiert und sah schläfrig drein, als hätte man ihn mitsamt seinen Kleidern aus dem Bett geholt.

»Können wir?«, fragte Grock.

Der Unrasierte nickte und ging voraus. Ein Gewirr von Gängen zu einem Aufzug.

»Peter Grigoleit«, stellte sich der Unrasierte vor, »ich bin der Produktionsdramaturg.«

»Was ist ein Produktionsdramaturg?«, fragte Grock.

»Pauschal gesagt: Ich stelle die Hintergrundinformationen für das Team zusammen, bin für das Programmheft verantwortlich und der Seelentröster bei der ganzen Produktion. Manchmal auch der Einpeitscher. Und permanent der Vermittler.«

»Was gibt es da zu vermitteln?«

»Eine Theaterinszenierung ist eine ziemlich aufwendige Sache, logistisch gesehen und auch emotional. Da prallen Meinungen aufeinander, da kommen Gefühle hoch. Besonders bei einer Produktion von Carlos.«

»Was ist an diesem Carlos so besonders?«

»Carlos ist – war eine, sagen wir mal: extreme Persönlichkeit. Ein Exzentriker. Ein Egoist. Mit wilden Fantasien, und gleichzeitig ein gnadenloser Perfektionist, der von seinen Mitarbeitern das Letzte fordert. Da gibt's schon mal Tränen, vor allem bei den Mädels.«

»Von welcher Produktion reden wir überhaupt?«, fragte Grock.

»›Hamlet‹«, sagte Grigoleit müde und fügte hinzu: »Von Shakespeare.«

»Ach?«, sagte Grock spöttisch. »Ich dachte, der sei auch von Goethe.«

Der Witz war dumm, und er kam auch nicht an; Grigoleit verzog keine Miene. Na gut, dachte Grock, spiele ich eben den ungebildeten Tölpel. Das war erfahrungsgemäß die beste Art, andere zu unbedachten Äußerungen zu verleiten.

»Übrigens, was Ihr Kollege von Carlos in Köln gesehen haben will, war nicht die ›Medea‹ von Euripides, sondern ›Antigone‹ von Sophokles.«

»Aha«, sagte Grock.

»Nur so fürs Protokoll. Können Sie ihm ja bei Gelegenheit unter die Nase reiben.«

Waren seine Aversionen gegen den Staatsanwalt so deutlich zu bemerken gewesen? Oder hatten Theaterleute besondere Antennen dafür?

Mittlerweile waren sie oben, Grock hatte gar nicht darauf geachtet, in welchem Stock. Wieder ein Gewirr von Gängen, ein Zimmer.

Ein Mensch, nicht vom Himmel geschwebt, sondern hinter einem Schreibtisch aufspringend.

»Ich bin informiert. Sie haben meine Bühne sperren lassen. So geht das aber nicht! Wir haben Proben, wir haben Vorstellung.«

»Und ich habe eine Leiche«, entgegnete Grock gleichmütig und absichtsvoll. »Der Verstorbene« klang beschönigend, »der Tote« nüchtern, das Wort »Leiche« aber hatte einen Beigeschmack.

Der Mensch setzte sich.

Wolfgang Beil, Intendant.

Grock wusste nicht, was er sich unter einem Theaterintendanten vorzustellen hatte, vielleicht so etwas wie er, mit Pferdeschwanz und leicht speckiger Lederjacke, jedenfalls keinen Mann im modischen Dreiteiler hinter einem aufgeräumten Schreibtisch.

Grock fühlte sich an Staatsanwalt Ströbel erinnert und war sofort voreingenommen.

Wie aus dem Ei gepellt. Nur die perfekt geföhnte Löwenmähne verbreitete einen Hauch von Extravaganz. Ungefähr sein Alter, Mitte fünfzig, frisch rasiert, teures Aftershave, scharfe Gesichtszüge und Leidensmiene. Leichte Schatten unter den Augen.

Der Intendant deutete auf einen Stuhl vor seinem Schreibtisch. Grock indes, der beim Eintreten gewohnheitsmäßig den Raum einer raschen Prüfung unterzogen hatte, ignorierte den Wink und steuerte auf eine Sitzgruppe in der Ecke zu. Befriedigt nahm er zur Kenntnis, dass ihm der Intendant nach kurzem Zögern folgte. Auch Peter Grigoleit, der Produktionsdramaturg, setzte sich hinzu sowie ein anderer Mann, den Grock bisher nicht wahrgenommen hatte.

»Michael Bussig, mein Chefdramaturg und Stellvertreter«, stellte der Intendant vor. Und im gleichen Atemzug, mit weit ausholender Geste: »Eine Katastrophe, eine einzige Katastrophe! Ich bin fassungslos! Erschüttert! Ein unersetzlicher Verlust, Sie können gar nicht ahnen, wie unersetzlich!«

Grock hätte ihm gerne aus jahrelanger Erfahrung und voller Überzeugung gesagt, dass jeder Mensch unersetzlich war, aber er schwieg.

»Mein Gott, dieser ›Hamlet‹ wird das Theater revolutionieren. Das ist ein Ereignis, ein Event sondergleichen, Sie haben ja die Plakate gesehen.«

Plakate? Grock konnte sich an zwei Plakate erinnern, die ihm in letzter Zeit aufgefallen waren. Das eine warb mit einem markigen Spruch für ein Automodell, das er sich nicht leisten konnte und das er deshalb blöd fand. Das andere zeigte eine junge nackte Frau von hinten, die sich mit einem neckischen Lächeln halb zu dem Betrachter umwandte. Schöne Beine, schöner Hintern, schöner Busen. Auf den Text hatte er nicht geachtet, nur auf einen perfekten Körper, der so in natura gar nicht vorkommen konnte; wahrscheinlich eine Reklame für Dessous. Aber das hatte der Intendant bestimmt nicht gemeint.

Grock überlegte sich eine unverfängliche Antwort, aber das war gar nicht nötig, dem Intendanten schien seine Reaktion herzlich gleichgültig, er rang die Hände und schüttelte die Löwenmähne.

»Carlos war ein Genie. Ohne ihn ist das deutsche Theater ein ganzes Stück ärmer. Ach was, das Theater! Die Welt!«

Der Intendant übte wohl für seinen Nachruf, deshalb unterbrach ihn Grock: »Dieser Carlos war also Regisseur an Ihrem Haus und inszenierte den ›Hamlet‹?«

Bussig erläuterte knapp: »Carlos arbeitete als Gastregisseur mal bei diesem, mal bei jenem Theater. Letzte Saison hat er für uns ›Richard III.‹ gemacht, diese Saison den ›Hamlet‹. Am Samstag ist Premiere.«

Grock schätzte Bussig auf Mitte vierzig. Er war leger gekleidet und wirkte unauffällig. Bemerkenswert allerdings war ein Paar braune Augen, die schon alles gesehen zu haben schienen, die nichts mehr überraschen konnte. Im Gegensatz zu dem hyperaktiven Intendanten wirkte er gelassen und nüchtern und in sich ruhend. Um seinen Mund war ein Zug, der Grock ironisch vorkam.

»Und? Werden Sie die Premiere absagen?«

»Um Himmels willen«, rief der Intendant, »natürlich nicht! Die ganze Welt wartet auf diese Inszenierung! Jetzt erst recht! Dieser ›Hamlet‹ ist ja jetzt so etwas wie das Vermächtnis des Künstlers Carlos.«

»Geht denn das, eine Premiere, wenn der Regisseur tot ist?«, fragte Grock skeptisch.

Wieder Bussig: »In diesem Stadium, ein paar Tage vor der Premiere, steht alles. Was jetzt noch passiert, ist Feinarbeit und sind die technischen Durchläufe.«

Weil Grock etwas verständnislos guckte, ergänzte er: »Damit das Licht stimmt, die Musik richtig einsetzt, die richtigen Bühnenbildelemente zum richtigen Zeitpunkt kommen – mal etwas vereinfacht ausgedrückt.«

»Und wer wird diese Feinarbeit leiten?«, fragte Grock.

Bussig und der Intendant warfen sich einen Blick zu, ehe Bussig etwas zögernd antwortete: »Wohl Tobias Habich, Carlos' Assistent. Er ist mit Carlos' Konzeption am besten vertraut. Und die Theaterleitung wird natürlich ein Auge drauf haben.«

Grock wechselte das Thema.

»Wie es scheint«, sagte er, »ist Carlos von den Galerien oder vom Schnürboden gestürzt. Was hatte er da zu suchen?«

»Eigentlich nichts«, bekannte Bussig.

»Wir werden das nie erfahren«, sagte der Intendant düster und schüttelte sein Löwenhaupt. »Ein Unglücksfall. Tragisch, tragisch!«

»Können Sie mir schildern, was gestern Abend hier so alles los war?«

»Der übliche Betrieb«, sagte Bussig. »Wir hatten Vorstellung, und Carlos hat geprobt.«

»Auf der Bühne?«

»Natürlich nicht«, fuhr der Intendant gereizt dazwischen. »Wir hatten ja Vorstellung.«

»In einem Probenraum, Carlos wollte noch mal ein paar Details durchgehen. Die Probe ging von sechs bis etwa zehn«, sagte Bussig. »Ich war die ganze Zeit dabei, Wolfgang, also Herr Beil, zeitweise. Danach hatten wir, also Wolfgang und ich, noch ein Gespräch mit Carlos hier im Intendantenbüro. Bis kurz nach elf.«

»Worum ging es bei diesem Gespräch?«

»Wir haben über die Inszenierung gesprochen, wie wir das ständig tun.«

»Gab es irgendwelche Probleme?«

»Nein«, sagte der Intendant schnell.

Etwas zu schnell, fand Grock. Das war ein Punkt, den er sich merken musste. Aber im Moment ließ er es dabei bewenden und fragte stattdessen: »Ist Ihnen an Carlos in letzter Zeit etwas aufgefallen? War er anders als sonst?«

»Herr Kommissar«, sagte der Intendant etwas herablassend, »wir stehen gerade kurz vor der Premiere einer überaus wichtigen und anspruchsvollen Produktion. Da sind alle anders, da sind die Nerven bis aufs Äußerste gespannt, jeder ist nervös. Das ist eine absolute Ausnahmesituation!«

»Hatte Carlos Feinde?«

»Aber ich bitte Sie! Wieso hätte ein Mensch wie Carlos Feinde haben sollen? Kritiker ja, Neider natürlich, jede Menge, das ist nicht anders möglich bei einem Genie wie Carlos, das Zeichen setzt.«

»Hatte er Streit mit jemandem?«

»Es gibt immer Auseinandersetzungen, das kann auch gar nicht anders sein, künstlerische Auseinandersetzungen, bei der Arbeit an einem Stück kochen die Emotionen hoch, völlig selbstverständlich, das ist ja unser Beruf, wir erzeugen Emotionen, wir spielen mit ihnen, wir … Aber was hat das mit diesem tragischen Unfall zu tun?«

»Noch wissen wir nicht, ob es tatsächlich ein Unglücksfall war.«

»Was sollte es denn sonst sein? Mein Gott, Sie denken doch nicht ... Nein, das ist undenkbar. Völlig undenkbar. Nicht in meinem Haus, das geht nicht!«

»Vorerst ist das für uns ein Todesfall mit unbekannter Ursache, und wir ermitteln deshalb in alle Richtungen. Auch in die Richtung, die Ihnen so undenkbar erscheint, nämlich Mord. Ich brauche eine Liste von allen, die nach dreiundzwanzig Uhr hier im Haus waren. Und die bestellen Sie bitte hierher. Sie können uns doch bestimmt einen Raum für die Befragungen zur Verfügung stellen?«

Der Intendant stöhnte.

»Den Raum kriegen Sie«, sagte Bussig. »Aber das technische Personal von der Spätschicht gestern kommt normalerweise erst heute Nachmittag wieder, es wird also seine Zeit dauern, bis wir die aufgetrieben haben.«

»Kein Problem«, sagte Grock, »wir haben genügend zu tun. Aber bis zum Ende unserer Befragungen bleibt die Bühne auf alle Fälle gesperrt.«

Der Intendant vergrub sein Gesicht in den Händen und stellte seine Löwenmähne dekorativ zur Schau. »Eine Katastrophe!«, murmelte er. »Eine einzige Katastrophe! Das bringt alles völlig durcheinander!«

Der Theaterintendant neigte – nun ja, zur Theatralik, das hatte Grock gemerkt. Bussig schien das ausgleichende Gegenstück zu sein.

»Das Produktionsteam dürfte allmählich eintrudeln«, erklärte er ruhig. »Eigentlich hätten wir jetzt die zweite Hauptprobe, aber die muss ja wohl ausfallen. Das bringt uns ziemlich durcheinander, aber das kriegen wir schon hin. Peter, kümmerst du dich um die Liste?«

»Bringen Sie sie doch bitte gleich runter zu unseren Leuten«, bat Grock.

Der Unrasierte nickte, stand auf und verschwand im Vorzimmer.

»Da wir schon dabei sind: Wo waren Sie gestern Nacht zwischen 23 und drei Uhr?« Grock spannte den mutmaßlichen Todeszeitpunkt bewusst etwas weiter, obwohl er wusste, dass er sich auf Rathgebs Schätzung verlassen konnte.

Der Intendant fuhr auf.

»Was wollen Sie damit andeuten?«

»Nichts«, sagte Grock gelassen. »Reine Routinefrage.«

»Heißt das etwa, dass einer von uns etwas mit diesem … dieser Geschichte zu tun hat?«, fragte der Intendant sichtlich aufgebracht.

»Das wird sich zeigen«, sagte Grock. »Also nochmals: Wo waren Sie?«

»Zu Hause«, sagte der Intendant. »Ich bin gleich nach unserem Gespräch gegangen, also gegen elf.«

»Zeugen?«, fragte Grock.

Der Intendant druckste etwas herum. »Wenn es unbedingt sein muss.«

Grock schaute ihn schweigend an, amüsierte sich heimlich, und winkte ab.

»Und Sie, Herr Bussig?«

»Noch kurz in der Kantine, bis etwa halb zwölf, danach auch zu Hause.« Kurze Pause. Sanft lächelnd fuhr er dann fort: »Zeugin ist meine Frau. Aber sie hat schon geschlafen.«

»Wer war zu dieser Zeit sonst noch in der Kantine?«

»Oh Gott, die kriege ich nicht alle zusammen. Da war ein Kommen und Gehen. Ein Teil des ›Hamlet‹-Teams, manche von der Abendvorstellung.«

»Carlos auch?«

»Carlos auch.«

Grock stand auf und sagte förmlich: »Ich danke Ihnen für die Zeit, die Sie sich für mich genommen haben. Das wär's fürs Erste, ich möchte Sie nicht länger beanspruchen, Sie haben gewiss viel zu organisieren jetzt nach diesem tragischen Todesfall.«

Der Intendant fragte: »Wann kann ich denn nun die Bühne wieder benutzen?«

»Wir geben Ihnen natürlich umgehend Bescheid, aber so schnell wird's nicht gehen«, antwortete Grock.

Der Intendant stöhnte nur und sagte: »Sie finden doch bestimmt allein hinaus?«

»Ich fürchte nein«, bekannte Grock.

Bussig erhob sich. »Ich muss sowieso runter, mit dem ›Hamlet‹-Team reden.«

Der Intendant stöhnte abermals. »Ich komme auch gleich, ich muss mich erst noch sammeln.«

Bussig ging voraus. Im Aufzug sagte er: »Wolfgangs Zeugin ist eine unserer Dramaturginnen. Die beiden haben ein Verhältnis. Weiß aber eigentlich jeder.«

»Und warum macht er dann so ein Geheimnis daraus?«, fragte Grock.

Bussig zuckte mit den Schultern. »Vielleicht weil beide verheiratet sind. Auf dem Papier wenigstens.«

Sie hatten den Aufzug erreicht und fuhren nach unten.

»Wenn man dem Intendanten Glauben schenkt, war Carlos ein von allen geliebter Mensch«, sagte Grock. »Ich habe aber auch gehört, dass er recht schwierig gewesen sein soll.«

»Das sind Regisseure immer.«

»Intendanten auch?«

Bussig grinste. »Alle. Sogar Chefdramaturgen. Wir sind im Theater, Herr Kommissar. Das ist ein Hexenkessel. Unsere Arbeitsgrundlage sind Gefühle, große Gefühle. Und damit müssen wir nicht nur auf der Bühne umgehen. Man liebt sich, und man hasst sich. Heute so, morgen so und manchmal auch beides gleichzeitig. Man herzt und küsst sich und denkt dabei, was bist du doch für ein Arsch.«

»Sie sind zynisch.«

»Nüchtern. Das hilft beim Überleben. Sonst würde man verrückt werden. Oder depressiv.«

In einem Theater war offenbar nicht nur das Labyrinth der Gänge verwirrend. Grock wusste nicht, weshalb sie plötzlich wieder auf der Bühne standen.

»Hier sind wir«, sagte Bussig. »Ich muss jetzt in die Kantine, die geknickten Seelen aufrichten helfen. Ich nehme an, wir sehen uns dort?«

Theresa Wimmer hielt einige Zettel in der Hand und schüttelte den Kopf. »Du glaubst ja nicht, wer an einem Theaterabend alles beschäftigt ist. Bühnentechniker, Maskenbildner, Beleuchter, Garderobenfrauen, Inspizienten, Tontechniker, Requisiteure, Souffleusen. Ach ja, und ein paar Schauspieler auch.«

Der Unrasierte, dessen Namen Grock schon wieder vergessen hatte, stand neben ihr und nickte. »Ein Haus wie das Stuttgarter Staatstheater ist ein Großunternehmen. Wir haben über 1300 Beschäftigte. Alle, die laut Dienstplänen gestern Abend hier im Schauspielhaus zu tun hatten, sind informiert und dürften im Verlauf der nächsten Stunde eintrudeln. Ich weiß natürlich nicht, wer sonst noch im Haus war. Räume stehen bereit.«

»Schön, danke«, sagte Theresa.

Der Unrasierte sah sie mit schläfrigen Augen unverwandt an. »Ich muss jetzt in die Kantine, zu den Schauspielern. Aber wir sehen uns noch?«

»Sicher«, murmelte Theresa, in die Liste vertieft.

Der Unrasierte ging davon. Bevor er von der Bühne verschwand, drehte er sich noch einmal um und sah Theresa an. Grock, der die beiden beobachtet hatte, musste grinsen. Nun ja, Theresa war ein ansehnliches Mädchen, die einem schon den Kopf verdrehen konnte. Dann kam ihm ein Gedanke.

Er nahm Theresa die Liste aus der Hand und machte eine Kopfbewegung. »Da geht er hin, dein neuer Verehrer.«

»Der mit dem Schlafzimmerblick? Nein danke!«

»Nutze die Gunst der Stunde.«

Theresa begann, ärgerlich zu werden. »Willst du mich verkuppeln?«

»Rein beruflich. Los, hinterher!«

Jetzt hatte Theresa verstanden und war schon im Begriff loszurennen. »Wie heißt er noch gleich?«

»Ich hab's vergessen.«

»He, Sie!«, rief Theresa und rannte jetzt wirklich los.

Dirk Petersen grinste. »Eine Liebe, die mit ›He, Sie!‹ beginnt. Wie romantisch!«

Grock übergab ihm die Liste.

»Ich habe schon Verstärkung angefordert, sonst sitzen wir nächste Woche noch hier«, sagte Dirk. »Ich nehme an, das Übliche? Wer war wann wo? Wo war Carlos wann? Wer hat was beobachtet, gehört, gedacht?«

Grock nickte. »Und von allen die Fingerabdrücke. Damit Finkbeiner schön viel Vergleichsmaterial hat.«

Finkbeiner schaute säuerlich. »Spuren zu sichern ist das eine, die Auswertung das andere. Glaub ja nicht, dass du schnell greifbare Ergebnisse bekommst.«

»Weihnachten reicht völlig.«

Finkbeiner schüttelte den Kopf. »Du warst schon mal witziger. Übrigens glaube ich nicht, dass er vom Schnürboden kam. Ich tippe eher auf die Arbeitsgalerien, deshalb haben wir damit angefangen.«

»Ich will dir in deine Arbeit nicht hineinreden.«

Finkbeiner, in der Tat, lächelte. »Das würde dir auch nicht gelingen.« Durch die Theateratmosphäre schien er dauerhaft gelöster, obschon er mehr Arbeit als an sonstigen Tatorten hatte.

Tatort? Grock musste sich zur Besinnung rufen. Er durfte sich nicht voreilig festlegen, auch nicht in Gedanken.

»Habt ihr schon was, Finkbeiner?«, fragte Grock.

»Fingerabdrücke. Hunderte. Tausende. Logisch, jeder, der auf die Galerien geht, hält sich irgendwann mal am Geländer fest. Faserspuren, auch reichlich. Wenn unsere Leiche wenigstens eine schön blutende Wunde am Hinterkopf hätte!«

»Man kann nicht alles haben. Was habt ihr bei dem Toten gefunden?«

»Nichts Besonderes. Schlüsselbund, bisschen Geld in der Hosentasche, Zigaretten in der Jackentasche.«

Grock nickte. Was hatte er auch erwartet. Einen Zettel mit der Beschreibung dessen, was geschehen war? So eine Art Textbuch mit Regieanweisungen? Grock schüttelte den Gedanken weg. Nur weil er auf einer Theaterbühne stand, durfte seine Fantasie nicht Achterbahn fahren.

»Gebt mir die Schlüssel«, sagte er. »Ich will mir Carlos' Wohnung ansehen. Außerdem brauche ich Hintergrundinfos zu Carlos, damit ich mir ein Bild machen kann. So ein Theater scheint mir ein sehr seltsames Gebilde zu sein.«

»Theresa ist schon dran«, sagte Dirk. »Sie hat vorhin intensiv mit ihrem Tablet gespielt.«

»Gut. Dann gehen wir mal in die Kantine.«

Grocks Handy klingelte. Waltraud.

»Der Rat will dich sehen, sobald du wieder im Kommissariat bist«, sagte sie.

»Das wird aber spät werden, wir sind hier noch eine Weile beschäftigt.«

»Ich richte es seiner Hoheit aus.«

Grock legte auf. Ein Plauderstündchen mit dem Rat, das hatte ihm gerade noch gefehlt.

»Wo treibt sich eigentlich Toni rum?«, fragte er. »Ich habe ihn noch gar nicht gesehen.«

»Wie auch! Der hat Urlaub. Solltest du eigentlich wissen. Du hast ihn genehmigt.«

Jetzt fiel es ihm wieder ein, aber man konnte sich ja nicht alles merken, oder?

»Er muss sofort zurückkommen. Ich brauche ihn hier.«

»Nein. Der Junge braucht die Auszeit. Eine Familienangelegenheit.«

»Aber …«

»Nein«, sagte Dirk sehr entschieden.
»Welche Familienangelegenheit?«
»Das geht uns nichts an.«
Grock grollte, vor allem, weil Dirk recht hatte.
»Ich habe uns Ersatz besorgt«, sagte der. »Der Kollege Kinzig wird aushelfen. Er hält die Stellung im Büro.«
»Ausgerechnet Kinzig? Dieser Entenklemmer?«
»Man kann sich's nicht immer aussuchen.«
»Nun denn«, brummte Grock schicksalsergeben, »gehen wir in die Kantine und plaudern mit den Mimen.«
»Habt ihr's gut.« Finkbeiner seufzte. »Auf Augenhöhe mit den Schauspielern vom Staatstheater!«
»Das sind auch nur Menschen.«
»Aber keine normalen, du wirst sehen.«
»Wir bringen dir ein paar Autogramme mit.«
»Freikarten wären mir lieber.«
»Ach, übrigens, dieses andere Stück von Carlos …«
»›Richard III.‹«
»Hast du das gesehen?«
»Natürlich. Ich habe ein Premierenabo.«
»Und? Was sagt der Mann vom Fach dazu?«
»Na ja.« Pause. »Gewöhnungsbedürftig.«
Ein Bühnentechniker, wieder so einer, der plötzlich herangeschwebt kam, zeigte ihnen den Weg.

4

Die Kantine sah aus wie jede andere Kantine auch, ein lang gezogener Schlauch, praktisch, aber nicht gemütlich und schon gar nicht glamourös. Der Intendant schien eben seine Rede beendet zu haben, er stand ergriffen da, Tränen in den Augen.

Im Raum verstreut Frauen und Männer. Auch nur Menschen. Normale Menschen. Normal gekleidet. Unspektakulär, Kaffeebecher vor sich, still, manche verstört, andere stoisch. Die einzigen Tränen kamen vom Intendanten.

An einem Tisch sah er Theresa neben dem Unrasierten. Sie flüsterte ihm etwas ins Ohr, er flüsterte zurück. Herzliches Einvernehmen, wie es schien. Sein Schlafzimmerblick ruhte auf ihr.

Bussig erhob sich.

»Was passiert ist, ist tragisch. Aber wir stehen kurz vor der Premiere, und die wird auf jeden Fall stattfinden.«

Grock hatte jetzt aufmunternde Worte erwartet, ein Schulterklopfen und Wir-sind-die-Größten-Aufputschen wie vor einem Football-Spiel, aber nach wie vor sagte keiner ein Wort. Grock konnte in den Gesichtern nicht lesen. War es der Schock, der alle verstummen hatte lassen? Oder war es nur nüchterne Professionalität, wie bei Bussig?

Der fuhr fort: »Die Probe heute Morgen fällt aus, die Polizei hat die Bühne noch nicht freigegeben, und wahrscheinlich kann sie auch nicht nachgeholt werden, das Betriebsbüro klärt das gerade. Stellt euch schon mal darauf ein, dass wir dann morgen direkt in die Generalprobe gehen. Die Kripo wird euch ein paar Fragen stellen, das ist wohl nicht zu vermeiden, dazu kann euch Hauptkommissar Grock etwas sagen.«

Das war gemein. Grock konnte es nicht ausstehen, wenn man ihn ins Rampenlicht zerrte, dazuhin so unvorbereitet. Er hasste sowieso Auftritte in der Öffentlichkeit; als die Gabe der freien Rede verteilt wurde, war er wohl auf dem Klo gewesen, und er hatte keinen Text auswendig gelernt, den er jetzt rezitieren konnte wie ein Schauspieler auf der Bühne. Er warf Dirk einen hilfesuchenden Blick zu, der nickte ihm aufmunternd zu.

Der Schweiß brach ihm aus. Er stand auf, notgedrungen, und räusperte sich.

»Wir wissen noch nicht, was genau passiert ist. Deshalb werden meine Kollegen Sie … befragen eben. Wir möchten herausfinden, was gestern Abend geschehen ist. Wir müssen auch von Ihnen allen Fingerabdrücke nehmen, das ist reine Routine. Und dann haben wir … ja, auch sonst noch ein paar Fragen.«

Er atmete schwer und setzte sich wieder. Wahrscheinlich war er puterrot. Er ließ seinen Blick über die Menschen schweifen, ganz normale Menschen. Wahrscheinlich amüsierten sie sich über ihn, aber waren nur zu höflich, um es zu zeigen.

Bussig übernahm. »Wir treffen uns um vier Uhr wieder, bis dahin ist die Kripo ja hoffentlich fertig mit ihren Befragungen. Ich werde die Produktion gemeinsam mit Peter fortführen, Tobias wird wie gehabt weiter assistieren.«

Alle im Raum, von den Polizisten abgesehen, mussten Tobias ja wohl kennen. Und trotzdem wandten sich aller Augen reflexartig dem jungen Mann zu, auf dem Grocks Blick zufällig gerade ruhte.

Das also war Tobias Habich, der Assistent des Meisters. Groß, hager, schwarze Haare bis auf die Schultern, schwarze Hornbrille, schwarzes Sakko, schwarzes Hemd, schwarze Jeans. Es schien Grock, als sei sein ohnehin bleiches Gesicht gerade noch bleicher geworden, in seinen Augen blitzte etwas auf, das sofort wieder verschwand.

Grock bemerkte eine Spannung in ihm, als wolle er sofort aufspringen und davonlaufen. Aber er blieb sitzen, sackte etwas in sich zusammen. Die Theaterleitung schien ihre Meinung geändert zu haben. Gerade eben war noch die Rede davon gewesen, dass Tobias Habich die Produktion fortführen solle, und offensichtlich hatte er damit auch gerechnet.

»Das wär's dann fürs Erste«, sagte Bussig. »Peter, Tobias, kommt ihr bitte mit mir? Wir haben einiges zu besprechen. Herr Grock, sie stehen dann später zu Ihrer Verfügung.«

Der Intendant, der wie in Trance dagesessen hatte, ganz in einer anderen Welt versunken, sprang auf und eilte Bussig hinterher. »Michael, so war das aber nicht abgesprochen«, konnte Grock noch hören, bevor die vier entschwanden.

Habich drehte sich an der Tür noch einmal um.

»Hat übrigens jemand Carlos' Tasche gesehen? Er hatte sie gestern dabei, und jetzt ist sie weg.«

Kopfschütteln im Raum.

»Na ja, wird sich schon finden«, sagte Habich.

»Und in dem Fall bin ich der Erste, der sie sehen will«, sagte Grock.

»Das sind nur Notizen zur Produktion.«

»Egal. Wie sieht die Tasche aus?«

»Eine Umhängetasche aus schwarzem Leder. Schon etwas abgegriffen.« Habichs Antwort kam widerborstig.

»Gut. Die Tasche ist hiermit in Abwesenheit beschlagnahmt.«

»In Abwesenheit beschlagnahmt!«, gluckste Dirk. »Was dir immer alles einfällt!«

5

Grock schaute sich um und suchte sein erstes Opfer. An einem der hinteren Tische saß ganz allein eine Frau, hielt einen Becher in der einen und eine unangezündete Zigarette in der anderen Hand.

Grock setzte sich ihr gegenüber und stellte sich mit einem simplen »Stefan Grock, Hauptkommissar« vor. Unnötigerweise, wie ihm sogleich bewusst wurde, Bussig hatte ja seinen Namen genannt.

Die Frau schaute kurz auf: »Sabine Gronewoldt.«

»Schauspielerin, nehme ich an?«

»Sieht man mir das an?«

»Sind nicht alle hier im Raum Schauspieler?«

»Sind wir nicht alle Schauspieler? All the world's a stage, and all the men and women merely players – Die ganze Welt ist eine Bühne und alle Frauen und Männer bloße Spieler.«

Grock sah sie verständnislos an.

»Shakespeare. ›Wie es euch gefällt‹.«

»Ich fürchte, ich bin in diesen Dingen nicht so bewandert«, murmelte Grock.

»Ja, in diesem Raum sind auch Schauspieler, also Männer und Frauen, die irgendwann mal gemeint haben, das könnte ein interessanter Beruf werden. Aber wir sind nur eine kleine, zickige Minderheit unter Maskenbildnern, Beleuchtern, Technikern, Tonmeistern und so weiter.«

Sie mochte Anfang dreißig sein, war klein, nicht übermäßig schlank und keine Schönheit. Von ihr ging etwas aus, das Grock schwer fassen konnte, das ihn aber mit Wucht traf. Eine gebändigte Energie. Vielleicht auch Zorn. Verletzlichkeit.

Sie schaute ins Leere.

»Woran denken Sie?«, fragte Grock.

»Wie ekel, schal und flach und unersprießlich scheint mir das ganze Treiben dieser Welt«, antwortete sie.

»Shakespeare, nehme ich an?«

»Aus ›Hamlet‹. Nicht mein Text, aber trotzdem schön.«

»Können Sie den gesamten Text auswendig?«

»In Teilen. Ich muss doch wissen, wann mein Einsatz ist.«

Grock hätte viele Fragen gehabt, wenn er schon mal einer leibhaftigen Schauspielerin gegenübersaß. Zum Beispiel, wie man so viel Text auswendig lernt. Wie man sich in eine Rolle hineinversetzt. Ob sie Angst hatte, die Bühne zu betreten. Lauter solche Sachen. Aber jetzt war anderes wichtig, vielleicht ergab sich später eine Gelegenheit.

Sie hatte sich ihm zugewandt, und er schaute in irritierend graue Augen. Wenn sie Filmstar wäre, dachte er, dann allein dieser Augen wegen.

»Was spielen Sie?«, fragte er.

»Gertrude, Hamlets Mutter.«

»Sind Sie als Mutter nicht etwas zu jung?«, fragte Grock überrascht.

»Der Wille des Meisters. Er wird sich schon was gedacht haben dabei. Und sein Glanz fällt auf das elendigste Weib.«

»Auch Shakespeare?«

»Nein, Sabine Gronewoldt und deshalb auch nicht so gut. Aber trotzdem wahr. Hören Sie, können wir das Gespräch nicht vor der Tür fortsetzen?« Sie wedelte mit ihrer Zigarette. »Ich brauche dringend meine Dosis Nikotin.«

Grock fand das eine hervorragende Idee und wollte sich gerade erheben, als eine Dame hereingerauscht kam. Eine Dame. Hereingerauscht.

Die Frau war grell geschminkt, trug einen großen roten Hut mit breiter Krempe, einen roten Hosenanzug und rote, hochhackige Schuhe. Nichts davon war vom selben Rot, aber farblich raffiniert aufeinander abgestimmt.

Sie schlug sich die rechte Hand gegen die Brust, dort, wo das Herz saß, riss die andere Hand in die Höhe und rief mit tragender Stimme: »Mein Gott, Kinder, ist das entsetzlich! Ich habe eben erst davon gehört!«

»Wie immer zu spät«, murmelte Sabine Gronewoldt. »Damit's ein großer Auftritt wird.«

Die Frau ging von Tisch zu Tisch und verteilte Küsschen links, Küsschen rechts. Schließlich kam sie auch auf ihren Tisch zu und umarmte Sabine Gronewoldt. Küsschen links, Küsschen rechts.

»Ist das nicht entsetzlich!«, rief sie wiederum.

Sie schaute Grock an. Er bemerkte, dass sie nicht mehr so jung war, wie sie sich hergerichtet hatte.

»Wer ist das denn, Schätzchen? Dein neuer Verehrer?« Sie lachte ein zickiges Bühnenlachen.

»Mein Agent«, sagte Sabine trocken. »Ich habe ein Angebot von der Scala.«

»Von der Scala! Das ist ja fantastisch, Schätzchen!« Und wieder Küsschen links, Küsschen rechts. Sie rauschte davon, hielt aber nach ein paar Schritten inne, drehte sich um und fragte misstrauisch: »Von der Scala?«

Sabine grinste. Grock wusste dieses Grinsen nicht recht zu deuten: War es spöttisch, herablassend oder giftig?

»Die Scala …«, fing sie zu Grock gewandt an, aber der unterbrach sie.

»… ist die Mailänder Oper, ich weiß. Diesen Witz habe sogar ich Kulturbanause verstanden. Wer ist diese beeindruckende Dame?«

»Die Diva. Katty Lundy.«

Die Diva schwebte dahin und verteilte ihre Gunst nach allen Seiten.

Sabine Gronewoldt stand auf. »Gehen wir und frönen meinem Laster? Sonst verweigere ich jede weitere Aussage und verweise Sie auf meinen Anwalt. So sagt man das doch, oder? Ich habe in meinen Anfangsjahren mal in einem völlig bescheuerten Kriminalstück mitgespielt. Als dekorative Leiche.«

Grock folgte ihr durch gar nicht so viele Gänge hinaus ins Freie. Sie nickte den anderen Süchtigen zu, die draußen vor der Tür an ihren Zigaretten zogen. Grock gab ihr Feuer und holte seine eigene Schachtel hervor.

»Deshalb haben Sie so schnell nachgegeben«, sagte Sabine Gronewoldt. »Diese Schwarzen habe ich in meiner Jugend auch mal geraucht. Intellektuellenfluppen. Hat aber nichts genutzt.«

»Ich gebe die Hoffnung nicht auf.« Grock lächelte.

Zwei, drei Züge in stillem Einverständnis.

»Wer ist nun diese Diva?«, fragte Grock schließlich.

»Carlos' Muse.«

»Muse? In welcher Beziehung?«

»In jeder.«

»Sie meinen, Carlos hatte was mit ihr?«

»Ja. Unter anderem mit ihr. Aber mit ihr ganz besonders.«

»Dafür trägt sie seinen Tod aber mit Fassung«, bemerkte Grock.

»War wohl nicht mehr so eng in letzter Zeit«, sagte die Gronewoldt. »Im ›Hamlet‹ spielt sie übrigens die Ophelia.«

»Aha«, sagte Grock. Wenn diese Information etwas von Relevanz enthielt, war es ihm entgangen. Etwas anderes nicht. In der Stimme Sabine Gronewoldts war etwas gewesen, das ihn fragen ließ: »Sie mögen sie wohl nicht besonders?«

»Wir sind keine Busenfreundinnen, wenn Sie das meinen.«

»Warum?«

»Mögen Sie alle Menschen, mit denen Sie zusammenarbeiten müssen?«

Grock hätte auf Anhieb eine lange Liste mit Menschen erstellen können, bei denen das entschieden nicht der Fall war.

»Mochten Sie Carlos?«

»Gleiche Antwort.«

»Erklären Sie mir das.«

»Sie sind kein Theaterkenner, oder?«

»Ich bin, wie gesagt, ein Banause.«

»Carlos ist im Moment der Star in der Theaterszene. Er ist skandalös, er ist umstritten, aber die Theater balgen sich um ihn, und wo er inszeniert, kommen die Kritiker angerannt. Meistens zerreißen sie ihn in der Luft, aber egal, er ist in der Presse, und wir Schauspieler mit ihm.«

»Heißt das, dass sich auch die Schauspieler darum balgen, bei ihm mitspielen zu dürfen?«

»Sie haben das Spiel durchschaut. Und bei ›Hamlet‹ gibt's nun mal eigentlich nur zwei weibliche Rollen.«

»Eigentlich?«

»Vergessen Sie's. Großes künstlerisches Geheimnis.«

Ein Rätsel. Grock hörte Worte, aber verstand ihren Sinn nicht. Er hatte die leise Ahnung, dass ihm das noch öfter widerfahren würde.

»Warum höre ich bei allem, was Sie sagen, einen bitteren Unterton?«, fragte er.

Sie zündete sich eine weitere Zigarette an. »Hören Sie das?«

Beide schauten sich an. Grock hätte in diesen grauen Augen versinken können. Nur wusste Grock nicht, in welche Tiefen sie ihn führen würden.

Er riss sich zusammen. »Erzählen Sie mir von gestern Abend. Ich weiß von der Probe und Carlos' anschließendem Gespräch mit der Theaterleitung.«

»Was gibt's da viel zu erzählen? Wir haben eben geprobt.«

»Erklären Sie mir das Probensystem. Hauptprobe, Generalprobe, das habe ich alles schon mal gehört, aber ich weiß nichts damit anzufangen.«

»Erst kommen zwei Hauptproben, dann die Generalprobe, dann die Premiere. Die Generalprobe ist wie eine normale Vorstellung und läuft im Allgemeinen störungsfrei durch.«

»Und eine Generalprobe muss katastrophal sein, damit die Premiere gut wird, das weiß ich.«

»Haben Sie mal Schultheater gespielt?«

»Bewahre! Mit der Schauspielerei habe ich nichts am Hut.«

»Bei Ihrem Beruf? Das mit der Generalprobe ist ein alter Aberglaube, hat aber auch seinen Sinn. Wenn sie zu gut verläuft, ist man vielleicht zu euphorisch und hat bei der Premiere nicht die nötige Konzentration.«

»Was unterscheidet denn Generalprobe und Hauptprobe?«

»Die Hauptprobe ist auch ein Durchlauf wie die Generalprobe, allerdings wird da häufig noch eingegriffen und korrigiert. Die erste Hauptprobe hatten wir am Dienstag, die zweite wäre heute gewesen, aber das haben Sie ja nun verhindert.«

»Ist das schlimm?«

»Schlimmer! Sie bringen die gewohnten Abläufe durcheinander. Böses Omen. Wir Schauspieler sind tatsächlich abergläubisch.«

Sie lächelte ihn an. Er konnte nicht sagen, ob sie das ernst meinte oder ihn auf den Arm nahm.

»Was war dann das gestern für eine Probe?«

»Carlos wollte an einzelnen Szenen noch einmal arbeiten.«

»Wie war die Stimmung?«

»Konzentriert und angespannt.«

»Warum angespannt?«

»Lieber Herr Kommissar, wir stehen kurz vor der Premiere, da ist jeder angespannt.«

»Angespannter als sonst?«

Sie schaute ihn nachdenklich an. »Wenn ich mir's recht überlege, war Carlos nervöser als sonst. So fahrig irgendwie. Aber vielleicht bilde ich mir das nur ein. In diesem Stadium einer Produktion hat jeder mal mit den Belastungen zu kämpfen.«

»Wo waren Sie nach der Probe?«

»Aha, jetzt kommen also die Fragen, die uns die Polizei stellen will.«

»Auch wir Polizisten haben unsere Marotten. Wir hätten immer gern ein Alibi, das kennen Sie ja aus Ihrem Kriminalstück.«

»Kenne ich nicht. Als es um die Alibis ging, war ich schon tot und langweilte mich in der Kantine bis zum Schlussapplaus.«

»Wie schlägt man in so einem Fall die Zeit tot?«

»Lesen. Dösen. Die nächste Rolle lernen. Sich dumme Gedanken machen. Nach der Probe gestern war ich in der Kantine, wie die meisten.«

»Bis wann?«

»Bis halb zwölf oder zwölf, ich weiß nicht mehr genau. Ich habe nicht auf die Uhr geschaut.«

»Wer war noch in der Kantine zu dieser Zeit?«

»Sie fragen Sachen! Da müsste ich mal scharf nachdenken.«

Grock lächelte sie an. »Wenn's nicht zu viel Mühe macht.«

Sie nannte ein paar Namen, an die sie sich zu erinnern glaubte. Grock schrieb mit.

»Ohne Anspruch auf Vollständigkeit. Ich habe nicht darauf geachtet. Einige Kollegen von der Abendvorstellung kamen ja auch noch hinzu.«

»War Carlos auch noch da?«

»Keine Ahnung.«

»Wann haben Sie ihn das letzte Mal gesehen?«

»Weiß ich nicht mehr.«

Grock seufzte. Er hatte den leisen Verdacht, dass die anderen Zeugenbefragungen ähnliche Ergebnisse bringen würden. Etwas ungehalten brummelte er: »Sie wissen ja nicht gerade viel.«

Sabine Gronewoldt strahlte ihn mit Unschuldsmiene an: »Das nächste Mal mache ich mir Notizen und schaue auf die Uhr, versprochen.«

»Ist am gestrigen Abend irgendetwas Besonderes passiert, bei den Proben, in der Kantine, sonst wo.«

»Nein.«

»Erzählen Sie mir etwas über Carlos.«

Sie zündete sich eine weitere Zigarette an, und Grock hielt mit. Es sah so aus, als würde sie angestrengt nachdenken und ihre Worte wägen. Grock war sich sicher, dass sie überlegte, was sie sagen solle und was besser verschweigen.

»Carlos war ein Künstler. Wie wir alle Künstler sind.«

»Und was heißt das?«

»Aufgrund unseres Berufes stehen wir etwas außerhalb der üblichen Normen.«

»Und was heißt das?«, fragte Grock noch einmal. Ihn ärgerten diese Banalitäten.

»Carlos war exzentrisch, emotional, launisch. Er forderte seine Leute extrem, um das zu erreichen, was er sich vorstellte. Und er war sprunghaft. Manchmal kam er mit neuen Ideen an, die alles über den Haufen warfen, woran wir tagelang gearbeitet haben.«

»Also ein anstrengender Regisseur, wenn ich Sie recht verstehe.«

»Jeder Regisseur ist anstrengend«, sagte sie mit einer wegwerfenden Geste. »Jeder Regisseur ist ein Tyrann. Muss er wohl auch sein, sonst kann er diesen Sauhaufen nicht zusammenhalten. Carlos war's vielleicht noch ein bisschen mehr. Er war ja schließlich auch ein richtiges Genie.«

Wieder war Grock sich unschlüssig, ob diese letzte Bemerkung ernst, spöttisch oder zynisch gemeint war. »Haben Sie zum ersten Mal mit ihm gearbeitet?«

Sie schüttelte den Kopf.

»Ich bin auch bei ›Richard III.‹ mit dabei. Läuft übrigens noch. Falls Sie etwas für Ihre Bildung tun wollen.«

Ihr Lächeln war diesmal eindeutig spöttisch. Und herausfordernd zugleich. Er spielte das Spiel mit, was ihm nicht schwerfiel, und fragte: »Das ist mit dem blinden König, nicht wahr?«

»Nein«, korrigierte sie ihn, »das ist König Lear.«

Ihre Stimme klang herablassend, aber ihre Augen blitzten, als hätte sie sein Spiel durchschaut. Wieder spürte er eine untergründige Spannung, die er nicht einzuordnen vermochte.

»Den ›Lear‹ sollte Carlos übrigens nächste Saison machen. Tolles Stück. Mit interessanten Rollen.«

»Spielen Sie da auch mit?«

»Die Besetzung stand noch nicht.«

Täuschte sich Grock oder war da tatsächlich ein kurzes Zögern?

»Sie kannten Carlos demnach recht gut?«

»So gut man eben jemanden kennt, mit dem man wochenlang sehr eng zusammenarbeitet.«

»Hatte er Feinde?«

Sie zögerte mit ihrer Antwort.

»Ein Mensch wie Carlos macht sich nicht nur Freunde«, sagte sie schließlich.

»Das war nicht die Frage. Hat ihn möglicherweise jemand so gehasst, dass er ihn hätte umbringen können?«

Ihr plötzliches Erschrecken war nicht gespielt – oder zu gut gespielt. »Sie denken, es war Mord?«

»Ich denke überhaupt nichts. Ich suche nach Fakten, und ich kann derzeit keine Möglichkeit ausschließen.«

»Ja, ja, diesen Spruch kenne ich aus dem Kriminalstück. Der Kommissar war übrigens ein ganz Süßer. War's das jetzt?«

»Fürs Erste. Die Fingerabdrücke noch, das machen die Kollegen. Kann sein, dass sich noch Fragen ergeben.«

»Kenne ich auch. Krimiautor sollte man sein. Da kann man das halbe Stück mit den immer gleichen Phrasen füllen.«

»Ist das bei Shakespeare anders?«

Sie sah ihn, als käme er vom Mond. Was ja in dieser Hinsicht irgendwie auch stimmte.

Dann lächelte sie. »Wenn Sie noch Fragen haben – gerne. Es würde mich freuen«, sagte sie, und ihr Lächeln, bildete er sich ein, war nicht ironisch, sondern aufrichtig. Aber kenn sich einer aus mit Schauspielern!

6

In der Kantine sprach Theresa mit einem ausnehmend gut aussehenden und gut gebauten jungen Mann, Dirk mit der Frau, die Sabine Gronewoldt als die Diva bezeichnet hatte. Es schien ein herzliches Einvernehmen zu sein, die Diva lachte viel und legte immer wieder ihre Hand auf Dirks Arm. Bei Theresa schien es eher etwas schleppend zu verlaufen, der Schauspieler machte einen gelangweilten Eindruck, Theresa einen bemüht professionellen.

Grock winkte beide zu sich.

»Und?«, fragte Grock.

»Puh!«, stöhnte Dirk, dem der Schweiß auf der Stirn stand. »Sind Schauspieler eigentlich immer so oder nur die?«

»Keine Ahnung«, sagte Grock, »in diesem Milieu kenne ich mich nicht aus. Wie sind sie denn?«

»Überschwenglich. Übergriffig. Unendlich gefühlvoll. Diese Dame, mit der ich eben gesprochen habe, Katty Lundy, was natürlich nur ein Künstlername ist, aber den richtigen Name verrate ich Ihnen nicht, eine Frau muss doch ihre Geheimnisse haben, selbst vor der Polizei, Schätzchen hier, Schätzchen da, blablabla. Tut so, als wären wir vertrauensvolle Freunde und als wollte sie mich gleich ins Bett ziehen.«

»Nimm's als Kompliment.« Grock grinste.

»Danke für den Ratschlag. Aber wenn wir auf der Ebene bleiben, müsste unsere junge, gut aussehende Kollegin eigentlich ziemlich frustriert sein, weil ihr junger, gut aussehender Gesprächspartner so ganz offensichtlich desinteressiert schien. Nicht mal der Ansatz eines Flirts.«

Theresa grinste auch. »Ich glaube, da liegt eher ein grundsätzliches Problem vor. Der junge, gut aussehende Mann, der übrigens den Hamlet spielt und auf den Namen Karsten Skibba hört, hat es wohl nicht so mit Frauen.«

»Wenn ich unsere junge, gut aussehende Kollegin so anschaue, weiß er gar nicht, was ihm entgeht«, stichelte Dirk.

»Er wird's auch nie erfahren.«

»Jetzt bleibt mal auf dem Teppich«, mahnte Grock ärgerlich, dem diese Frotzeleien aus einem Grund, den er nicht hätte benennen können, plötzlich unangenehm waren. »Gibt es auch etwas Konkretes?«

»Wie einfach wäre doch das Leben, wenn jeder immer auf die Uhr schauen und alles genau registrieren würde, was um ihn herum passiert.« Dirk seufzte. »Bisher ist noch nicht klar, wer wann Carlos zum letzten Mal gesehen hat, da müssen wir noch die Befragung der anderen Mitarbeiter abwarten. Ansonsten ist das hier ein Hort des Friedens und der Freude, alle sind lieb zueinander und mögen sich ganz arg. Eine große, glückliche Familie.«

»Und von wem hat Carlos dann sein Veilchen?«

»Tja.«

Grock wandte sich an Theresa. »Was konnte dein schlafäugiger Verehrer beitragen?«

»Nichts. Über Nettigkeiten kamen wir nicht hinaus, da hat auch schon der Intendant seine ergreifende Rede gehalten.«

»Du solltest ihn ausfragen, nicht mit ihm flirten.«

»Ich muss doch erst mal Vertrauen aufbauen.«

Dirk wiegte skeptisch den Kopf. »Ist das nicht etwas grenzwertig? Der Kerl hat ein Auge auf dich geworfen, das ist offensichtlich, und du nutzt das aus.«

»Er weiß, wer ich bin und warum ich hier bin. Wo ist das Problem?«

»Dass er dich vielleicht manipuliert. Dass er dein Interesse in eine ganz bestimmte Richtung lenkt. Und ablenkt von einer anderen. Eine beiläufige Bemerkung, wie unabsichtlich dahingesagt, und du bist blind für etwas anderes.«

»Ich weiß, ich bin ja nicht blöd.«

»Du bist nur eine Jungkommissarin, die noch nicht ganz trocken hinter den Ohren ist.«

Grock hätte einschreiten können. Das war der Punkt, an dem die Frotzeleien leicht umschlagen konnten in persönliche Angriffe. Aber er wusste, worauf Dirk hinauswollte, und Theresa wusste das auch.

»Die Jungkommissarin hat vielleicht noch nicht so viel Erfahrung wie ihr alten Knacker, aber sie hat jedenfalls schon gemerkt, dass die große Theaterfamilie gar nicht so glücklich ist, wie es den Anschein hat. Da ist etwas faul im Staate Dänemark, wie es im ›Hamlet‹ so schön heißt.«

Dirk grinste. »Gut, wenn man eine gebildete Kollegin an seiner Seite hat. Und was ist faul?«

»Weiß ich noch nicht. Aber ich glaube, da sind untergründig gewaltige Animositäten vorhanden. Und ich glaube auch, dass die alle uns nur etwas vorspielen.«

»Wir sind im Theater, Schätzchen, da sollte dich das nicht wundern.«

Grock schaltete sich ein. »Irgendein Anhaltspunkt, der deine Vermutung stützt, Theresa?«

»Nein. Noch nicht. Nur so ein Gefühl.«

»Irgendetwas, was einen Hinweis darauf geben könnte, dass es kein Unfall war?«

»Nein. Noch nicht. Und nicht einmal ein Gefühl.«

Grock nickte. »Gut so, Theresa.«

»Also, erstes Fazit?«, fragte Dirk.

»Nix Gwieß woiß mr net«, sagte Grock, und das hatte sogar Dirk, der Hamburger, verstanden.

»Das wird dem Ströbel-Doktor aber gar nicht gefallen«, sagte er. »Unser geschätzter Staatsanwalt will schnelle Ergebnisse.«

Grock zuckte mit den Schultern. »Wird er sich wohl gedulden müssen. Dirk, du machst hier mit den Kollegen weiter …«

»Immer auf die kleinen Dicken«, maulte Dirk.

»Wie gut, dass es hier einen großen Dicken trifft.« Theresa lachte und knuffte ihn.

»Theresa und ich schauen uns bald mal Carlos' Wohnung an. Ich habe den Schlüssel, hast du die Adresse, Theresa?«

»Selbstverständlich, Chef.«

Grocks Handy klingelte.

»Ich wäre dann so weit, dass ich schnippeln kann«, sagte Rathgeb. »Schickst du dann Theresa vorbei?«

»Nein. Die brauche ich hier.«

»Aber das wäre eine gute Gelegenheit ...«

»Nein, Rathgeb, es geht nicht. Du musst dir deine Witze für eine andere Gelegenheit aufbewahren.«

»Wer kommt dann von euch?«

»Ich schicke dir den Kollegen Kinzig.«

»Diesen Paragraphenreiter? Was tut der denn bei euch?«

»Aushilfe. Gib mir bitte gleich Bescheid, wenn du etwas hast.«

»Kinzig! Der kann sich auf was gefasst machen, ich freu mich schon drauf.«

Grock wandte sich Theresa zu. »Ich habe dir gerade die Obduktion erspart. Bist du mir sehr böse?«

»Ich werde dir das bis an mein Lebensende nicht vergessen.«

»Dirk, du informierst Kinzig.«

»Mit dem allergrößten Vergnügen. Dem sein Gesicht bei der Obduktion würde ich gerne sehen.«

»Was habt ihr eigentlich immer mit diesem Kinzig?«, fragte Theresa.

»Du wirst ihn kennenlernen, Mädchen, und dann weißt du es. Kinzig ist ein überaus korrekter Mann, ein Pedant, der jede noch so abseitige Vorschrift kennt und darauf herumreitet. Der kann dir den Spaß so richtig verderben.«

»Noch was, Dirk. Mach dich mal schlau, wie man in dieses Gebäude hier kommt. Auch ungesehen, wenn man es darauf anlegt.«

»Sonst noch was? Mein Tag hat achtundvierzig Stunden.«

»Mir fällt unterwegs bestimmt noch einiges ein. Ich rufe an!«

»Keine Chance. Ich schalte mein Handy aus.«

»Siehst du jetzt ein, dass uns Toni fehlt?«

»Das Thema ist durch, Grock.«

7

Dirk saß in der Kantine, ignorierte die wenig freundlichen Blicke der Schauspieler, biss missmutig in ein Käsebrötchen, das auch schon bessere Tage gesehen hatte, und spülte es mit einem Schluck Cola hinunter. Cola war ganz schlecht für seine Energiebilanz, und er beschloss, diese Mahlzeit, die man eigentlich auch gar nicht als solche bezeichnen konnte, kalorienzählmäßig unter den Tisch fallen zu lassen. Extremsituationen erforderten besondere Maßnahmen, und dies war eine Extremsituation. Tage ohne anständiges Mittagessen waren verlorene Tage. Ein schwacher Trost war nur, dass es Grock in seiner rastlosen Art auch nicht anders erging und er jetzt mit einem Wecken in der Hand durch die Straßen hetzte.

Genauso missmutig wandte sich Dirk wieder dem Stapel an Berichten zu und versuchte, die Handschrift der Kollegen zu entziffern. Um Zeit zu sparen, hatten sie sich auf ein formloses Verfahren geeinigt. Nur Zeitangaben, Stichworte, offene Fragen.

Diese ganze Befragerei war öde und letztendlich fruchtlos, fürchtete er. Wie meistens. Aber sie ließ sich nicht umgehen. Es war der eine, der kleine Hinweis, der ihnen oft weiterhalf und den man nicht übersehen durfte. Stochern im Nebel, in der vagen Hoffnung, irgendwo einen Schemen zu sehen.

Finkbeiner setzte sich zu ihm, an einem Wurstbrötchen kauend. Seinem Gesichtsausdruck nach zu urteilen, war das Wurstbrötchen auch keine bessere Wahl, er sah noch mürrischer aus als sonst. Sofern das überhaupt möglich war.

»Seid ihr endlich fertig?«, fragte Dirk.

»Mit dieser Frage nerven mich die Theaterleute alle fünf Minuten, und jetzt fängst du auch noch damit an! Hat überhaupt jemand eine Ahnung, wie viele Spuren da zu sichern sind und wie lange das dauert?«

»Das war keine drängende Frage, sondern eher eine mitleidige. Damit wir uns gegenseitig bedauern können.«

»Dann sind wir wenigstens zwei. Auf der obersten Galerie haben wir Faserspuren gefunden, die höchstwahrscheinlich von Carlos' Hose stammen, das muss das Labor noch bestätigen. Aber das hilft uns auch nicht weiter, das war ja klar, von irgendwoher muss er ja gekommen sein, er ist ja nicht vom Himmel gefallen.«

»Warum eigentlich nicht? Ich war kürzlich mit meinen Kindern in Tarzan, diesem Musical, und der ist auch durch die Luft geschwebt.«

»Flugwerk«, sagte Finkbeiner fachmännisch. »Flugwerk nennt sich das. Hat jedes Theater.«

»Wäre doch eine Möglichkeit. Carlos schwingt sich durch die Lüfte und macht dabei den Abflug.«

Finkbeiner schüttelte den Kopf. »So einfach ist das nicht. Das kann er nicht allein machen. Das Flugwerk muss von jemandem bedient werden.«

»Und den müssen wir finden. Vielleicht ist etwas schiefgegangen und unseren Möchtegern-Tarzan hat's unabsichtlich zerbröselt, und der Bediener möchte das nicht zugeben, weil er daran schuld ist, vielleicht war es auch nicht erlaubt, vielleicht war es nur eine private Übung, deshalb mitten in der Nacht. Oder jemand hat ihn absichtlich ausgeklinkt.«

»Du hast eine blühende Fantasie. Ein Unfall … theoretisch möglich, sicher, aber unwahrscheinlich, solche Geräte werden laufend geprüft. Deine Mordthese kannst du dir abschminken. Ein Flugwerk hat keine Fernbedienung zum Ausklinken, das wäre viel zu gefährlich.«

»Aber man kann so ein Gerät doch manipulieren, oder?«

»Man kann alles. Aber wie passen die Faserspuren auf der Galerie dazu?«

»Weiß ich's? Auf alle Fälle ...«

»Ich weiß«, sagte Finkbeiner müde. »Wir werden auch das Flugwerk untersuchen.« Er griff zu seinem Handy und gab Anweisungen.

»Ich habe noch Hunger«, seufzte er dann. »Was sagt der Gourmet Dirk Petersen zum Käsebrötchen?«

»Durchgefallen.«

»Dachte ich mir. Dann hungere ich eben. Und selbst? Was gefunden?«

»Nach dem bisherigen Stand ist Carlos gegen zwölf in einem der vielen Gänge zum letzten Mal gesehen worden, Marschziel unbekannt, er könnte überall gewesen sein. Keiner hat eine Idee, was er zu nachtschlafender Zeit auf der Bühne zu suchen hatte, keiner kann sich vorstellen, dass ihm jemand an den Kragen wollte, aber nein, so etwas ist undenkbar. Auf gut Deutsch: Die mauern alle gewaltig.«

»So hat jeder sein Kreuz zu tragen. Meine Spuren reden wenigstens bereitwillig, wenn sie unterm Mikroskop liegen.«

»Übrigens wird Carlos' Tasche vermisst. Schwarzes Leder, abgegriffen. Habt ihr sie zufällig gefunden?«

»Haben wir nicht. Sollen wir jetzt auch noch das gesamte Theater durchsuchen?«

»War nur 'ne Frage.«

»War nur 'ne Antwort. Herrgott, wir haben genug zu tun. Ist die Tasche wichtig?«

»Glaube ich nicht. Nicht für uns. Notizen zur Inszenierung, haben sie gesagt.«

Auch wenn Finkbeiner ständig über zu viel Arbeit klagte, nahm er seine Aufgaben doch ernst. »Notizen zur Inszenierung, so. Wenn wir dann noch Zeit haben, können wir ja mal ...«

»Du willst ja nur gucken, wie die Profis arbeiten.«

»Vielleicht hat Carlos ja auch notiert, wer ihn umgebracht hat.«

»Wer spinnt hier jetzt ’rum? Finkbeiner, du hast etwas geistige Auffrischung nötig. Komm, ich lade dich zu einem Kaffee ein.«

»Nein danke, den kenne ich schon.«

8

Dank der unfreundlichen Hilfe eines dahergeschwebten Menschen fanden sie mühelos zum Ausgang. Grock zündete sich als Erstes eine Schwarze an und ging dann zielstrebig davon.

»Halt!«, rief Theresa. »Das ist die falsche Richtung. Zur Wohnung geht’s dort lang.«

»Aber der Schlemmermeyer ist in der Königstraße. Ich habe einen Mordshunger.«

»Ich auch. Aber ich weiß was Besseres. Außerdem liegt’s auf dem Weg.«

Grock schaute sie skeptisch an. Er war sich nicht sicher, ob ihr Geschmack kompatibel war.

Sie gingen an der Oper vorbei, als Grock plötzlich eine Idee hatte.

»Warte hier«, sagte er zu Theresa und eilte die große Treppe hinauf.

»Was willst du denn in der Oper?«, rief sie ihm hinterher.

»Theaterkarten kaufen.«

»Aber doch nicht hier! Die Kasse ist doch schon lange verlegt. Wann warst du denn das letzte Mal im Theater?«

Grock überlegte und ging die Stufen langsam wieder hinab. Einmal in der Schule in … was auch immer. Einmal mit Lena in … was auch immer. Jedenfalls hatte er’s ungenießbar gefunden. Grock hatte noch nie so recht verstanden, was jemanden dazu brachte, sich auf eine Bühne zu stellen und vor wildfremden Menschen zu tun, als sei er … wer auch immer. Zu brüllen, zu toben, sich auf dem Boden zu wälzen. Vorhin allerdings, als er selbst dort stand, in die Wand aus Licht blickte und sich eben das vorzustellen versuchte, hatte er eine leise Ahnung davon bekommen, was es bedeutete.

»Damals war die Kasse noch hier«, maulte er. »Und jetzt?«

»Drüben in der Passage. Aber weshalb willst du Karten kaufen? Ich habe doch jetzt beste Beziehungen. Was willst du dir denn anschauen?«

»Die andere Inszenierung von Carlos. ›Richard‹, du weißt schon.«

»›Richard III.‹ Geh schon mal vor.«

Während Grock dahinschlenderte, blieb sie stehen und suchte eine Nummer in ihrem Handy. Aha, schon eingespeichert, kombinierte Grock belustigt. Sie sprach so leise, dass er nichts verstand, und dann war er auch schon um die Ecke.

Bei der Unterführung, die sie unter der Verkehrsschneise der Konrad-Adenauer-Straße hindurch auf die andere Seite brachte, holte sie ihn ein.

»Alles klar. Heute Abend, zwanzig Uhr. Beste Plätze in der fünften Reihe.«

Theresa führte ihn zu einem … ja, wie sollte er es nennen? Einem Anbau der Staatsgalerie? Ein schwungvoller Bogen in Grün mit großen Scheiben. Hier war er noch nie gewesen, aber was kannte er schon außer ein paar gutbürgerlichen Kneipen mit ihren Rostbraten und Maultaschen, den Pizzaservice um die Ecke und diverse Wurst- und Döner-Buden.

»Was soll das hier? Das sieht nicht nach schnellem Essen aus«, grummelte er. »Wir haben keine Zeit, um ausgiebig zu tafeln.«

»Du brauchst was Anständiges im Magen, sonst kannst du nicht denken.«

Die Wahrheit war, dass Theresa selbst eine ausgiebige und vor allem magenschonende Pause nötig hatte. Sie war jetzt seit kurz nach sieben auf den Beinen, hatte nichts gegessen außer einem fetten Croissant, das ihr den Magen sauer gemacht hatte, und die Aussicht auf ein schlecht verdauliches Wurstbrötchen war nicht gerade erhebend.

Grock studierte die Speisekarte und riss die Augen auf, als er die Preise sah. »Die nehmen's auch von den Lebenden«, knurrte er.

»Aber es ist doch nett hier, oder?«

Grock brummte nur. Doch, ja, ganz nett, dieses kleine Bistro mit dem grünen Noppenfußboden. Irgendein bekannter Architekt hatte es im Zuge des Neubaus der Staatsgalerie entworfen, er kam nicht auf den Namen. Theresa würde es wissen, doch diese Blöße wollte er sich nicht geben.

»Denk dran, dass wir nachher unbedingt …«, fing er an, aber Theresa unterbrach ihn.

»Halt, Grock! Fünf Minuten Pause. Erst bestellen.«

Das indes war gar nicht so einfach. Er ging nach dem Eliminationsprinzip vor. Erst schied er aus, was er gar nicht kannte, dann, was ihm dubios vorkam, und das Vegetarische sowieso. Blieb nicht mehr viel. Spätzle mit Soße. Aber das war nur für Kinder. Er sollte sich an Bewährtes halten. Rostbraten gab es nicht, dafür ein Wiener Schnitzel. Wenn auch nur mit Bratkartoffeln. Zu einem Wiener Schnitzel gehörte nach seiner Überzeugung ein schlonziger Kartoffelsalat und sonst nichts. Bratkartoffeln passten zu Kutteln, aber die standen ja auch nicht auf der Speisekarte. Nun denn, auch ein Grock war ja durchaus zu Kompromissen fähig. Und zur Selbstdisziplin. Kein Trollinger, nur ein Wasser bitte, so schwer ihm das auch fiel.

»Noch was zu deinem Theaterabend«, sagte Theresa. »Kleiner Wermutstropfen: Du musst meine Begleitung ertragen.«

»Es gibt Schlimmeres. Woher weißt du als Neustuttgarterin eigentlich, wo die Theaterkasse ist?«

»Ein Mädchen allein in der großen Stadt muss sich ja irgendwie die Einsamkeit vertreiben.«

»Hast du auch Richard Dingsbums schon gesehen?«

»›Richard III.‹ Ja, habe ich.«

»Und?«

»Na ja. Eigenartig.«

»Und trotzdem willst du dir das noch mal antun?«

»Erstens verstehe ich beim zweiten Mal vielleicht besser, was der Regisseur uns damit sagen will. Zweitens sehe ich es bestimmt mit anderen Augen, nachdem ich einige der Schauspieler nun persönlich kenne. Drittens gibt uns das Stück ja vielleicht einen Hinweis auf unseren Fall. Und viertens habe ich danach noch ein Rendezvous. Sofern wir bis dahin unseren Fall noch nicht gelöst haben. Falls doch, muss ich mir noch überlegen, ob ich die Einladung annehme.«

Grock kämpfte mit sich, dann sagte er es doch. »Das ist jetzt der passende Moment für die Frage, die ich dir schon lange stellen wollte: Wie hast du dich denn mittlerweile in der Stadt eingelebt? Beziehungsmäßig und so?«

Sie rollte mit den Augen. »Frag nicht!«

»Ich frag doch.«

Eigentlich ging das Grock auch nichts an, doch sie wusste, das war nicht die Sorte Neugierde, die den Büroklatsch am Laufen hielt, sondern ehrliches Interesse. Als sie kürzlich neu zu Grocks Team gestoßen war, war der Anfang schwer gewesen. Aber sie hatten sich zusammengerauft, und auf seine brummige, direkte, deswegen manchmal auch brüskierende Art hatte er sie unter seine Fittiche genommen. Sorgte sich um sie. Fast wie ein Vater. Aber Väter waren auch anstrengend, gerade in ihrer Fürsorge, und Väter brauchten manches nicht zu wissen. Vieles nicht. Oder nicht so genau.

Sie seufzte. »In dieser Stadt herrscht ein akuter Mangel an interessanten Männern.«

»Du meinst, so gebildet, gutaussehend und charmant wie ich? Scheint sich ja jetzt gerade zu ändern.«

»Das ist rein beruflich.«

»Muss ja nicht dabei bleiben.«

»Abwarten.«

Theresa hatte für sich eine bunte Vorspeisenvariation gewählt. Das war für Grock schon deshalb nicht in Frage gekommen, weil er nicht wusste, was da auf ihn zukam. Aber er sah mit Neugierde auf ihren Teller. Als echter Vater hätte er gefragt, ob er von diesem und jenem mal probieren dürfte. Aber er war eben kein echter Vater.

»Was weißt du über ›Hamlet‹?«

Theresa zögerte. »Komisch. Von ›Hamlet‹ gehört hat wahrscheinlich jeder. Aber worum es da geht? Ich glaube, wir haben in der Schule mal was daraus gelesen. Auf Englisch. Aber so genau … Wozu gibt es Wikipedia und Tablets?«

Er legte ihr die Hand auf den Arm. »Nein. Nicht spicken. Allgemeinwissen.«

Theresa überlegte. »Hamlet ist irgendein Prinz. Sein Vater ist ermordet worden, und seine Mutter hat den Mörder geheiratet. Könnte sein, dass das sein Bruder war, also der Bruder von Hamlets Vater. Und Hamlet versucht, die Wahrheit herauszufinden.«

»Ein wunderbares Stück für eine Jungkommissarin von der Mordkommission.«

»Und Hamlet wird darüber verrückt oder tut nur so, das habe ich nie so richtig verstanden, aber seine Freundin, die Ophelia, die dreht wirklich durch. Also so ungefähr jedenfalls. Und am Ende sind alle tot. Aber das ist bei Shakespeare immer so.«

Theresa wusste mehr als er. Das war ja auch kein Wunder, bei ihm lag die Schulzeit viel länger zurück.

»Er wird dich ausfragen«, sagte er, und beiden war klar, dass damit nicht Hamlet gemeint war. »Was wir wissen. Was wir vermuten.«

»Natürlich. Und wenn er das tut, könnte das ein Hinweis darauf sein, dass er von einem Unfall nicht ganz überzeugt ist. Vielleicht nicht nur er nicht. Dass man im Theater durchaus auch eine andere Möglichkeit in Betracht zieht.«

Grock nickte nachdenklich. »Was glaubst du?«

»Noch gar nichts. Wir haben noch zu wenig in der Hand, in der einen oder anderen Richtung. Wir haben noch viel zu wenig Informationen.«

Grock starrte ins Nichts.

Theresa schwieg. Sie kannte mittlerweile diesen Gesichtsausdruck bei ihm. Dann war er unerreichbar für jeden.

Grock wurde das Gefühl nicht los, dass er hier Statist in einem Theaterstück war. Jeder spielte ihm etwas vor, sagte brav seinen Text und ließ sich nicht hinter die Kulissen schauen.

Sicher, das war nichts Neues, das war immer so, wenn sie Zeugen oder gar Verdächtige befragten. Jeder hatte schließlich etwas zu verbergen. Oder meinte es zumindest.

Aber hier hatte er es mit Profis zu tun. Bei normalen Menschen war meist sofort zu spüren, wenn sie sich zurückzogen oder flunkerten. Aber Schauspieler waren es gewohnt, sich zu verstellen und Gefühle vorzuspiegeln, die nicht die ihren waren.

Ihn überfiel plötzlich eine große Müdigkeit. Am liebsten würde er jetzt hier sitzen bleiben, seine Gedanken mäandern lassen, bis das Klappern von Besteck, das Klirren von Gläsern, die leisen Gespräche zu einer bloß noch sanften, einlullenden Geräuschkulisse wurden, bis die Gedanken sich auflösten und zu Bildern wurden, eine Gestalt, die zu Boden fiel, ein Mann im Rampenlicht, ein Frauenbein …

Aber es gab immer Spielverderber.

»Du bist schon wieder ganz weit weg«, sagte Theresa, und er schreckte hoch. »Wir müssen weiter, die Mittagspause ist zu Ende.«

Grock holte sich mühsam wieder zurück. »Das war keine Mittagspause, das war ein Arbeitsgespräch«, murmelte er.

Als die Rechnung kam, war er wieder voll da. »Ein Leberkäsweckle wäre billiger gewesen«, grummelte er. Trotzdem zahlte er für beide.

»Womit habe ich das verdient?«, fragte Theresa.

Grock brummte nur.

Ein Leberkäsweckle machte wenigstens nicht so essensmüde. Ein anständiger Trollinger als Begleiter wäre sicherlich magenfreundlich gewesen, aber er hatte nun mal beschlossen, ein besserer Mensch zu werden. Das hatte er nun davon.

9

Träge versuchte Grock mit Theresa Schritt zu halten, die unbeirrt ihren Weg ging.

»Wieso kennst du dich im Justizviertel so gut aus?«

»Ich habe mir hier mal eine Wohnung angeschaut. Schön, aber unbezahlbar. Wie die meisten Wohnungen in der Stadt. Sei froh, dass du dein Häusle hast. Und geb's ja nie auf.«

Seltsam, dass sie das gerade jetzt sagte. Denn in der Tat hatte er darüber nachgedacht, sein Haus in Luginsland zu verkaufen, nachdem Lena offenbar endgültig ausgezogen war.

Archivstraße, über der Olgastraße drüber.

Carlos' Wohnung war vom Theater angemietet als Bleibe für durchreisende Gäste. Zweiter Stock, vermutete Grock. Das einzige Klingelschild ohne Namen.

Sie waren im ersten Stock, als sein Handy klingelte. Er schaute aufs Display. Lisa! Um Himmels willen, was war passiert? Anrufe während der Dienstzeit waren nur in Notfällen erlaubt.

Er gab Theresa die Schlüssel. »Geh schon mal vor. Das ist privat.«

»Nichts ist passiert, keine Sorge.« Lisa lachte. »Ich bin in der Stadt, aber keine Panik, ich übernachte bei Freunden. Aber du darfst deine Tochter zum Essen einladen. Heute Abend zum Beispiel.«

Er zögerte und überlegte. Heute Abend? Er konnte nicht abschätzen, wie lange ihn das Theater beschäftigen würde. Theater! Es fiel ihm wieder ein, er ging ja ins Theater heute Abend.

Von oben Gepolter, ein gedämpfter Schrei, dann brüllte Theresa: »Grock, halt ihn auf!«

Eine Gestalt kam die Treppe heruntergerannt. Grock stellte sich in den Weg, aber die Gestalt rammte ihn mit solcher Wucht, dass er stolperte und auf die Treppe fiel. Er fühlte einen Schmerz im Knie.

»Scheiße!«, schrie er.

»Papa, ist was passiert? Papa?«, kam es aus seinem Handy.

Er rappelte sich auf und humpelte die Treppe hinunter, so schnell es ging. Die Gestalt war schon längst zur Tür hinaus und verschwand um die nächste Ecke. Das konnte nur er sein. Der einzige Mensch, der rannte. Die anderen, die unterwegs waren, drehten sich nur kurz um und gingen dann weiter.

»Papa? Papa? Jetzt sag schon was!«

»Nichts passiert, meine Süße. Nur eine kleine Verbrecherjagd.«

»Du machst Witze!«

»Natürlich. Hör zu, ich muss jetzt Schluss machen, du weißt schon, weiter Verbrecher jagen. Aber heute Abend wird das nichts, ich habe zu tun. Morgen?«

»Ist schon okay«, sagte Lisa seufzend. »Das kenne ich ja, nie hast du Zeit, immer die Arbeit.«

Sofort hatte er ein schlechtes Gewissen. Nie hast du Zeit. Nicht für mich, nicht für die Kinder. Es gibt immer einen Fall, der dringender ist. Unser ungelebtes Leben, hatte er mal wo gelesen. Aber Himmel, so war das nun mal in seinem Beruf!

Grübelnd stand er vor dem Haus und nahm nichts wahr von dem, was um ihn herum vor sich ging. Nicht die Leute, die ihm im Vorübergehen seltsame Blicke zu warfen. Nicht Theresa, die aus der Tür kam und sich den Kopf rieb.

Als sie ihm auf die Schulter tippte, zuckte er zusammen.

»Was ist passiert, Theresa?«, fragte er.

»Er hat mir eine Tür an die Stirn geknallt.«

Grock schaute sie prüfend an. »Man sieht nichts. Das gibt vielleicht eine Beule, aber weiter nichts.«

»Weiter nichts? Hallo, ich habe heute vielleicht noch ein Date! Ich merke schon, wie's anschwillt.«

»Kannst du ihn beschreiben?«

»Nein. Ein Mann. Das ging alles so schnell. Du?«

»Nein«, sagte er.

Das stimmte, aber da gab es etwas, was ihn irritierte. Ihn an etwas erinnerte, was er aber nicht fassen konnte.

Gemeinsam gingen sie wieder in den zweiten Stock hoch. Theresa rieb sich den Kopf, Grock humpelte. Ihre besorgte Frage tat er mit einer Handbewegung ab.

»Nichts weiter, ist gleich wieder vorbei«, sagte er, obwohl das Knie höllisch wehtat. Ein Indianer kennt keinen Schmerz. Ein Grock erst recht nicht.

Theresa konnte schon wieder lachen. »Wir zwei geben vielleicht ein Bild ab! Die Helden, die zerschlagen von der Schlacht heimkehren. Sprich mir nach, Hinkebein: ›Nun zieren unsre Brauen Siegeskränze, die schart'gen Waffen hängen als Trophä'n.‹«

»Was?«

»Du wirst es hören. Heute Abend. ›Nun ward der Winter unsers Missvergnügens glorreicher Sommer durch die Sonne Yorks.‹ Ist das nicht schön gesagt?«

Grock schüttelte verständnislos den Kopf. Womit manche Leute ihr Gedächtnis belasteten! »Wir haben uns verhalten wie Anfänger.«

»Bei mir zumindest passt das ja. Aber in deiner erfahrenen Begleitung … Das sollten wir besser niemandem erzählen, oder?«

»Und wie erklärst du dann die Beule an deiner Stirn?«

»Mit der Wahrheit. Ich bin gegen eine Tür gelaufen.« Sie waren jetzt vor der Wohnung.

»War die Tür zu, als du gekommen bist?«, fragte Grock.

»Ja.«

Grock schaute sich das Schloss an. »Soweit ich's erkennen kann, gibt es keine Einbruchsspuren. Also hat er einen Schlüssel gehabt. Wenn er den nicht geklaut hat, dann war er legal in der Wohnung.«

»Warum hat er mich dann umgerannt?«

»Weil du nicht sehen solltest, wer er war? Weil du sonst unangenehme Fragen stellen könntest?«

»Dann hätte er aber wissen müssen, wer ich bin.«

»Sehe ich genauso.«

»Also müssen wir herausfinden, wer alles Schlüssel zu der Wohnung hat.«

»Das dürfte kein großes Problem sein. Ich habe den Kerl ja nur noch flüchtig gesehen, aber irgendwas an ihm hat mich an irgendjemand erinnert, ich komme nur nicht drauf.«

10

Sie gingen in die Wohnung. Theresa zeigte mit den Fingern. »Das ist die Tür, gegen die ich offiziell gerannt bin.«

Als sie das Zimmer betraten, zog Theresa die Luft ein.

»Der Kerl hat schon gründliche Arbeit geleistet.«

Grock schaute sich um und schüttelte den Kopf. Er erinnerte sich an das Zimmer seines Sohnes, das hatte zeitweilig nicht anders ausgesehen: überall verstreute Kleidung, leere Flaschen, Pizza-Kartons, Bücher, Zettel. Dreckige Kleidung neben dem ungemachten Bett. Was Carlos gerade nicht brauchte, hatte er einfach fallen gelassen.

»Das ist nur das ganz normale Chaos, das ein männliches Wesen um sich herum verbreitet, wenn keine Frau auf ihn aufpasst«, sagte Grock.

»Männer! Wie kann man nur so wohnen!«, sagte Theresa.

»Hier hat niemand gewohnt, nur genächtigt«, erwiderte Grock. »Machen wir erst mal einen Rundgang.«

Die Wohnung war groß und spärlich möbliert. Im Wohnzimmer ein großer Tisch, mit Papieren übersät, einige Stühle, ein abgeschabtes Sofa, einige altmodische Sessel, die nicht zueinanderpassten. In der Küche eine schlichte Küchenzeile mit einem Herd, der offensichtlich nur als Ablagefläche benutzt wurde.

Drei weitere Zimmer. Im ersten sagte Theresa spontan: »Ein Frauenzimmer. Das sieht man an der Ordnung.« Grock sah es an der Kleidung. Das zweite Zimmer war männlich, ordentlich, das dritte weiblich, unordentlich.

»Mir scheint, der Zusammenhang zwischen Geschlecht und Ordnung ist nicht so eindeutig«, sagte Theresa. »Lass mich raten. Eine WG. Eine Theater-WG.«

»Warum hat mir das niemand gesagt?«

»Hast du gefragt?«

Nein, hatte er nicht, weil er gar nicht auf die Idee gekommen war, dass Carlos, der Star, keine Wohnung für sich allein haben könnte. Wie man im Theater die WG als so selbstverständlich nahm, dass sie keiner weiteren Erwähnung bedurfte. Wir machen uns immer ein Bild, dachte Grock, das wir aus Annahmen entwerfen, nicht aus gesicherten Informationen.

Und welches Bild hatte er nun von Carlos?

Das erste Zimmer war eindeutig seins. An der Wand ein großes Plakat mit einem Bild von ihm, unverkennbar mit dem fusseligen Bart, der zotteligen Frisur, dem roten Stirnband. In trotziger Pose stand er da, die Arme vor der Brust verschränkt, und sah den Betrachter herausfordernd an. »Er schon wieder!« stand in großen Lettern dort, und wesentlich kleiner: »Macbeth«. Eine seiner Inszenierungen, diese für das Thalia in Hamburg.

»Wonach suchen wir eigentlich?«, fragte Theresa.

»Nach dem Menschen, der Carlos einmal war. Nach irgendetwas, was mir diesen Menschen zu verstehen hilft.«

»Warum ist das wichtig? Wenn es doch ein Unfall war, woran du anscheinend nicht glaubst …«

»Auch dann. Was treibt ihn zum Beispiel mitten in der Nacht auf diese Arbeitsgalerie?«

»Und die Antwort darauf erwartest du hier? Bevor du hier etwas findest, musst du erst aufräumen.«

»Wäre wohl das erste Mal, dass eine Durchsuchung ein Chaos beseitigt und nicht hinterlässt. Welches Bild hast du von Carlos?«

Theresa schaute auf das Plakat. »Ein Narziss. Jemand, den keine Selbstzweifel plagen. Er ist kein attraktiver Mann, ganz im Gegenteil, und trotzdem lässt er sich in dieser Pose abbilden. Mir ist er unsympathisch. Er hat so etwas Ungepflegtes, Schwammiges, Schmuddeliges an sich, und der Zustand seines Zimmers passt dazu.«

»Ein hartes Urteil.«

»Du hast nach meinem Eindruck gefragt. Auf den ersten Blick wirkt er auf mich abstoßend. Gleichzeitig hat er aber auch etwas Faszinierendes, Anziehendes an sich. Etwas Animalisches. Etwas Aufregendes. Unheimliches. Ich weiß, so etwas nach einem einzigen Foto zu sagen, ist Blödsinn. Vielleicht ist er auch ein ganz lieber Kerl, mit dem man Pferde stehlen kann. Ich möchte nicht wissen, was die Leute über ein Foto von mir denken.«

»Zwischen dir und Carlos gibt es einen kleinen Unterschied.«

»Der ist mir durchaus bekannt.«

»Carlos ist ein Theatermensch. Er inszeniert. Und ganz sicher inszeniert er auch sich.«

»Das mache ich auch, wenn ich für ein Foto posiere. Jeder macht das.«

»Und bei einem Normalmenschen sieht's auch danach aus. Gewollt und verkrampft. Aber einer wie Carlos weiß genau, wie er sich geben muss, um einen bestimmten Eindruck zu vermitteln.«

»Ich habe recherchiert. Er war Schauspieler, bevor er sich der Regie zugewandt hat.«

»Da hast du's, Theresa.«

»Und? Bringt uns das jetzt weiter in unserem Fall, der noch gar kein richtiger ist?«

»Nein«, sagte Grock wahrheitsgemäß.

»Was machen wir dann noch hier?«

»Ich akzeptiere einen Unfall erst dann, wenn ich alles andere ausschließen kann.«

»Pass auf, Chef, dass du dich da nicht in etwas verrennst!«

Grock lächelte. »Ich habe ja eine Frau an meiner Seite, die mich notfalls wieder erdet.«

11

Grocks Handy klingelte. Er schaute aufs Display. »Ich stelle laut, Rathgeb, Theresa hört mit.«

»Verdammt! Da muss ich mich ja benehmen.«

Theresa lachte. »Wegen mir müssen Sie sich nicht verbiegen, Doc.«

»Würde mir auch nicht gelingen. Einen wunderschönen Tag euch beiden, ich hoffe, es geht euch gut und ihr amüsiert euch prächtig.«

»Was bist du so fröhlich, Rathgeb?«

»Dieser pedantische Paragraphenreiter Kinzig heißt ab heute offiziell Kotzbrocken-Kinzig. Und das darfst du ganz wörtlich nehmen. Er hat sich als nicht obduktionsresistent erwiesen.«

»Was ist passiert?«

»Dieser Ar…, Verzeihung, Frau Wimmer! Dieser Wicht hat doch tatsächlich geglaubt, er müsste mich belehren, worauf ich bei einer Obduktion zu achten habe. Dann habe ich ihm mal gezeigt, worauf er zu achten hat, wenn er neben mir am Tisch steht. Tja, das gute Mittagessen war dann für die Katz. Vom Rest hat er nichts mehr mitgekriegt.«

»Das hast du absichtlich gemacht. Offiziell muss ich aufs Schärfste dagegen protestieren. Du weißt schon, Fürsorgepflicht für Untergebene und so.«

»Offiziell bin ich jetzt auch ganz zerknirscht.«

»Wenn du jemals solche Spielchen mit Theresa treibst…«

»Bei der doch nicht! Oder können Sie sich das von mir vorstellen, Frau Wimmer?«

»Ja«, sagte Theresa nur. Dass sie dabei grinste, konnte Rathgeb ja nicht sehen.

»Warum habt ihr nur alle so ein schlechtes Bild von mir! Besuchen Sie mich doch demnächst mal, Fräulein Theresa, dann werden Sie sehen, dass Sie völlig falsch liegen. Aber jetzt zur Sache. Passt auf, Leute, das Wichtigste in aller Kürze. Todeszeitpunkt zwischen halb eins und eins, genauer kann ich es aus meiner Sicht nicht sagen. Seine Uhr ist um null Uhr siebenundvierzig stehen geblieben, aber wir wissen natürlich nicht, wie genau sie gegangen ist.«

»Todesursache?«, fragte Theresa.

»Genickbruch. Eindeutig. Habe ich ja gleich gesagt.«

»Und wie immer hast du recht gehabt. Und wie immer habe ich nicht daran gezweifelt.«

»Dieses Bild von mir gefällt mir schon besser. Du könntest meine Fachkompetenz ruhig öfter loben, Grock. Weiter im Text. Ich stehe ja in dem Ruf, dass ich mir jede Information aus der Nase ziehen lasse, völlig zu Unrecht natürlich, aber heute geht es schnell. Ich muss meinen Bericht noch schreiben, der Staatsanwalt macht mächtig Druck. Also. Dein Kandidat hatte einen in der Krone, wenn auch nicht besonders viel. 1,3 Promille. Aber so, wie seine Leber aussieht, war das eher Normalzustand bei ihm. Außerdem hatte er geschnupft. Koks.«

»Kokain?«

»Das ist der landläufige Name dafür, ja.«

»Alkohol und Kokain, da war er wohl nicht mehr sicher auf den Beinen. Kann man schon mal stolpern und tief fallen«, sinnierte Grock.

»Die Geländer auf der Galerie sind recht hoch. Da müsste er schon drauf herumgeturnt sein oder sich ganz weit nach vorne gebeugt haben.«

»War er so vollgedröhnt, dass ihn jemand über das Geländer stoßen konnte?«

»Der Mann wog neunundachtzig Kilo. Aber wenn er benebelt war, könnte es sogar unsere zarte Frau Wimmer schaffen, wenn sie es geschickt anstellt.«

»Doc, Sie ahnen ja gar nicht, welche Kraft ich haben kann«, sagte Theresa. »Vor allem, wenn ich richtig wütend bin.«

»Sag ich doch.«

Dann war erst mal Pause. Grock und Theresa ließen auf sich wirken, was sie erfahren hatten

»Leute«, sagte Rathgeb. »Jetzt tut nicht so, als würdet ihr nachdenken. Warum fragt denn keiner, was ich sonst noch gefunden habe?«

Grock ließ mit einer Handbewegung Theresa den Vortritt.

»Was haben Sie denn sonst noch gefunden, lieber Doktor Rathgeb?«

»Die Schramme an der linken Wange habe ich euch ja schon auf der Bühne gezeigt. Dürfte ein Faustschlag gewesen sein, aber nicht übermäßig stark. Die Wunde hat nicht geblutet, keine Hautabschürfungen vom Täter, dem dürfte nur die Hand etwas wehgetan haben. Und jetzt das Neue. An seinem linken Oberarm sind Spuren, als ob ihn dort einer gepackt hätte.«

»Durch das Jackett hindurch?«, wunderte sich Grock. »Da muss einer sehr kräftig gewesen sein. Oder sehr wütend.«

»Ganz recht. Beide sind etwa zur gleichen Zeit entstanden. Ungefähr eine halbe Stunde bis Viertelstunde vor seinem Tod. Ach, noch etwas. Etwa zur gleichen Zeit hat er Sex gehabt.«

»Du weißt nicht zufällig auch, mit wem?«, fragte Grock ironisch.

»Mit einer Frau. Ohne Gummi«, erwiderte Rathgeb.

»Jetzt denke ich wirklich nach, Rathgeb, und zwar laut. Folgendes Szenario. Carlos treibt's mit einer Frau …«

»Dort oben auf der Galerie? Na ja, vielleicht war das der besondere Kick.«

»… der Mann oder Freund kommt hinzu«, fuhr Grock fort, »verpasst Carlos eine Abreibung, und dabei stürzt der über das Geländer. Vielleicht will er dem nächsten Schlag ausweichen, und weil er vollgedröhnt ist, verliert er das Gleichgewicht.«

»Spekulationen sind euer Fachbereich. Ich halte mich an die Fakten. In meinem Bericht wird nichts davon stehen, aber ich gebe dir recht. Das ist eine Möglichkeit. Eine von vielen.«

»Du hast eine nette Art, einen aufzumuntern.« Grock stöhnte.

»Mach ich doch gerne. Meine Empfehlung, Frau Wimmer. Ich hoffe auf ein gemütliches Zusammentreffen demnächst. Meine Einladung zur nächsten Obduktion steht, das wissen Sie.«

Kichernd legte er auf.

»Diese Leichenfledderer haben einen seltsamen Humor«, sagte Theresa.

»Du nennst das Humor?«, meinte Grock. »Und? Was meinst du?«

»Da steh ich nun, ich armer Tor, und bin so klug als wie zuvor.«

Grock sah sie misstrauisch an. Irgendwie kam ihm das bekannt vor. So literarisch. Und irgendwie verband sich ein unangenehmes Gefühl damit.

»Goethe. ›Faust‹«, erklärte Theresa.

Drum! Er hatte nie verstanden, warum man dieses Geschwurbel in der Schule durchkauen musste. Er hatte sich gequält und innerlich verweigert. Wahrscheinlich kam daher seine lebenslange Abneigung gegen alles, was sich nach Literatur anhörte.

Aber jetzt war keine Zeit, unangenehmen Jugenderinnerungen nachzuhängen.

»Ein bisschen klüger sind wir schon«, sagte er. »Er hatte Sex. Das kann nur im Theater passiert sein, anders haut es zeitlich nicht hin.«

»Und jetzt fragen wir jede Schauspielerin, ob sie die Glückliche war.«

»Im Prinzip ja. Nur etwas subtiler. Und nicht nur die Schauspielerinnen. Und wir wissen von einer körperlichen Auseinandersetzung.«

»Bei dem Faustschlag tippe ich eher auf einen Mann. Eine Frau würde ihm eher mit der flachen Hand eine scheuern. Der Griff am Arm – das könnte Männlein wie Weiblein sein.«

»Im Prinzip gebe ich dir recht, Theresa, aber auch hier möchte ich eine Frau nicht von vornherein ausschließen.«

»Das ist doch alles ganz einfach. Die Kollegen dürften ja mittlerweile aufgenommen haben, wer gestern Abend wo und wann gewesen ist und wen wann wo gesehen hat.«

»Und alle sagen die Wahrheit. Vor allem diejenigen, die ihn die Sache involviert sind.«

»Darauf vertraue ich, lieber Kollege Grock. Mann, was für ein Durcheinander.«

Wieder das Handy. Der Rat.

»Nur ganz kurz, Grock«, sagte der. »Doktor Rathgeb hat mich informiert. Was können Sie aus Ihrer Sicht dazu beitragen?«

»Nichts im Moment.«

»Die Pressestelle drängt. Es hat sich bereits herumgesprochen. Die müssen etwas Offizielles herausgeben. Was sollen sie sagen?«

»Die Wahrheit. Wir wissen nicht, was passiert ist und ermitteln in alle Richtungen.«

Der Rat seufzte. »Nun ja, die werden das schon elegant formulieren.«

»Noch etwas. Die mutmaßliche Tatzeit sollten wir noch zurückhalten. Aus ermittlungstaktischen Gründen.«

»Ich verstehe. Kommen Sie doch bitte in mein Büro, sobald es sich einrichten lässt.«

»Das kann spät werden.«

»Ich warte.«

Der Rat legte auf, und Grock schaute Theresa verblüfft an. »Was ist denn mit dem los? Kein salbungsvolles Gerede? Kein Drängeln? Kein Gejammer, dass ihm irgendwer im Nacken sitzt? Ich darf sogar selbst entscheiden, wann ich bei ihm vortanze. Entweder wird er alt oder vernünftig.«

»Ich habe mir sagen lassen, dass das manchmal einhergeht.«

»Schau mich nicht so an, Theresa. In dem Alter bin ich noch nicht.«

Grock wühlte auf dem Tisch herum. Zwischen Zeitungen und sonstigem Kram fand er einige Zettel mit Notizen. Soweit er es entziffern konnte, handelte es sich um Gedanken des Meisters zu seiner Arbeit. Grock verstand nichts.

»Schau mal, Stefan«, sagte Theresa und deutete auf ein Regal mit Aktenordnern. Einen davon hielt sie in der Hand. »Hier ist säuberlich alles abgeheftet, was jemals über Carlos geschrieben wurde. Sortiert nach Inszenierungen und Jahren. Bei all seinem sonstigen Chaos, hier hat er Ordnung gehalten.«

»Er war halt sehr von sich eingenommen.«

»Das würde ich gern mal durchschauen.«

»Welche Erkenntnisse erhoffst du dir?«

»Ganz private.«

»Wir versiegeln das Zimmer und lassen die Ordner nachher holen.«

»Das hätten wir vorher schon machen sollen. Die Wohnung versiegeln.«

»Meinst du, das hätte unseren Besucher abgehalten?«

12

In die Wohnungstür wurde ein Schlüssel gesteckt und umgedreht. Theresa und Grock sahen sich an.

Die Tür wurde mit Schwung aufgestoßen, und herein kam ein schlanker Mann.

»Huch!«, sagte er. »Ich wusste gar nicht, dass wir Besuch haben. Wer seid ihr denn? Ich bin der Lutz.«

Offenbar überraschte ihn nicht die Tatsache, dass sie hier waren, sondern nur, dass er sie nicht kannte.

Grock wollte seinen Ausweis zücken, aber mit einer raschen Handbewegung hielt ihn Theresa ab.

»Das ist der Stefan, und ich bin die Theresa«, sagte sie strahlend.

Er ging auf Theresa zu, Küsschen links, Küsschen rechts. Grock taxierte er mit einem raschen Blick und ignorierte ihn dann.

»Kinder, ihr ahnt ja nicht, was ich erlebt habe!«, sagte er. »Zuerst dieser absolute Ignorant von einem Regisseur, da war ich so was von am Boden. Aber dann haben sie dort einen entzückenden Dramaturgen, so ein liebes Kerlchen, und so amüsant! Das war vielleicht eine nette Entschädigung für diesen verpfuschten Tag!«

Wieder war es Theresa, die als Erste die Situation erfasste.

»Heiße Nacht gehabt, was?«, sagte sie.

»Heiß? Schätzchen, das ist die Untertreibung des Jahrhunderts!«, sagte Lutz schwärmerisch.

»Wo warst du denn?«, fragte Theresa.

Grock, der sich der Situation nicht ganz gewachsen fühlte, überließ Theresa nur zu gern das Gespräch.

»Na ja, ich hatte doch dieses Vorstellungsgespräch in Frankfurt«, sagte Lutz, als sei das eine weithin bekannte Tatsache. »Ich sollte doch die Ausstattung von ›Così fan tutte‹ übernehmen, aber dieser Becker ist doch nur blöd! Meine Ideen seien zu abartig, hat er gesagt. Kannst du dir das vorstellen?«

»Ein echter Arsch«, bekräftigte Theresa, der das Spiel offensichtlich Spaß zu machen begann.

»Und was soll ich nun machen? Das wäre ein echter Neuanfang gewesen«, klagte Lutz.

»Bist du gerade erst angekommen?«, fragte Theresa.

»Gerade eben. Ich war ja so was von depri nach diesem Reinfall, aber dann habe ich mich so nett mit diesem Thomas unterhalten, und er hat mir ein paar Tipps für die Szene gegeben, ich sag dir, das waren echte Geheimtipps, nur für die absoluten Insider, ich bin vielleicht groggy, sag ich dir.«

Er hatte eine Reisetasche in der Hand, die er in einem der Zimmer abstellte. Dem männlich-ordentlichen. Mit geschmeidigen, tänzelnden Bewegungen kam er zu ihnen zurück.

Er war nicht mehr so jung, wie er gern gewesen wäre. In den Vierzigern vielleicht, es war schwer zu schätzen. Ein gebräuntes Gesicht, halblange, blond gefärbte und gesträhnte Haare, Typ kalifornischer Surfer. Mit straffem Körper, lässig, aber elegant gekleidet. Und er war geschminkt und hatte hellgrün lackierte Fingernägel.

Er sah Theresa an, als nähme er sie erst jetzt richtig wahr, und riss die Augen auf.

»Mein Gott, jetzt sehe ich es erst! Du bist es! Endlich habe ich dich gefunden! Weißt du, da ist diese Vision. Diana, in ihrer natürlichen Vollkommenheit. Am ganzen Körper weiß geschminkt. Wie eine Statue, aber voller Leben. Das war nur so ein vages Bild, aber jetzt ist dieses Bild Realität geworden. Ich habe dich gefunden. Du bist meine Diana. Ich bringe dich ganz groß raus. Zieh dich aus, Schätzchen, ich muss dich sehen. Zier dich nicht, du hast von mir nichts zu befürchten.« Er kicherte.

»Süßer, daraus wird nichts«, sagte Theresa und hielt ihm ihren Ausweis vors Gesicht. »Wimmer, Kripo Stuttgart, und das ist mein Kollege Grock.«

»Ach, das macht doch nichts, nobody is perfect. Und jetzt runter mit dem Fummel, ich hol schon mal meine Kamera.«

»Ich fürchte, Sie verkennen die Lage«, schaltete sich Grock ein. »Wir sind von der Mordkommission.«

»Ach wie süß! Wie beim Tatort?«

»Wie in der Wirklichkeit. Es geht um Carlos.«

Er lachte schrill. »Wen hat er denn auf dem Gewissen, der Schlingel? Oh, ich will gar nicht raten, die Liste ist lang.«

»Carlos ist tot.«

»Ach? Was ist denn passiert?«

»Er lag heute morgen tot auf der Bühne.«

»Und was genau ist da passiert?«

»Das wissen wir noch nicht. Wir wissen nur, dass er von einer der Arbeitsgalerien gestürzt ist.«

»Jetzt muss mein hübsches Köpfchen mal arbeiten. Carlos tot ... Sie Mordkommission ... also denken Sie, es hat jemand ... aber nein, da liegen Sie völlig falsch.«

Das also war Lutz Benger, der Ausstatter, der mit Carlos seit Jahren zusammenarbeitete, der mit ihm von Theater zu Theater, von Inszenierung zu Inszenierung, von Skandal zu Skandal zog. Auf dem Bild, das Theresa bei ihren Recherchen im Internet gefunden hatte, sah er anders aus. Seriöser. Ohne lackierte Fingernägel.

Jetzt ließ er sich in einen der Sessel fallen. Er wirkte angemessen verstört.

»Ist dieser Verdacht so weit hergeholt?«, fragte Grock. »Wie wir gehört haben, ist es nicht so unwahrscheinlich, dass er sich etliche Feinde gemacht hat.«

Er nahm einen der anderen Sessel, Theresa setzte sich auf das Sofa.

»Gottchen, einer wie Carlos eckt immer und überall an. Wissen Sie, wir Theaterkünstler sind alle sehr emotional, und Carlos war emotional hoch vier. Er hatte spontane Einfälle, er hat immer seine Meinung gesagt, ganz direkt, und damit kamen viele nicht zurecht. Manche haben es ihm übel genommen, manche haben ihn gehasst dafür.«

»Wer zum Beispiel?«

»Alle, mit denen er in den letzten Jahren zusammengearbeitet hat.«

»Sie auch?«, fragte Theresa.

»Natürlich. Regelmäßig. Ich bin auch ein klein wenig emotional, weißt du. Und direkt.«

»Dann werden Sie mir die folgende direkte Frage nicht übel nehmen«, sagte Theresa. »Sie waren seit Jahren mit Carlos zusammen. Waren Sie ein Paar?«

Lutz strahlte sie an. »Schätzchen, diese Frage war direkt, aber sehr ungenau. Nein, wir waren kein Paar, die große Liebe, auf immer und ewig und so. Wir haben nur gelegentlich miteinander gebumst.«

»Carlos war schwul?«, entfuhr es Grock.

Lutz lachte. »Sind wir nicht alle ein bisschen schwul, Herr Kommissar? Sie auch, Sie wollen es sich nur nicht eingestehen. Ich weiß, was Sie damit sagen wollen. Aber, aber, welch kleinbürgerliche Denkweise! Carlos war weder so noch so, er war alles.«

Theresa übernahm wieder. »Was wissen Sie über seine letzten Beziehungen?«

»Carlos hatte keine Beziehungen. Einer wie Carlos bindet sich nicht. Er nimmt, was das Leben bietet.«

»Und was bot es so in letzter Zeit?«

»Oh, oh, schon wieder eine sehr lange Liste, fürchte ich.«

»Ein paar Namen wären hilfreich.«

»Süße, wofür hältst du mich? Ich bin ein diskreter Mensch. Ich interessiere mich nicht für die Tändeleien anderer. Ich habe mit meinen eigenen genug zu tun.«

»Wer wohnt außer Ihnen und Carlos noch in dieser Wohnung?«

»Die Stefanie Dubs und die Jennifer Graf.«

Theresa hatte einen Zettel hervorgeholt und studierte ihn. »Die gehören aber beide nicht zum ›Hamlet‹.«

»Die Steffi spielt im ›Richard‹ mit, die müsste eigentlich jeden Moment kommen, sie hat ja heute Vorstellung. Gestern Abend war sie in Frankfurt die Julia, auch eine Carlos-Inszenierung. Die Jenny ist gerade auf Kur, ist ein bisschen dünnhäutig, die Kleine. War sowieso eher ihre Zweitwohnung hier.«

»Carlos' Harem?«

Lutz Benger kicherte. »Wie Sie das sagen!«

»Gestern war Probe. Hätten Sie da nicht dabei sein müssen?«

»Ich bin Ausstatter, nicht Regisseur. Ich habe meinen Job erledigt.«

»Soweit ich weiß, haben Sie seit vielen Jahren nur mit Carlos gearbeitet.«

»Wer ist denn so schlau? Wikipedia?«

»Warum haben Sie sich dann jetzt um einen anderen Auftrag bemüht? Ohne Carlos?«

»Gottchen, neue Herausforderungen, mal andere Luft schnappen, neue kreative Impulse, so in der Art.«

»Es wäre ein Neuanfang gewesen, haben Sie vorhin gesagt.«

»So?«

»Lief es nicht mehr so gut mit dem großen Meister? War die Beziehung zu Ende?«

»Schätzchen, wir hatten keine Beziehung, das habe ich doch schon gesagt.«

»Ich meine die berufliche Beziehung. Und die zwischenmenschliche. Gab's Krach in der Familie Carlos?«

»Ständig! Wir konnten uns herrlich zoffen. Bis die Wände gewackelt haben.«

»Worüber?«

»Über alles. Süßer, wir sind Künstler!«

»Wusste Carlos von Ihrem geplanten Neuanfang?«

»Natürlich.«

»Wie hat er das aufgenommen?«

»Er hat sich so gegrämt, dass er sich vom Balkon gestürzt hat. Ach nein, wir haben ja gar keinen Balkon. Und es war ja auch kein Balkon, sondern eine Arbeitsgalerie. Er hat mich dazu ermuntert.«

»Carlos können wir ja leider nicht mehr fragen, ob das stimmt.«

»Warum sollte es nicht stimmen?«

»Könnte es zufällig sein, dass Sie ihm auf dieser Arbeitsgalerie einen kleinen Schubs gegeben haben?«

Lutz Benger war sehr empört. »Also, das ist ja nun ein ganz schlechter Witz! Warum sollte ich das getan haben?«

»War es vielleicht so, dass Sie sich neue Aufträge suchen mussten, weil Carlos nicht mehr mit Ihnen zusammenarbeiten wollte?«

»Selbst wenn dem so gewesen wäre, das hätte mich nicht umgebracht, und Carlos auch nicht. Im Übrigen, verehrter Polizeimeister, war ich seit gestern Vormittag in Frankfurt.«

»Dann sagen Sie uns doch mal genau, was Sie da gemacht haben. Sagen wir mal, ab dem frühen Abend. Wir möchten das nachprüfen.«

Theresa schaute Grock verwundert an. Weshalb setzte er den Zeitpunkt so früh an? Und wie kam er jetzt überhaupt auf diese Idee?

»Sie sind schon wieder auf der völlig falschen Fährte. Aber bitte, wenn Sie sich die Arbeit machen möchten.« Lutz Benger warf sich in eine grüblerische Pose.

Er hatte sich also in diversen Frankfurter Bars und Clubs herumgetrieben. Wann und wo? Wo war einfach, er nannte ein paar Namen, aber wann? Also das konnte er nun wirklich nicht sagen, da schaut man doch nicht auf die Uhr! Ob ihn jemand gesehen habe? Klar hatte ihn jemand gesehen, jede Menge süßer Jungs, aber Namen? Wer fragt schon nach Namen?

Rein theoretisch, dachte Grock, war es wohl kein Problem, von Frankfurt nach Stuttgart zu fahren und sich später wieder ins anonyme Nachtleben zu stürzen. Sollte dieses Alibi wirklich überprüft oder widerlegt werden müssen, wäre das ein hartes Stück Arbeit.

Grocks Handy ging. Dirk.

»Schlecht jetzt«, knurrte Grock.

»Könnte wichtig sein«, sagte Dirk. »Wir haben die Verbindungsdaten von Carlos' Handy.«

»So schnell?«

»Wenn ein Staatsanwalt richtig Druck macht ... Um 23.05 Uhr, also kurz nach der Besprechung mit der Theaterleitung, hat Carlos mit einem gewissen Lutz Benger telefoniert, das ist ...«

»Weiß ich.«

»Vierzehn Minuten lang.«

»Wo?«

»Was meinst du ...? Ach so! Wissen wir noch nicht, die Ortung ist in Arbeit. Um dreiundzwanzig Uhr fünfundvierzig hat Katty Lundy ihn angerufen, die Diva, eine Minute lang. Um null Uhr zweiundvierzig nochmals zwei Minuten mit Lutz Benger, der Anruf ging wieder von ihm aus.«

»Das ist in der Tat interessant«, sagte Grock und legte auf.

Zwei Minuten. Bis null Uhr vierundvierzig. Carlos' Uhr war um null Uhr siebenundvierzig stehen geblieben. Damit war Lutz Benger vermutlich der Letzte, der mit Carlos gesprochen hatte. Außer seinem Mörder, wenn es denn einen solchen gab.

13

Dirk Petersen saß da, trommelte mit dem Kuli auf dem Tisch herum und schaute ins Nichts, als Finkbeiner hereinkam.

»Da schau mal an!«, sagte der. »Während andere im Schweiße ihres Angesichts arbeiten, sitzt der Herr da und döst.«

»Ich denke nach.«

»Worüber?«

»Über ein paar Telefonanrufe und ob sie etwas zu bedeuten haben oder zeitlich gesehen reiner Zufall sind.«

»Wir sind durch und haben die Bühne freigegeben«, sagte Finkbeiner.

»Damit hast du dir ein paar Freunde fürs Leben gemacht.«

»Von wegen! Der technische Leiter hat mich böse angepflaumt und mir unterstellt, ich hätte absichtlich herumgeschlampt, um die Abendvorstellung zu boykottieren.«

»Und das dir!«

»Ich kann ihn ja verstehen. Bei denen liegen die Nerven blank, die müssen ordentlich ranklotzen, dass sie es noch schaffen bis zum Abend.«

Dirk sah auf seine Uhr. »Bis dahin sind's ja noch ein paar Stunden.«

»Das eine Bühnenbild abbauen, das andere aufbauen, einleuchten, das wird schon knapp.«

»Scheint ein arbeits- und zeitintensiver Betrieb zu sein, so ein Theater. Wenn du als Zuschauer im Parkett sitzt, merkst du gar nichts davon.«

Finkbeiner hielt Dirk eine Umhängetasche aus schwarzem, abgegriffenem Leder hin.

»Schau mal, Dirk, was wir gefunden haben. Carlos' schmerzlich vermisste Tasche.«

»Ihr habt doch danach gesucht?«

»Ein Bühnentechniker hat sie entdeckt, irgendwo hinter der Bühne. Er sagt, sie sei zwar versteckt gewesen, aber so, dass sie beim Umbau unweigerlich gefunden werden musste.«

Dirk seufzte. »Schon wieder so ein Rätsel, das seiner Auflösung harrt. Hast du sie durchsucht?«

»Flüchtig. Viel loses Papier, ein Notizbuch, ein Kaugummipäckchen, ein paar Kondome und eine halb aufgebrachte Schachtel mit den blauen Pillen, die uns Männer glücklich machen.«

»Viagra? So alt war Carlos doch nicht.«

»Wird auch von jüngeren Männern gern benutzt. Soll unter anderem die Libido steigern.«

»Ach?« Dirk war interessiert.

»Wird aber durch Studien nicht bestätigt.«

»Ach!«

Finkbeiner grinste. »Erwiesen scheint hingegen, dass du schneller wieder kannst. Vielleicht hat er sie deshalb genommen. Ich habe mit Rathgeb gesprochen, ich weiß von Carlos' Schäferstündchen.«

»Ich schau mir die Tasche später an, jetzt soll sie erst mal dieser Regieassistent haben, der wartet ja schon sehnsüchtig darauf.«

Dann fiel ihm etwas ein.

»Sag mal, Finkbeiner, du bist ja gewissermaßen vom Fach: Was macht so ein Regieassistent eigentlich?«

»Kaffee holen für den Meister. Ihm die Tasche hinterhertragen. Die Tasche suchen, wenn er sie verlegt hat.«

»Der Arsch vom Dienst sozusagen.«

»Im Ernst jetzt. Er erstellt zum Beispiel die Probenpläne und hält die Truppe zusammen. Teilweise leitet er auch die Proben. Weißt du, das ist wie bei den berühmten Malern. Der Meister entwirft das Konzept, die Assistenten führen es aus. Außerdem führt er das Regiebuch, das ist eigentlich seine Hauptaufgabe. Da wird alles festgehalten, was für die Inszenierung bedeutsam ist. Von welcher Seite ein Schauspieler auftritt, wie beleuchtet wird, wann Musik kommt, solche Dinge eben.«

»Also schon wichtig?«

»Eminent! Nicht nur für die Proben, das ist auch für den Inspizienten und den Abendspielleiter die Arbeitsgrundlage für jede Vorstellung.«

»Deshalb hatte es dieser Habich so wichtig mit der Tasche. Er hat irgendwas von Unterlagen gesagt, ohne die sie nicht weiterarbeiten könnten.«

Finkbeiner schüttelte verwundert den Kopf. »Das kommt mir komisch vor. Morgen ist Generalprobe! Die Inszenierung steht bis in alle Details. Das Regiebuch ist in der Tasche, ja, aber das ist eine Kopie. Das Original müsste sowieso er haben, das ist sein Job.«

»Interessant.«

Dirk trommelte wieder mit seinem Kuli auf dem Tisch. »Ich denke schon wieder, falls dir das noch nicht aufgefallen ist.«

Schließlich wuchtete Dirk sich hoch. »Ausgedacht. Ich glaube, ich muss mit dem Herrn mal ein paar Takte reden.«

»Dann viel Spaß!«

»Warum bleibst du nicht, Finkbeiner? Du darfst auch gern dein geballtes Fachwissen einbringen.«

»Im Ernst?« Finkbeiner wirkte erfreut.

»Ja. Ich habe den Eindruck, der Habich will uns verkohlen, und da hat er bei mir auch gute Chancen, weil ich keine Ahnung habe, was in einem Theater so abgeht. Und wir sollten ihn so lange wie möglich in diesem Glauben lassen. Jetzt machen wir mal ein bisschen Theater, und du, Finkbeiner, kannst zeigen, was du als Schauspieler draufhast. Vielleicht engagieren Sie dich vom Fleck weg. Du als Hamlet, das würde ich mir auf keinen Fall entgehen lassen.«

»Sollte kein Problem sein. Ich habe den Hamlet mal gespielt. Auf Schwäbisch.«

Der mürrische Finkbeiner wirkte auf einmal vergnügt. Wie ausgewechselt.

14

Grock steckte sein Handy wieder weg und sah Lutz Benger lange schweigend an. Schweigen war manchmal die beste Methode, um jemanden zum Reden zu bringen. Oder um ihn zumindest zu verunsichern. Lutz Benger indes blieb unbeeindruckt und sah genauso schweigend zurück. Wir könnten jetzt einen Wettbewerb austragen, dachte Grock, wer zuerst aufgibt. Er war nicht sicher, ob er gewinnen würde.

»Gestern nach der Probe«, sagte Grock schließlich, »gab es ein Gespräch zwischen Carlos und der Theaterleitung. Was wurde da besprochen, Herr Benger?«

»Woher soll ich das wissen? Ich war nicht dabei.«

»Aber Carlos hat kurz danach mit Ihnen telefoniert. Es braucht nicht viel Fantasie, um zu erraten, dass er mit Ihnen darüber gesprochen hat. Der Regisseur und sein Ausstatter. Der Regisseur und sein enger Freund.«

»Natürlich hat er das. Aber warum interessiert Sie das? Hat das irgendeine Relevanz für seinen Tod?«

»Hat es das?«

Grock ahnte, dass Theresa zu einer Frage ansetzen wollte, und warf ihr einen scharfen Blick zu: Nicht jetzt, das ist meine Show. Und Theresa verstand, so gut waren sie immerhin schon aufeinander eingespielt. Lutz Benger hatte für einen Moment sein affektiertes Gehabe abgelegt, so dass Grock die Hoffnung hatte, dass man mit dem Mann auch vernünftig reden konnte, doch der Moment ging schnell vorüber.

»Sie Schelm, Sie kleiner!«, sagte Lutz Benger und drohte mit dem Zeigefinger. »Soll ich etwa Ihre Arbeit machen? Ich baue Ihnen gern ein Bühnenbild, aber ich bin doch kein Krimineller oder Kriminaler oder was.«

Grock wartete geduldig. Sein Handy ging schon wieder. Der Staatsanwalt. Er drückte ihn weg.

»Tja, worum ging es da? Lassen Sie mich mal ganz angestrengt nachdenken. Worum denn nur? Ach ja, um alles oder nichts.« Er brach in schallendes Gelächter aus. »Darum geht's doch immer, nicht wahr? Im Leben wie in der Kunst.«

Grock schaute ihn nur unverwandt an.

»Ich weiß ja nicht, wie es in Ihren Besprechungen zugeht, Herr Kriminaldirektor oder Präsident oder was immer Sie sind, aber wir sind immer ganz gesittet. Das heißt, wir schlagen uns nur die Köpfe ein. Bei dieser Besprechung ging es um mögliche letzte Korrekturen, Hauptdarsteller: Wolfgang Beil, Intendant und Bedenkenträger vom Dienst. Hochbezahlter Kleingeist. Mein Gott, das kann man unseren Abonnenten doch nicht zumuten! Mein Gott, was werden die Politiker dazu sagen? Und meine Frau erst!«

Er kicherte, warf Theresa einen schmachtenden Blick zu und betrachtete dann angelegentlich seine lackierten Fingernägel.

»Wenn ich Sie recht verstehe«, sagte Grock, »war der Intendant mit der Inszenierung nicht einverstanden.«

»Ja, was denn sonst? Ist er nie! Carlos' Visionen versteht der nicht. Die versteht keiner. Außer mir natürlich.«

»Der Intendant wollte also Änderungen, und es kam zum Streit?«

»Streit? Süßer, das ist die Untertreibung des Jahres!«

»Wer hat sich durchgesetzt?«

»Carlos natürlich. Souverän. Wolfgang hat den Schwanz eingezogen und sich jammernd die Wunden geleckt.«

»Der Intendant und Carlos haben sich demnach nicht gut verstanden.«

»Gut kombiniert, Mister Marple, und doch weit daneben. Wolfgang hat Carlos gehasst, wie ein Mensch nur hassen kann.«

»Warum?«

»Bin ich Hellseher?«

»Und trotzdem hat er ihn inszenieren lassen?«

»Aber mein Gutster, Carlos war der Star! Alle wollten ihn, aber nur wenige haben ihn bekommen. Wenn einen der Ruhm streift, kneift man schon mal den Arsch zusammen.«

»Könnte Herr Beil so außer sich vor Wut gewesen sein, zum Beispiel, weil er sich als Intendant nicht gegen seinen Regisseur durchsetzen konnte, dass er Carlos von der Galerie gestoßen hat?«

»Verehrter, ich kann Ihnen alles über die Psychosen eines Hamlet erzählen, aber wer kennt sich schon in den Abgründen realer menschlicher Wesen aus? Vor allem der Männer? Deshalb machen wir ja Theater.«

Dann lachte er schallend. »Der Herr Intendant als ruchloser Mörder, doch, das hat was. Es ist zumindest eine amüsante Vorstellung. Herrgott, da wäre ich gerne dabei gewesen! Aber in meinem Bühnenbild, das ist geschmacklos, müssen Sie zugeben.«

Schon wieder dieses Handy. Schon wieder der Staatsanwalt. Er drückte ihn weg. Jetzt war diese Befragung wichtig.

»Wie hat Carlos auf diesen Streit mit dem Intendanten reagiert?«

»Gelassen. Entschlossen, das zu Ende zu führen, was er angefangen hat. Seine Visionen umzusetzen.«

»Später hat Carlos noch einmal mit Ihnen telefoniert. Um 00.42 Uhr, um genau zu sein.«

»Wenn Sie's sagen. Unserem Überwachungsstaat entgeht nichts.«

»Es war nur ein kurzes Gespräch.«

»Und jetzt wollen Sie wissen, worüber wir gesprochen haben? Vielleicht hat er mir ein Gutenachtküsschen durchs Telefon geschickt? Vielleicht wollte er wissen, ob ich einen heißen Kerl aufgerissen habe? Legen Sie mir Handschellen an, nehmen Sie mich in Beugehaft oder wie immer das heißt, aber ich muss Ihnen auch nicht alles sagen.«

»Sie dürfen Ihre Geheimnisse gern für sich behalten. Mich interessiert, in welcher Stimmung Carlos war.«

»Sie hätte nicht besser sein können.«

»Sie waren wahrscheinlich der Letzte, mit dem er gesprochen hat. Abgesehen von seinem Mörder, wenn es den gibt.«

Für einen kurzen Augenblick war Lutz Benger still. »Wann ist es denn passiert?«

»Danach.«

»Tatsächlich? Darauf wäre ich nicht gekommen.«

»Kurz danach.«

»Wie kurz?«

»Auch wir müssen Ihnen nicht alles sagen.«

»Oh, die Staatsgewalt spielt ihre Macht aus!«

»Richtig. Und deshalb untersagt sie Ihnen, die Stadt zu verlassen, bis der Fall geklärt ist.«

»Mann, jetzt bin ich aber beeindruckt! Zu dumm, dass ich sowieso nicht die Absicht habe. Und natürlich stehe ich Ihnen für weitere Fragen zur Verfügung, aber gerne, aber jederzeit.«

Grock stand auf. »Wir versiegeln Carlos' Zimmer und lassen später einige Unterlagen holen.«

»Meine Liebesbriefe auch?«

»Gibt's denn welche?«

»Vielleicht. Wer weiß, was Sie sonst noch alles beim verderbten Theatervolk finden.«

»Wie geht's jetzt eigentlich weiter mit Ihnen? Beruflich, meine ich? Nachdem das in Frankfurt nicht geklappt hat und nach Carlos' Tod sind Sie ja quasi arbeitslos.«

»Wie süß, da macht sich einer Sorgen um mich!«

Er trat dicht vor Grock, und ehe der es verhindern konnte, hatte er ihn an den Schultern gepackt und gab ihm einen Kuss auf beide Wangen. »Keine Angst, Großer, ich bin schön und stark, ich falle immer auf die Füße.«

Das gleiche Ritual mit Theresa, nur etwas intensiver. »Denk dran, Schwester, du bist meine Diana. Wir müssen uns noch einmal unterhalten, wenn dein Aufpasser nicht dabei ist. Wie wäre es mit heute Abend?«

Theresa lachte. »Tut mir leid, Süßer, da habe ich schon ein Date.«

»Dein Pech, der kann mir nicht das Wasser reichen. Ruf mich an, ja? Ich gehe doch davon aus, dass die Polizei meine Nummer hat. Und nicht alles glauben, was in Wikipedia steht, gell! Ich bin nicht ›ein‹ Ausstatter, ich bin der beste.«

15

Als Tobias Habich, bleich und schwarz, den Raum betrat, hielt ihm Dirk fröhlich die Tasche entgegen.

»Schauen Sie mal, was wir gefunden haben! Ist sie das?«

Habich wirkte wirklich erfreut. »Ja, das ist sie. Wunderbar! Mir fällt ein Stein vom Herzen.«

Dirk deutete auf einen Stuhl, und Habich setzte sich.

»Ein paar Fragen noch, da Sie schon mal hier sind. Gestern, die Besprechung nach der Probe, da waren Sie nicht dabei, obwohl Sie doch Carlos' rechte Hand waren.«

»Das war ein Gespräch auf Leitungsebene, da hatte ich nichts verloren.«

»Kenne ich. Die hohen Herren kungeln was aus, und wir Fußvolk müssen darunter leiden.«

»Das ist wohl überall so.«

»Was haben die Herren ausgekungelt?«

»Das weiß ich nicht.«

»Carlos hat Ihnen nichts erzählt?«

»Nur so allgemein. Dass der Intendant Probleme hatte mit bestimmten Szenen. Aber das ist ein Kampf, den wir ständig geführt haben.«

»War Carlos sauer?«

»Nicht mehr als sonst. Er hat kräftig auf Wolfgang Beil, den Intendanten, geschimpft, ziemlich unflätig sogar, aber auch das gab es regelmäßig. Allerdings hat Bussig angedeutet, dass er so auch dem Intendanten gegenüber war.«

»War auch das normal?«

»Die beiden haben sich ständig gefetzt, aber beschimpft haben sie sich wenigstens in der Öffentlichkeit nicht.«

»Vorhin, in der Kantine, als Bussig gesagt hat, dass Sie weiterhin assistieren, wirkten Sie enttäuscht. Haben Sie sich mehr erhofft?«

»Zugegeben, ja. Ich hatte darauf gehofft, das mir die Leitung offiziell übertragen wird. Ich kenne Carlos' Ideen am besten, und ich mache sowieso die ganze Arbeit.«

»Wir Fußvolk. Immer sind wir die Dummen. Die Tasche. Wie war das, warum ist die so wichtig für Sie?«

»Da müssen Notizen von Carlos drin sein.«

»Welche Notizen?«

»Carlos hat gestern einzelne Szenen noch vertieft. Notizen dazu.«

»Aha. Bitteschön, die Tasche.«

Tobias Habich stand auf, nahm sich die Tasche und wollte zur Tür. Aber Dirk bremste ihn.

»Langsam, Herr Habich! Die Tasche können Sie nicht mitnehmen, die ist ein wichtiges Beweisstück. Sie müssen die Tasche hier durchschauen.«

In Tobias Habichs Augen glomm kurz Panik auf, aber er hatte sich sofort wieder im Griff und zuckte gleichmütig die Achseln. Er öffnete die Tasche und begann darin zu wühlen.

»Ihnen ist schon klar, dass wir diese Notizen sehen möchten«, sagte Dirk. »Und wir möchten auch gerne sehen, was Sie da alles in die Hand nehmen.«

»Ja, ja, schon klar«, murmelte Habich und legte die Tasche wieder hin. »Die Notizen scheinen sowieso nicht hier drin zu sein. Brauchen Sie mich noch?«

»Im Moment nicht. Die Gefahr, dass Sie uns davonlaufen, besteht wohl nicht, oder?«

Habich warf ihm nur einen Blick zu und ging.

»Ich bin enttäuscht, Dirk«, sagte Finkbeiner. »Ich bin ja nicht mal zu Wort gekommen. Und schauspielern durfte ich auch nicht.«

»Manchmal läuft es nicht so wie gedacht. Dein Eindruck als jemand, der sich in der Theaterarbeit auskennt?«

»Ich weiß nicht, was Habich gesucht hat, aber ganz bestimmt keine lebenswichtigen Notizen. Überleg mal. Wenn ein Regisseur zwischen den beiden Hauptproben in einen Probenraum geht, dann wegen der Feinarbeit. Dass ein Schauspieler an einer Stelle eine bestimmte Geste anders macht oder so. Aber es geht nicht um fundamentale Dinge wie beispielsweise anderes Licht, das würde auf der Bühne bei der Hauptprobe geschehen. Und ich kann mir nicht vorstellen, dass solche Feinarbeit protokolliert werden muss.«

»Und als wir wissen wollten, was er anschaut, war die Show ganz schnell vorbei. Also hat Tobias Habich ein kleines, schmutziges Geheimnis. Danke, Finkbeiner, du hast mir viel geholfen.«

»Dann gehe ich mal ins Labor, die Spuren auswerten. Meine Zeugen lügen wenigstens nicht.«

16

Draußen auf der Straße holte Theresa erst einmal tief Luft. »Das ist vielleicht ein Herzchen!«

»Kannst du mir das erklären?«, fragte Grock. »Dich himmelt dieser Typ an, mich ignoriert er. Der hat mich nicht einmal richtig angeschaut, als ich mit ihm geredet habe. Ich denke, er ist schwul?«

»Der hat sofort gemerkt, dass er nicht dein Typ ist.«

»Allerdings. Und ich bin verwirrt.«

Theresa lachte und hängte sich bei Grock ein. Grock humpelte noch leicht, die Schmerzen im Knie hatten aber nachgelassen. Die Beule an Theresas Stirn war nun deutlich zu sehen.

»Schätzchen«, gurrte sie, »diese Ermittlungen haben doch wenigstens ein Gutes. Sie bringen deine Vorurteile durcheinander. Weißt du, wo eine einsame Single-Frau wie ich am besten abhängen kann, wenn sie ihre Ruhe haben will? In einer Schwulenbar. Da werde ich garantiert nicht blöd angemacht, und die Kerls sind meistens amüsant.«

Grock setzte an: »Ich habe ja nichts gegen Schwule, aber …«, doch Theresa unterbrach ihn: »So fängt man einen Satz nicht an, Grock! Das ist eine verschleierte Diskriminierung.«

Grock hielt inne, dachte nach, nickte und fuhr fort: »… aber dieser Lutz Benger kommt mir doch arg übertrieben tuntig vor. Du hast ja anscheinend Erfahrung: Ist er so oder tut er nur so?«

»Wenn ich das wüsste! Diese Theatermenschen kommen mir allesamt so exaltiert, so gefühlsschwanger vor. Ich weiß nicht, was ich ihnen glauben soll. Ich habe noch kein Gespür dafür, wann sie lügen oder wann sie nur übertreiben.«

»Lutz Benger hat vieles nicht gesagt. Aber er hat auch manches gesagt, das ich noch nicht einordnen kann.«

»Zum Beispiel?«

»Ich weiß es noch nicht. Nur so ein Gefühl.«

»Die berühmte Grock'sche Intuition.«

»In embryonalem Zustand.«

Sie gingen schweigend weiter, die Urbanstraße vor, jeder in seine eigenen Gedanken versunken, bis Grock bemerkte, dass Theresa ihm einige Schritte voraus war. Es ging doch nicht so schnell mit seinem Bein.

»Langsamer, Theresa!«, rief er.

Theresa drehte sich um und sah, was mit ihm los war.

»Soll ich ein Taxi rufen?«, fragte sie besorgt.

»Quatsch! Die paar Meter schaffe ich schon.«

»Joggen kannst du heute aber nicht mehr.«

»Hatte ich auch nicht vor«, brummte Grock. »Noch nie.«

Er blieb stehen und zündete sich eine Schwarze an.

»Würde dir aber guttun, das Joggen«, sagte Theresa. »Außerdem ist das jetzt schon deine dritte Zigarette, seit wir diese gemütliche Theater-WG verlassen haben.«

»Jetzt klingst du schon wie meine Exfrau«, knurrte Grock. »Und das gefällt mir gar nicht.«

Theresa horchte auf. Grocks etwas komplizierte Familienverhältnisse waren eigentlich ein Tabuthema, obschon jeder Bescheid wusste. Oder zumindest Bescheid zu wissen glaubte. Sie ergriff die Gelegenheit beim Schopf.

»Exfrau?«, fragte sie. »So richtig ex?«

»Glaub schon.«

»Dann können wir zwei Singles ja mal gemeinsam auf die Piste gehen.«

Grock versuchte ein Lächeln, das reichlich schief ausfiel. »Kannst du mir nicht eine Lesbenbar empfehlen, wo ich unbelästigt abhängen kann?«

»Ganz schlechte Idee. Die Mädels sehen das etwas eng. Die denken, dass du sie nur anbaggern willst.«

»Gott bewahre! Um Frauen und Beziehungen und dergleichen mache ich erst mal einen großen Bogen.«

Theresa wollte das Thema nicht weiter vertiefen und sagte rasch: »Gutes Stichwort. Wir wissen jetzt, dass Carlos auf beiden Seiten des Ufers zuhause war.«

»Hilft uns das?«

»Allerdings. Der Kreis an potenziell enttäuschten und verschmähten und abgelegten und nicht wahrgenommenen und eifersüchtigen Partnern hat sich beträchtlich erweitert.«

»Wir haben noch viel Arbeit vor uns.«

»Macht doch nichts. Wir Singles haben ja Zeit.«

Der Blick, den Grock Theresa zuwarf, war nicht gerade freundlich, eher vernichtend zu nennen.

»Hast du das vorhin ernst gemeint, dass der Intendant …? Er hat ein Alibi.«

»Von seiner Geliebten. Darauf gebe ich nicht viel.«

Sie hatten die Verkehrsschneise unterquert und gingen an der Oper vorbei. Grock rief Dirk an. »Wo bist du?«

»Man hat uns einen Raum zur Verfügung gestellt. Er wird dir gefallen.«

Grock steckte sein Handy ein und sagte: »Mal sehen, was uns der Tag noch so alles bringt. Vor allem dir. Zwei Dates hast du immerhin schon eingesammelt. Wirst du dich mit diesem schnuckeligen Lutz Benger treffen?«

»Vielleicht.«

»Rein beruflich natürlich nur.«

»Vielleicht.«

17

Grock hatte Theresa vorausgeschickt, er wollte noch einen Moment allein sein, seine Gedanken sammeln, die nächsten Schritte überlegen. Die Zeit für den kleinen Umweg um den Eckensee musste sein, auch wenn das Gehen beschwerlich war.

Eine verworrene Sache. Normalerweise war die Sachlage klar. Da gab es einen Menschen, der erstochen, erschlagen, erschossen oder sonst wie ums Leben gebracht wurde, und es war ihre Aufgabe herauszufinden, wer das getan hatte, und dazu brauchten sie mehr oder weniger lange.

Aber hier war alles anders. Sie hatten eine Leiche und wussten nicht, wie es dazu gekommen war. These eins: ein Unfall. Die naheliegendste Erklärung, die einfachste und zeitschonendste, die Akte schnell geschlossen. Es blieben viele Rätsel, zum Beispiel, was Carlos mitten in der Nacht auf dieser Galerie zu suchen hatte oder wie es überhaupt zu dem Unfall gekommen war, aber es war ja oft so, dass manche Rätsel blieben. Selbst bei den großen Kriminalfällen, in die immenser Aufwand gesteckt wurde. Waren etwa alle Hintergründe der Kennedy-Ermordung geklärt? Einfache Erklärungen machten Grock misstrauisch, wenn zu viele offene Fragen blieben.

Er setzte sich auf eine Bank und sah auf den Eckensee und die Enten, die ihre Bahnen zogen.

Dann: Mord. Wer? Es gab noch keinen konkreten Anhaltspunkt, doch das war auch nicht anders zu erwarten nach der kurzen Zeit, sie wussten einfach noch zu wenig. Carlos schien ein extrem schwieriger Charakter gewesen zu sein, und da konnte es schon vorkommen, dass bei jemandem die Sicherungen durchbrannten, das sagte ihm seine Erfahrung.

Seit der Entdeckung des Toten waren jetzt ungefähr zehn Stunden vergangen, und er hatte in dieser Zeit viel gehört. Und vor allem viel nicht gehört. Das Bild von Carlos blieb verschwommen und widersprüchlich, vom Menschen wie vom Regisseur. Und das musste seine Gründe haben. Die wollte er wissen, bevor er bereit war, die Akte zu schließen.

Er erhob sich wieder und ging weiter. Er ging schon wieder ganz zügig, der Schmerz im Knie hatte nachgelassen, dafür spürte er ein Ziehen in der linken Pobacke, das ihn zu einem erneuten Humpeln zwang.

Er ging auf das Schauspielhaus zu, noch immer grübelnd, und blieb plötzlich abrupt stehen. Aus den Augenwinkeln hatte er etwas wahrgenommen.

Die Front des Theaters war mit Plakaten gepflastert, und da war sie wieder, die nackte Schöne aus der Dessous-Werbung. Doch keine Dessous-Werbung, entschied er, wenn sie da hing. Er schaute genauer hin.

Es war eine ganze Reihe von Plakaten, offensichtlich aufeinander abgestimmt, er registrierte eine aufsteigende Nummer in einer Ecke.

Den Auftakt machte die Blondine, die so freimütig Busen, Beine und Po zeigte. Wirklich eine schöne Frau. Der Text auf dem Plakat lautete: »Sie will alles. Und gibt alles.« Und dann, in anderer Schrift: »Schwachheit, dein Name ist Weib!« Keine weiteren Hinweise, in der linken unteren Ecke nur das Logo des Schauspiels, in der rechten eine Internetadresse. Musste er sich bei Gelegenheit mal genauer anschauen.

Die anderen Plakate folgten dem gleichen Prinzip. Der muskulöse, nackte Hamlet Karsten Skibba mit dem Text: »Jetzt müssen mal die Jungen ran.« Vors Gemächt hielt er ein Schild: »Etwas ist faul im Staate.«

Hatte das nicht Theresa heute schon mal erwähnt? War das nicht ein Zitat aus »Hamlet«? Jetzt erkannte er, wie die Plakate aufgebaut waren.

Sabine Gronewoldt, ebenfalls unbekleidet. Die Brüste hatte sie mit dem einen Arm verdeckt, mit der anderen Hand hielt sie einen Totenschädel vor den Schritt. Der Text lautete: »Hey Alter, was geht?« Und: »Bereit sein ist alles.«

Katty Lundy in einem fließenden Gewand mit einem Dekolleté, aus dem ein üppiger Busen quoll. Text: »Sie hat nichts zu verbergen.« Und: »Ist dies schon Tollheit, hat es doch Methode!«

Provozierende Plakate.

Grübelnd stand Grock davor. Es gab, wie man so schön sagte, Erklärungsbedarf. Vor allem, was die aufreizende Blondine betraf.

18

Nach einigen Irrwegen fand Grock den Raum, den Dirk ihm genannt hatte. Dirk und Theresa waren bereits da.

»Wo sind wir denn hier?«, fragte er verblüfft.

Dirk grinste. »In der Garderobe der Statisten. Da siehst du mal, welche Rolle man uns hier zuweist.«

Es war ein nüchterner Raum mit Spinden und Schminktischen. Dirk räkelte sich auf dem Stuhl vor einem der Spiegel. »Ist doch eine passende Operationszentrale. Wir bereiten uns auf unseren großen Auftritt vor. Unsere Kollegin Wimmer hilft dir bestimmt beim Schminken. Ich gehe mal davon aus, dass du das allein nicht hinkriegst.«

Da hatte er recht. Grocks Gesicht war mit nichts anderem in Berührung gekommen als mit Sonnencreme in einem Sommerurlaub in fernen Zeiten. Nicht einmal mit Rasierwasser. Er hasste es, wenn er nach etwas stank, das sich nicht so leicht wieder abwaschen ließ.

Er ging wie selbstverständlich davon aus, dass Theresa berichtet hatte, Beule an der Stirn inklusive, und ließ sich ins Bild setzen.

Lauter Ungewissheiten und Ungereimtheiten.

»Das ist, als wolltest du einen Pudding an die Wand nageln.« Dirk stöhnte. »Nur ein Beispiel. Katty Lundy, allgemein nur als Diva bekannt. Sie sagt, sie habe gegen halb zwölf das Theater verlassen und sei nach Hause gegangen. Das kann aber nicht stimmen, denn eine Viertelstunde später hat sie Carlos angerufen, und ihre Wohnung ist in einer anderen Funkzelle. Wir haben die Ortung jetzt. Lutz Benger war übrigens tatsächlich in Frankfurt.«

Damit hatte Lutz Benger ein hieb- und stichfestes Alibi. Wenigstens eine Sache, die klar war.

»Was sagt die Lundy zu dem Anruf?«, fragte er.

»Sie wollte ihm nur eine Gute Nacht wünschen.«

»Und wie erklärt sie den Widerspruch zwischen ihrem angeblichen Aufenthaltsort und dem tatsächlichen?«

»Das wussten wir noch nicht, als wir sie befragt haben. Da müssen wir nochmals nachhaken.«

»Vielleicht hat sie ja das Theater tatsächlich verlassen und ist später wieder zurückgekommen. Vielleicht hat sie sich auch in der Uhrzeit geirrt.«

»Eben. Vielleicht, vielleicht. Aber auf keinen Fall kann sie zuhause gewesen sein, wenn ihre Behauptungen stimmen. Und so geht's weiter. Ich habe die ganzen Unterlagen jetzt unserem verehrten Kollegen Kotzbrocken-Kinzig zukommen lassen. So etwas analysieren, das kann er, dieser

Pedant. Der wird dir bestimmt wunderschöne Schaubilder präsentieren und alle Ungereimtheiten aufdecken.«

Grock nickte. Das konnte Kinzig wirklich. Aber aus den Ungereimtheiten dann Schlüsse ziehen, das war nicht seine Sache.

»Hilft uns die Pforte weiter?«, fragte er.

»Nein. Hier ist ein ständiges Kommen und Gehen, der Pförtner wäre schlicht überfordert, wenn er sich das alles merken wollte. Es muss sich ja niemand eintragen, der kommt oder geht.«

»Betriebsfremde auch nicht?«

»Die werden natürlich schon gefragt, wohin sie wollen, aber Buch geführt wird nicht.«

»Kann jemand Fremdes unbemerkt ins Theater kommen?«

»Jetzt mach's nicht noch komplizierter! Theoretisch nein, praktisch schon. Wenn der aber mit Carlos' Tod etwas zu tun haben sollte, müsste er sich im Haus schon gut auskennen. Oder würdest du allein auf die Galerie finden?«

Ganz bestimmt nicht. Er hatte ja schon Mühe gehabt, diesen Raum zu finden.

»Noch etwas«, sagte Dirk, und dann berichtete er von Lutz Habich und der verschwundenen Tasche.

Grock nickte. »Etwas ist faul im Staate Dänemark.«

»Oh!«, sagte Theresa. »Unser Chef zitiert Hamlet.«

»Ich bin jetzt umfassend gebildet«, erwiderte Grock. »Schwachheit, dein Name ist Weib!«

»Soll das eine Anspielung sein?«

»Nur ein Zitat.«

Grock schaute auf seine Uhr. Allmählich wurde die Zeit knapp. Er griff zu seinem Handy, ließ sich mit der Hauptstadtzeitung verbinden und fragte sich zum Theaterkritiker durch.

»Tim Kurz«, meldete der sich.

Kurze Erklärung, wer und warum, dann sagte Grock: »Ich möchte gern etwas mehr wissen über diesen Carlos.«

»Soll ich Ihnen meinen Artikel vorlesen, der morgen im Blatt steht?« Kurz lachte.

»Wenn Sie ihn mir gleich mailen könnten, wäre das sicher hilfreich. Mich interessiert aber eigentlich mehr, was nicht in dem Artikel steht.«

»Was unterstellen Sie der Presse da?«, fragte Kurz, aber seine Empörung war hörbar gespielt.

»Es soll auch Journalisten geben, die nicht alle unappetitlichen Gerüchte verbreiten.«

»Die Schmeichelei ist angekommen«, sagte Kurz, und Grock fand das sympathisch. Dieser Theaterkritiker war offenbar ein Mensch mit wachem Verstand.

»Ich nehme an, das kann nicht bis morgen warten?«

»Nein.«

»Gut. Ich gewähre Ihnen Audienz von exakt achtzehn bis neunzehn Uhr dreißig«, sagte Kurz. »Ich empfange Sie zum Abendessen im ›Domani‹, das kennen Sie doch, oder?«

»Ja«, log Grock, weil er sich diese Blöße nicht geben wollte. Dann siegte die Vernunft, und er ließ sich den Weg beschreiben.

Vor dem Theater ein Abendessen mit einem Theaterkritiker, warum nicht.

»Macht Schluss für heute«, sagte er. »Die meisten unserer Kandidaten stehen nachher auf der Bühne, ich nehme an, die müssen sich vorbereiten. Wir können ja auch ganz rücksichtsvoll sein. Theresa, wir sehen uns ja später noch.«

»Übrigens«, sagte Dirk, »der Herr Staatsanwalt wünscht, dass der Fall bis spätestens morgen früh geklärt ist.«

Grock schaute ihn nur an.

»Ich geb's ja nur weiter«, meinte Dirk. »Hättest du seine aufmunternde Ansprache gern wörtlich? Große Verantwortung und so? Mal zeigen, was wir können?«

»Nein, ich kann's mir vorstellen. Sonst noch was?«

»Ja. Der Herr Dr. Ströbel ist sehr böse, weil du ihn dauernd weggedrückt hast. Jetzt wörtlich: ›Hat er Angst vor mir?‹ Und nochmals wörtlich: ›Ich erwarte umgehend seinen Rückruf.‹«

Grock knurrte. »Morgen ist auch noch ein Tag. Den Ströbel gönne ich mir als zweites Frühstück.«

Vorsichtshalber schaltete er sein Handy aus.

19

Grock fragte sich zu dem Raum durch, in dem das ›Hamlet‹-Team sein musste, verirrte sich, fragte erneut, verirrte sich nochmals und verpflichtete dann irgendjemanden, der ihm gerade über den Weg lief, als Führer, sein Dienstausweis machte es möglich.

Aus dem Raum waren laute Stimmen zu hören. Das klang nicht nach einer Probe, und wenn doch, dann war es eine sehr erregte Szene.

Er klopfte der Form halber und riss die Tür auf. Ein rascher Rundblick. Alle waren da, der Intendant, Bussig, Habich, die Schauspieler. Er kannte die meisten mittlerweile. Nein, das war keine Probe, hier war eine hitzige Auseinandersetzung im Gang.

»Ich will nicht stören«, sagte er, was eindeutig gelogen war und eine prompte Reaktion provozierte.

»Tun Sie aber«, motzte Bussig, gar nicht so kühl, wie Grock ihn bisher erlebt hatte, sondern mit hochrotem Kopf.

»Auf ein Wort, Herr Bussig.«

»Jetzt nicht. In einer halben Stunde. In meinem Büro.«

»In Ordnung. In einer Viertelstunde.«

»In einer halben Stunde. Wir arbeiten.«

»Wir auch. In einer Viertelstunde.«

»Nein.«

Aus für Grock unerfindlichen Gründen lief das auf einen Machtkampf hinaus. Aber er hatte keine Lust auf irgendwelche Spielchen und kehrte die Polizeigewalt heraus.

»Es gibt zwei Möglichkeiten. Die andere ist, dass wir Sie alle jetzt sofort aufs Kommissariat bringen und dort einzeln befragen. Das kann sich hinziehen, die ganze Nacht womöglich, da wir leider personell unterbesetzt sind.«

Bussig schaute ihn nur böse an, und Grock schloss leise die Tür hinter sich. Er hatte sich noch nie schwergetan, anderen Leuten auf die Nerven zu fallen.

Eine Viertelstunde. Zeit genug für eine schnelle Zigarette. Zu seiner Überraschung fand er den Ausgang sofort.

20

Natürlich wusste Grock nicht, wo Bussigs Büro war, und so war dann weitaus mehr als eine Viertelstunde vergangen, bis er dorthin fand. Aber der Chefdramaturg und Stellvertreter des Intendanten bog auch erst gerade um die Ecke. Grock musste schmunzeln. Der Machtkampf hatte unentschieden mit einem Kompromiss geendet.

Bussig wies auf einen Sessel. Er schien sich wieder in der Gewalt zu haben, zeigte seine gewohnte Ruhe, aber er wirkte müde, erschöpft.

»Sie müssen entschuldigen«, sagte er. »Die Situation ist etwas verwirrend und verlangt weitreichende und sehr sensible Entscheidungen. Was ist denn so dringend?«

»Hauptsächlich die Tatsache, dass ich gleich noch eine andere Befragung habe. Auch wir stehen unter Zeitdruck.«

Bussig nickte. Grock fiel auf, dass seine Ruhe nur gespielt war. Der Mann war nervös und konnte das nicht ganz verbergen.

»Diese Plakataktion zum ›Hamlet‹«, sagte Grock und deutete auf eine Wand, wo die Plakate ebenfalls hingen, »wer hat sich das ausgedacht?«

Bussig wäre fast von seinem Stuhl aufgesprungen. In seinem Gesicht breitete sich eine Röte aus. »Andere Probleme haben Sie nicht? Deshalb holen Sie mich aus einer eminent wichtigen Besprechung?«

»Wir stellen gerne Fragen, deren Sinn sich nicht gleich entschlüsselt.«

Bussig sank wieder auf seinen Stuhl zurück und kramte in einer Schublade. Er brachte eine Schachtel mit Zigaretten hervor und zündete sich eine an.

»Eigentlich habe ich's mir abgewöhnt«, sagte er. »Wahrscheinlich geht jetzt gleich der Rauchmelder los.«

Grock ließ ihm kurz Zeit, sich zu sammeln, er kannte das ja. Die ersten paar Züge brachten den Verstand wieder zusammen, die Emotionen auch, Sucht hin oder her.

»Die Plakate«, erinnerte er.

»Die Plakate. Konzipiert haben sie Carlos und sein Ausstatter, Lutz Benger. Die Plakate und begleitend eine Website und die üblichen sozialen Netzwerke, Facebook, Twitter und so. War ein zäher Kampf. So etwas haben wir noch nie gemacht, und das war schwierig zu organisieren, Carlos hat genau vorgeschrieben, wann und wo welches Plakat zu hängen hat. Kostet nebenbei auch ein Schweinegeld und bindet viel Arbeitskraft. Aber Carlos ließ nicht mit sich reden. Ihm war das wichtig. Wichtiger als alles andere. Er hat dafür zum Beispiel kräftige Einsparungen beim Bühnenbild hingenommen, und das sah ihm gar nicht gleich. Normalerweise hat er in einer üppigen Ausstattung geschwelgt.«

»Hat er diese Aktionen irgendwie begründet?«

»Er wollte es einfach so. Basta. Kein Diskussionsthema.«

Grock stand auf und blieb vor der schönen Nackten stehen. »Gute Retuschearbeit.«

»Da musste man nichts bearbeiten, die sieht tatsächlich so aus, ich war bei den Shootings dabei. Und bevor Sie jetzt anzüglich grinsen, ursprünglich sollte sie mehr anhaben, das hat sich so entwickelt. Wobei ich vermute, dass Carlos das von vornherein so vorhatte.«

»Die anderen Schauspieler kenne ich mittlerweile, aber diese nicht. Ein Fotomodell?«

»Eine unserer Jungschauspielerinnen. Jennifer Graf.«

»Ich habe sie hier noch nicht gesehen.«

»Das ist etwas kompliziert. Als der ›Hamlet‹ seinerzeit besetzt wurde, hat sich unser Intendant gerade sehr um den hoffnungsvollen Nachwuchs gekümmert.«

»Wie sehr?«

»Sehr sehr.«

»Und deshalb hat sie eine Rolle bekommen?«

»Also, was Sie nur denken, Herr Kommissar! Natürlich nur, um dem Nachwuchs eine Chance zu geben. Aber Carlos hat sie vor zwei Wochen Knall auf Fall rausgeschmissen. Mitten während der Proben.«

»Warum?«

»Wollen Sie's in dezenter Umschreibung hören oder im Wortlaut?«

»Im Wortlaut.«

»Also denn, Carlos wörtlich: ›Du bist so begabt wie ein Wischmopp, nur hübscher. Aber bumsen kannst du gut.‹«

»Oh!«

»Ja. Das mit hübscher stimmt, das müssen Sie zugeben.«

»Und der andere Teil?«

»Aber, aber, Herr Kommissar, ich werde doch ein Ensemblemitglied nicht öffentlich bloßstellen.«

»War Carlos immer so ... direkt?«

»So verletzend, meinen Sie? Ja, war er. Dafür war er berüchtigt. Unter anderem dafür.«

»Ich nehme an, Carlos' Entscheidung ist nicht auf große Freude gestoßen.«

»Jenny hat getobt. Der Intendant hat getobt. Der Intendant hat noch mehr getobt, als Carlos sich nicht umstimmen ließ. Jenny hat noch mehr getobt, weil der Intendant sich gegenüber Carlos nicht durchsetzen konnte, und hat ihm bei dieser Gelegenheit einige Dinge an den Kopf geworfen, die kein Mann gern hört, vor allem nicht in der Öffentlichkeit. Woraufhin der Intendant … und so weiter.«

»Und die Frau des Intendanten, wenn es denn eine solche gibt?«

»Das ist auch etwas kompliziert. Die Frau des Intendanten ist Schauspielerin, und für sie war völlig klar, dass sie als Frau des Intendanten bei einer Produktion des großen Carlos besetzt wird. Danach drängt sich jeder Schauspieler mit Ambitionen. Aber sie ist ja nicht nur Schauspielerin, sondern auch die Frau des Intendanten, der qua Amtes einigen Einfluss haben müsste. Doch schon beim ›Richard‹ kam sie nicht zum Zug.«

»Ich nehme an, daraufhin hing der Haussegen schief.«

»Kann man so sagen.«

»Ist sie eine so schlechte Schauspielerin?«

»Nein. Guter Durchschnitt, würde ich sagen. Das hätte schon gepasst.«

»Weshalb hat Carlos sie trotzdem nicht genommen?«

»Tja. Und beim ›Hamlet‹ ist sie wieder nicht genommen worden.«

»Noch schiefer.«

»Schiefer geht's gar nicht. Und dann kam diese Sache mit der lieben Jenny. Die Frau des Intendanten hat nicht getobt, die ist ganz still und leise ausgezogen. Woraufhin der Intendant …«

»Sie erzählen mir das alles sehr freimütig.«

»Das kann Ihnen jeder hier im Haus erzählen, in vielen Varianten. Das hat sich ja gewissermaßen in aller Öffentlichkeit abgespielt. Und das war auch der Grund, weshalb sich die Frau Intendantin vom Acker gemacht hat. Wissen Sie, überall, wo Menschen eng zusammenarbeiten, funkt's mal zwischen zweien, beim Theater vielleicht häufiger, weil wir es immer mit großen Gefühlen zu tun haben. Wir stellen sie dar, wir arbeiten damit, wir arbeiten sehr intensiv miteinander, und da kommt es schon mal zu kleineren oder größeren Affären. Manchmal sogar zu einer glücklichen Ehe. In der Regel geht das diskret vor sich, aber in dem Fall war das schon ein theaterinterner Eklat. Und der Intendant ist nun mal ein großer Gefühlsmensch.«

»Er scheint sich ja schnell getröstet zu haben. Sie sagten was von einer Dramaturgin …«

»Er ist nun mal ein großer Verehrer des schönen Geschlechts.«

»Wie war das Verhältnis zwischen ihm und Carlos nach dieser Geschichte?«

»Unterkühlt geschäftsmäßig. Der Intendant hätte den Vertrag mit Carlos am liebsten gelöst. Man spricht in diesem Fall dann von künstlerischen Differenzen. Aber da die Art dieser Differenzen allgemein bekannt war, wäre das mehr als peinlich gewesen.«

»Und Carlos?«

»Hat das gelassen lächelnd ausgesessen. Er hat gewusst, dass er am längeren Hebel saß.«

»Wie läuft solch eine Rollenbesetzung eigentlich ab?«

»Carlos bringt in seinem Wanderzirkus einige Schauspieler mit, die immer mit ihm zusammenarbeiten. Der Rest wird aus dem Ensemble bestritten, in Absprache zwischen Theater und Regisseur. Alle Schauspieler sind ja auch in anderen Stücken besetzt, deswegen stehen sie unter Umständen für diese eine Produktion nicht zur Verfügung. Aber Carlos hat immer sehr langfristig geplant, er hatte praktisch die freie Auswahl.«

»Und die Theaterleitung hat dem immer zugestimmt?«

»Als Star hat man gewisse Privilegien.«

»Aber gerade als Star schaut man sich doch wohl die Leute genau an, mit denen man zusammenarbeitet. Und kann, wenn ich Sie recht verstehe, auch wählerisch sein.«

»Sicher.«

»Und dann fällt ihm die mangelnde Begabung einer Schauspielerin erst zwei Wochen vor der Premiere auf?«

»Tja, wer weiß schon, was im Kopf eines Genies vor sich geht?«

»War er tatsächlich ein Genie?«

»Kommt drauf an, was Sie darunter verstehen. Ist man ein Genie, weil man sich selbst so nennt? Oder weil andere ihn dafür halten?«

»Geht das denn überhaupt, eine Umbesetzung so kurzfristig?«

»Ach, das war nur eine kleine Nebenrolle, kein Problem. Das bisschen Text lernt man schnell.«

»Das hätte die Frau des Intendanten auch gekonnt?«

»Die auch. Aber die war schon beleidigt. Und außerdem wollte sie natürlich nicht als Ersatz ausgerechnet für Jenny einspringen, was man auch verstehen kann.«

In Grocks Hinterkopf klingelte etwas, aber so schwach, dass er es gleich wieder verscheuchte.

»Wo ist diese Jenny jetzt?«

»Die arme Jenny hat das alles sehr mitgenommen und sie muss sich von einem Nervenzusammenbruch erholen.«

»Könnte man auch sagen, sie wurde aus dem Verkehr gezogen?«

»Ihre Formulierung ist hübsch mehrdeutig. Ja, wenigstens bis zur Premiere. Aber die Plakate waren alle schon gedruckt, eine Neuproduktion wäre zu aufwendig und zu teuer gewesen. Deshalb darf die Jenny wenigstens auf den Plakaten glänzen. Sie macht ja auch was her.«

»Hat die Plakataktion Erfolg?«

»Sind Ihnen die Plakate aufgefallen?«

»Nur die nackte Dame da.«

»Typisch. Es gab auch schon heftige Proteste deswegen, von wegen sexistisch und so. War aber auch so gedacht.«

»Gab's zu dem nackten Hamlet ähnliche Reaktionen?«

»Nein. Aber unser junger Kollege hat seitdem einige neue Fans. Hauptsächlich Frauen.«

»Gibt es noch mehr Plakate?«

»Ja. Und ich glaube, was morgen überall in Stuttgart hängt, wird für einige Diskussionen sorgen. Aber die Aktion war leider nicht mehr zu stoppen.«

Bussig entrollte ein Plakat. Darauf war ein breit grinsender Carlos zu sehen, wie üblich mit seinem roten Stirnband, der wie Batman durch die Luft schwebte. Der Text lautete: »Triumph oder Niederlage – Tod oder Leben – Sein oder Nichtsein«.

»Der Abschluss der Aktion ist dann wieder harmlos«, sagte Bussig und zeigte Grock ein weiteres Plakat.

Darauf waren alle Darsteller aus den vorigen Plakaten versammelt, vorneweg der nackte Hamlet, vor dem die schöne Jenny kauerte und so seine wesentlichen Teile verdeckte. Im Hintergrund Carlos, diesmal mit ernstem Gesicht, der wie ein gütiger Vater segnend seine Hände über die Schauspieler hielt. Darauf der Text: »Machen die ein Theater! – Hamlet« und das Datum der Premiere.

»Keine kriminalistische Frage, sondern pure Neugier: Wie bringt man einen Menschen so zum Fliegen wie Carlos auf dem Foto?«

»Am Theater gibt es ein sogenanntes Flugwerk. Wie der Name sagt … Man hätte es auch anders machen können, aber Carlos wollte es so. Und er hatte offensichtlich einen Heidenspaß dabei.«

»Eine letzte Frage noch.«

»Tatsächlich die letzte?«

»Für heute. Für den Moment. Wie ich höre, lag Carlos mit dem Intendanten nicht nur wegen dieser Jenny über Kreuz. Es soll auch künstlerische Differenzen gegeben haben.«

»Sie hören viel.«

»Und immer noch zu wenig.«

»Differenzen gab es in der Tat, aber das ist nicht ungewöhnlich. Vor allem bei Carlos nicht.«

»Wie ich höre, soll es deswegen gestern Abend zu einer heftigen Auseinandersetzung zwischen ihm und dem Intendanten gekommen sein, bei der wohl auch etwas unflätige Worte gefallen sein sollen.«

»Sie sollten nicht alles glauben, was Sie hören. Worauf wollen Sie hinaus?«

»Erst blamiert Carlos den Intendanten wegen Jenny und seiner Frau bis auf die Knochen, und ich habe den Eindruck, dass er die Sache mit Jenny von Anfang an so geplant hat, gerade um dem was um die Ohren zu hauen, warum auch immer. Und dann noch die Beleidigungen, die zwar im internen Kreis gefallen sind, aber sich nicht geheim halten lassen, wie man sieht. Also, das sind schon so Dinge, die jemanden ausrasten lassen können. Vor allem einen Gefühlsmenschen.«

Bussig schüttelte den Kopf. »Die Vorstellung ist absurd. Ich kenne Wolfgang, ich arbeite schon lange mit ihm zusammen. Carlos umbringen? Dazu wäre er nie fähig. Er ist ein Maulheld. Sicher, er ist sehr emotional, er geht schnell an die Decke, er macht große Worte. Aber dazu wäre er, ehrlich gesagt, viel zu feige. Ihrem Gesichtsausdruck entnehme ich, das Sie nicht überzeugt sind.«

»Nein. Meine Berufserfahrung sagt mir anderes. Danke für Ihre Zeit. Ich muss jetzt zu meinem nächsten Termin.«

»War mir ein Vergnügen. Und ich muss die Abendvorstellung stemmen.«

»Sie wird doch stattfinden? Ich schaue ihn mir heute Abend an, diesen ›Richard‹.«

»Dann freuen Sie sich auf den Carlos-Kosmos!«

»Übrigens, Karten für den ›Hamlet‹, das lässt sich doch sicher einrichten?«

»Das wird schwierig. Es gibt, sagen wir: gesteigertes Interesse.«

»Lange Schlangen an den Kassen?«

»Die Karten im Verkauf sind schon lange weg, wie bei jeder Premiere. Die meisten sind sowieso Ehrenkarten für die

Promis und die Presse. Aber viele der Honoratioren, die sonst leider, leider absagen wegen anderer Termine, konnten jetzt ganz plötzlich ihre Termine verschieben. Und wir haben Anfragen von Medien, die sich hier noch nie blicken ließen.«

21

Ein nachdenklicher und etwas verwirrter Grock hinkte hinüber zum Schloßplatz. Das Knie war besser geworden, das Ziehen in der Hinterbacke schlechter. Er wäre gerne geruhsam geschlendert, um seine Gedanken zu sortieren, aber er war ohnehin zu spät dran. Und das mochte er gar nicht, wenn ihn irgendwer oder irgendwas hetzte.

Irgendwas in seinem Hinterkopf klingelte wieder, und er erinnerte sich. Sabine Gronewoldt hatte davon gesprochen, dass es im ›Hamlet‹ nur zwei Frauenrollen gäbe. Wie kam dann die schöne Jenny ins Spiel? Eine Hauptrolle konnte sie nicht gehabt haben, die ließ sich bestimmt nicht so schnell umsetzen, und stimmt, Bussig hatte ja nur etwas von einer kleinen Nebenrolle gesagt.

Überhaupt, fiel ihm jetzt auf, waren unter dem Ensemble mehr als zwei Frauen. Gut, die konnten auch andere Funktionen haben, aber er musste sich mal grundsätzlich über die Besetzung dieses ›Hamlet‹ informieren.

Wenn er solch ein Tablet hätte wie Theresa, hätte er gleich hier auf dem Weg recherchieren können. So, wie das Theresa schon den ganzen Tag gemacht hatte. Vielleicht waren diese Dinger nicht bloß ein schickes Spielzeug, sondern hatten tatsächlich auch einen Nutzwert? Also dann, bei der nächsten Gelegenheit würde er sich einarbeiten, er war ja noch nicht zu alt für so was, oder?

Andererseits, das war doch eher eine Frauensache. Die hatten ohnehin immer ihre großen Handtaschen dabei und Platz für Wasweißichalles, da war auch Raum für so ein Ding, das nicht in die Tasche seiner Lederjacke passte, das stand fest, und so weit kam's noch, dass er extra deswegen eine Tasche mit sich schleppte.

Und aus diesem Bussig wurde er auch nicht schlau. War er ein Zyniker? Oder machte er sich über ihn lustig? Generell oder weil Grocks mangelndes Wissen ja nicht zu übersehen war?

Die Treppe hoch zum Kleinen Schloßplatz, hatte Tim Kurz gesagt, am Kunstgebäude vorbei und ganz nach hinten. Das Treppensteigen war mühsam, die Arschbacke.

Es wäre Grock im Leben nicht eingefallen, in einem Lokal wie dem »Domani« essen zu gehen. Der »Adler« in Untertürkheim, der »Ochsen« in Uhlbach, vielleicht mal eine schnelle Pizza beim Italiener um die Ecke, das war sein Revier.

Im »Domani« waren die Kellner erschreckend gut gelaunt, wieselflink und überaus erfreut, ihn zu sehen, als er nach Tim Kurz fragte.

Grock schaute sich verstohlen um. So etwas nannte man wohl eine Szenekneipe. Karge Einrichtung, hauptsächlich jüngere Leute, allesamt genauso gut drauf wie die Kellner und elegant und ganz bestimmt nicht billig gekleidet. Grock kam sich deplaziert vor in seinen Jeans und der Lederjacke mit den Gebrauchsspuren. Bisher hatte ihn das noch nie gestört.

Der Kellner führte ihn zu einem Tisch. Das musste dann wohl Tim Kurz sein.

Grock stellte sich vor.

»Sie sind mir aber ein Clown. Nit möööglich!« Der Theaterkritiker lachte.

Grock fühlte sich geradezu geschmeichelt. Dass noch einer den legendären Clown kannte, der sich seinen Namen zugelegt hatte! Und dazu noch einer dieser Generation.

Der Clown war ja schon 1959 gestorben, Grock hatte sich das mal gemerkt, weil er doch hin und wieder drauf angesprochen wurde. Da war Kurz noch nicht mal geboren, er mochte um die dreißig sein, doch das ließ sich schwer schätzen. Der junge Mann war gut genährt.

»Entschuldigen Sie die Verspätung«, sagte Grock.

»Kein Problem, solange ich ein Glas Wein vor mir habe, warte ich gerne. Müssen wir uns halt etwas sputen. Ich habe Ihnen ja schon gesagt, dass ich nicht allzu viel Zeit habe. Ich muss noch zu einer Premiere heute Abend.«

»Im Staatstheater?«, wunderte sich Grock.

»Eines der kleineren Theater. Die freuen sich, wenn mal der Chefkritiker persönlich kommt und nicht nur ein freier Mitarbeiter, ich langweile mich zwei Stunden, schreibe was Nettes, manchmal auch was Böses, und alle sind zufrieden, sogar ich, weil ich mir vorher dieses schöne Essen als Entschädigung gönne. Aus dem Grund habe ich mir erlaubt, schon mal für uns beide zu bestellen.«

Grock schluckte. Er hatte nicht auf den Aushang der Speisekarte geschaut, aber konnte sich ausmalen, dass ein solches Lokal nichts für kleine Lohnempfänger war. Das würde Ärger geben. Solche Ausgaben waren dem Rat nur schwer zu erklären.

»Sie sind natürlich eingeladen«, sagte Kurz, als könne er Grocks Gedanken lesen.

Automatisch hob Grock abwehrend beide Hände.

»Zieren Sie sich nicht so. Oder läuft das schon unter Beamtenbestechung?« Kurz feixte. »Machen Sie sich keine Gedanken, mein Spesenkonto gibt das her. Vertrauliches Gespräch mit einem Informanten nennt sich das dann.«

»Dabei will eher ich Informationen von Ihnen.« Grock lächelte.

»Theaterkritiker entlarvt Theatermörder«, sagte Kurz. »Das wäre doch mal eine Schlagzeile! Wäre meiner Karriere sicherlich förderlich.«

Ein Kellner kam mit zwei Tellern und dem nächsten Problem. Das sah nicht nach Pizza aus. Grock war auf Gedeih und Verderb den gastronomischen Abartigkeiten eines Theaterkritikers ausgeliefert und wusste nicht, was an Unbekanntem auf ihn zukam. Eine solche Situation hatte er heute Mittag schon einmal, da hatte er sich mit einem Schnitzel entziehen können, und jetzt saß er in der Falle. Was stand ihm bevor? Und hinterher noch ein Theaterstück, das nach allem, was er bisher über seinen Regisseur wusste, reichlich obskur war.

Der Kellner stellte die Teller hin. Meeresfrüchte-Salat. Grock beäugte ihn misstrauisch. Auch das noch. Von allem, was im Meer krauchte und krabbelte, hatte er sich aus gutem Grund bisher ferngehalten.

Dazu wurde ihm ein Glas Weißwein eingegossen, Kurz nachgeschenkt.

Kurz schlürfte genüsslich.

»Ein wunderbarer Chardonnay aus dem Friaul, mit schönem Gleichgewicht zwischen Säure und Frucht. Ich hoffe doch, Sie sind Weintrinker?«

»Ja, aber ich habe es eher mit den einheimischen Gewächsen«, gestand Grock.

»Die Schwaben!«, rief Kurz aus. »Können über ihren Trollinger-Rand nicht hinausschauen!«

»Ich bin schon beim Lemberger angelangt.« Grock grinste.

»Und haben hoffentlich den Dornfelder ausgelassen.«

»Meine Erfahrungen mit italienischen Weinen waren bisher eher enttäuschend«, sagte Grock.

»Im Supermarkt gekauft, was?«

»Wo sonst?«, gestand Grock.

»Banause! Ich will ja gern zugeben, dass es im Supermarkt auch trinkbare Weine gibt, aber doch keine guten! Ich gebe Ihnen mal ein paar Adressen.«

Allmählich begann Grock, an dem Theaterkritiker Gefallen zu finden. Ihn amüsierte seine Direktheit und seine unaufdringliche Arroganz. Wider Erwarten schmeckten sogar die Meeresfrüchte, wenn man nicht so genau hinsah, und der Wein auf alle Fälle. Jetzt, wo er's wusste, bemerkte er auch das Gleichgewicht zwischen Säure und Frucht.

Kurz schlürfte seinen Wein.

»Schwacher Abgang«, kommentierte er. »Ein guter Wein, aber kein großer. Aber nun zum Geschäft. Sie haben meinen Artikel gelesen und wissen nun eigentlich alles über unseren toten Regisseur.«

»Wenn ich's recht verstanden haben, war Carlos einer der Stars des modernen deutschen Theaters.«

»Star insofern, als die Theater um ihn gebuhlt haben. Er konnte sich aussuchen, was er macht. Und wo.«

»Warum? War er so gut?«

»Er war immer gut für einen Skandal. Und ein Skandal bringt Presse und damit Aufmerksamkeit. Vielleicht sogar den einen oder anderen Zuschauer, der neugierig ist auf den Skandal.«

»Aber bei euch Theaterkritikern kam er nicht gut weg?«

»Natürlich nicht. Zugegeben, ab und zu gab es geniale Momente in seinen Inszenierungen. Das waren so Situationen, wo du meinst, jetzt endlich hast du das Stück wirklich verstanden. Aber das war zu wenig. Das meiste war reine Show und Provokation, die auch beim besten Willen nicht mit dem Stück in Einklang zu bringen waren.«

»Womit kann man heutzutage noch provozieren? Doch nicht mit ein paar Nackten auf der Bühne.«

»Haben Sie eine Ahnung! Ich war mal in einer ganz normalen Vorstellung, ich war neugierig, wie das ganz normale Publikum reagiert, das Premierenpublikum ist ja kein Maßstab. Und da kann's schon passieren, dass die pensionierte Lehrerin aus dem Abo türenschlagend den Saal verlässt, wenn sie den Anblick eines nackten Mannes allzu lange ertragen muss.«

Ein Kellner kam an ihren Tisch und öffnete eine Flasche Rotwein, und Grock beobachtete ein seltsames Ritual. Der

Kellner schnüffelte am Korken, goss einen Schluck in ein großes Glas, schwenkte den Wein heftig, roch daran, goss ihn in ein anderes Glas um, schwenkte und roch wieder, wiederholte das alles mit einem dritten Glas und trank dann endlich einen kleinen Schluck. Offenbar war er zufrieden, schenkte Kurz ein, der schwenkte, roch und trank und verdrehte verzückt die Augen.

»Soll ich ehrlich zu Ihnen sein?«, fragte er.

Grock nickte verblüfft.

»Ich habe Sie nur wegen diesem Wein eingeladen. Ein Barolo von Giacosa! Ein Gedicht! Aber allein schaffe ich die Flasche nicht, und solch einen Wein kann man doch nicht stehen lassen! Probieren Sie und schockieren Sie Ihre lembergerversaute Zunge!«

Und Grock probierte und brauchte alle Kraft, um nicht das Gesicht zu verziehen. Ein Mundvoll Bitterstoffe! Verzweifelt überlegte er, was er nun sagen könne, ohne unhöflich zu sein.

»Sagen Sie nichts«, sagte Kurz, »Sie haben recht, der Wein braucht noch Luft, trotz dieser Gläserschwenkerei. Aber keine Sorge, der kommt schon noch. Und ich will auch gerne zugeben, dass er nicht optimal zu unserem Essen passt, aber im Leben muss man nun mal Kompromisse eingehen.«

Der nächste Gang kam. Spaghetti, immerhin, da konnte ja nichts schiefgehen, aber auf nichts war mehr Verlass, sie hatten die Tomatensoße vergessen. Er stocherte herum, erkannte Oliven und Kapern, verschiedene Gemüsestücke, die er nicht identifizieren konnte, anderes ebensowenig. Vorsichtig probierte er. Nun, vergiften würde man sich wohl nicht.

»Die Spezialität des Hauses«, erläuterte Kurz. »Originell, nicht wahr? Traditionelle Elemente der italienischen Küche, in einer ungewöhnlichen Kombination neu interpretiert.«

»Wir waren bei Carlos' Provokationen«, sagte Grock zwischen zwei Bissen.

Carlos, erläuterte der Kritiker, arbeitete immer mit den gleichen Elementen, egal, welches Stück er inszenierte, und gleichgültig, ob es dazu passte. Das war sein Markenzeichen, und jeder wartete darauf, wann er es einsetzen würde und wie. Die Nackerten gehörten dazu – eigentlich abgeschmackt, sagte der Kritiker, so was sieht man heute auf jeder Dorfbühne, und trotzdem verfehlte es seine Wirkung nicht. Und vor allem der Ekel.

Kurz ließ seinen Barolo im Glas tanzen und trank. Grock tat es ihm gleich. Schon besser, der Wein kratzte nicht mehr so.

»Ich erinnere mich an eine seiner Premieren in München, da ließ er auf offener Bühne ein Huhn schlachten. Kopf ab, das Blut hat gespritzt.«

»Ein echtes Huhn?«, fragte Grock.

»Es gab Gerüchte, dass es bei der Premiere tatsächlich ein lebendiges Huhn gewesen sein soll, aber das ließ sich nie verifizieren. Sie können sich vorstellen, dass die Presse mindestens eine Woche lang ihr Thema hatte, vor allem, als die Boulevardblätter meldeten, dass die Zuschauer reihenweise in Ohmacht gefallen seien.«

Grock kreiselte seinen Wein. Allmählich begann er ihm zu schmecken. An einen Barolo könnte man sich gewöhnen, dachte er.

»Ziemlich beliebt bei ihm«, fuhr Kurz fort, »sind auch lebensgroße Pferdekadaver auf der Bühne oder Schweinehälften. Oder irgendwo tropft den ganzen Abend Blut. Bei ihm wird gespuckt, gekotzt, gepisst, geschissen, gefickt.«

»Ziemlich abartige Fantasie«, sagte Grock, der solches von Berufs wegen gewohnt war.

»Vielleicht. Vielleicht war Carlos aber auch nur kaltschnäuzig. Ich glaube, er hat die Mechanismen des Systems begriffen, und er hat sie nicht nur gnadenlos eingesetzt, sondern sie gleichzeitig auch genauso gnadenlos bloßgelegt.«

»Das verstehe ich jetzt nicht«, sagte Grock ehrlich.

Ein weiterer Gang kam, zu Grocks Erschrecken. Er hatte seinen Spaghettiteller leergeputzt, mit immer größerem Vergnügen. Er war pupsatt und begriff nun, wie Tim Kurz zu seiner rundlichen Gestalt gekommen war.

Plötzlich überfiel in die Erinnerung an einen Italienurlaub mit Lena und den Kindern, Adria, irgendein Ort, dessen Namen er nicht mehr wusste, einer, wo alle hingingen seinerzeit, Campingplatz, Sonne, Meer, auch Spaghetti, aber mit Tomatensoße. Die Erinnerung tat weh.

»Es hätte auch einen Wolfsbarsch gegeben«, sagte Tim Kurz, »aber tut mir leid, da bin ich konservativ, zum Fisch nur Weißwein, und der Barolo musste nun mal sein. Und zu diesen Saltimbocca geht er gerade so, meinen Sie nicht?«

Grock stimmte ihm vollen Herzens und dankbar zu. Mit Fischen hatte er es auch nicht so. Diese Fummelei mit den Gräten war ihm zuwider, da war doch ein Stück Fleisch eine fassbare und überschaubare Sache.

Der Barolo schmeckte ihm immer besser. Tim Kurz, der über die bemerkenswerte Gabe verfügte, gleichzeitig reden und essen zu können, fuhr fort.

»Mit dem großen künstlerischen Entwurf allein locken Sie keinen Großkritiker von seinem Schreibtisch weg. Aber ein Theater braucht die überregionale Aufmerksamkeit, um sich einen Ruf aufzubauen. Nur so gelingt es, gute Schauspieler und Regisseure zu engagieren, was dann wiederum die Großkritiker veranlasst, mehr nach diesem Theater zu schauen. Und nur so, nebenbei, klettert der Intendant auf der Karriereleiter nach oben.«

»Wie hat Carlos das ausgenutzt? Das hat er doch, wenn ich Sie recht verstanden habe.«

»Köstlich, diese Saltimbocca, nicht wahr? Auch ein Carlos hat irgendwann mal klein angefangen und sich hochgearbeitet. Er war kein genialer Regisseur. Er war allerhöchstens Mittelmaß. Einer, der brav seine Arbeit abliefert und darauf hofft, ein nächstes Engagement zu bekommen. Nicht unbegabt, das sicher nicht, aber eben kein Genie. Nur leider gibt es von der Sorte viele. Allzu viele. Also hat er sich was einfallen lassen, das ihm Presse bringt. Und er hat sich selbst als Marke inszeniert.«

»Die Marke Carlos?«

»Wer Carlos einkauft, weiß, was er bekommt. Das ist wie mit diesem Barolo. Jeder weiß, dass ein Barolo von Giacosa ein großartiger Wein ist. Spannend ist nur, wie er in diesem Jahr ausfällt, was der Kellermeister aus dem Rohstoff macht, den die Natur ihm liefert.«

Darauf einen Schluck! In der Flasche war nicht mehr viel, wie Grock, jetzt zu seinem Bedauern, feststellen musste.

»Wer Carlos engagiert, engagiert ihn also, weil er den Skandal sozusagen fest einplant«, sagte er.

Der Kritiker nickte.

»Richtig. Und die türenknallende pensionierte Lehrerin, die ihren geliebten Klassiker nicht mehr wiedererkennt, auch. Aber Skandale nutzen sich ab, das Repertoire dessen, was man auf einer Theaterbühne darstellen kann, ist ja nun doch relativ beschränkt. Carlos hat das sehr raffiniert unterlaufen. Zum einen hat er sein Skandalrepertoire, wenn ich das mal so nennen darf, radikal beschränkt.«

»Nackte Menschen und eklige Sachen«, warf Grock ein, er hatte aufgepasst.

»In etwa, ja. Spannend bei seinen Inszenierungen war deshalb nicht, was er sich wieder Abscheuliches hat einfallen lassen. Interessant war vielmehr, wie und wann er das einsetzt, was er als seine Markenzeichen etabliert hat. Also nicht das Neue, sondern die Variation des Bekannten. Und das war, muss ich zugeben, durchaus manchmal überraschend und hatte gelegentlich auch Witz.«

»Und das andere?«

»Carlos hat sich rar gemacht in den letzten Jahren. Hat strikt nur noch zwei Inszenierungen pro Saison geliefert.«

»Warum das? Hat ihn kein Theater mehr gewollt?«

»Durchaus denkbar, dass er sich schwertat. Auch das Theater hat seine Moden, und irgendwann gehört auch die größte Skandalnudel zur Welt von gestern und andere kreative Kräfte schieben sich nach vorn. Kann aber auch sein, dass er nur wieder mal das System kalt für seine Zwecke benutzt hat. Das ist das alte kapitalistische Spiel von Angebot und Nachfrage. Was rar ist, wird begehrt. Das gilt auch für einen Regisseur.«

»Kann es auch sein, dass der Skandalnudel nichts mehr eingefallen ist?«

»Möglich.« Kurz starrte nachdenklich in seinen Wein. »Sogar sehr gut möglich. Wenn ich's recht bedenke, hat man von einer nächsten Inszenierung noch nichts gehört. Aber das muss nicht heißen, dass da nicht schon was am Laufen war.«

Grock hätte ihm weiterhelfen können, er verfügte ja jetzt über Insiderwissen, aber das war sozusagen Dienstgeheimnis. Was war das noch gleich, was Carlos in der nächsten Saison hätte inszenieren sollen? Es fiel ihm nicht mehr ein.

»Was war Carlos für ein Mensch?«, fragte er.

»Für solche Fragen bin ich die falsche Adresse. Ich habe ihn nur als Regisseur wahrgenommen, nicht als Mensch.«

»Kannten Sie ihn nicht persönlich?«

Der Theaterkritiker schüttelte den Kopf.

»Carlos gab keine Pressekonferenzen, keine Interviews, keine Hintergrundgespräche – gar nichts. Als Person ist er nie an die Öffentlichkeit getreten.«

»Eigentlich ungewöhnlich. Wer solche exaltierte Kunst betreibt, hat auch einen Öffentlichkeitsdrang, sollte man meinen.«

»Vielleicht war er gehemmt und hat sich auf der Bühne ausgelebt. Vielleicht war's auch nur eine Masche, als Teil seiner Selbstinszenierung. Wir betreiben Vulgärpsychologie, mein Lieber.«

»Was hat man denn in Theaterkreisen über ihn gesprochen?«

»Hat mich nie interessiert. Mich interessiert, was vor den Kulissen passiert, nicht dahinter. Ich bin Theaterkritiker, kein Klatschreporter.«

Grock stand offenbar am Rand eines Fettnäpfchens. Dennoch insistierte er: »Irgendwas werden Sie doch gehört haben.«

Kurz dachte nach.

»Lässt sich wohl nicht vermeiden, dass man irgendwas doch hört, und sei's nur von den Kollegen. Er galt als eitel, konnte ziemlich jähzornig werden, soll seine Leute hart rangenommen haben. Er hat ja einen Ruf als Textzertrümmerer, weil er einem Text nicht nachlauscht, ihn nicht auslotet, sondern ihn als Steinbruch für seine wilden Bildfantasien benutzt. Irgendwer hat ihn mal auch einen Menschenzertrümmerer genannt, weil er mit seinem Team genauso umgesprungen ist. Allgemein gesagt, er galt als schwierig. Ob er's tatsächlich war oder ob er sich nur so gegeben hat, das weiß ich nun wirklich nicht.«

Kurz schlürfte den letzten Schluck Barolo. »Gerüchte, Tratsch. Einiges davon erreicht sogar mich, obwohl ich mich davon fernzuhalten suche.«

»Lebt davon nicht eine Zeitung?«

»Ich bitte Sie! Ich bin ein seriöser Journalist. Und wir wissen ja, was hinter dem Tratsch steckt.«

Ja, dachte Grock, das wissen wir. Neid und Missgunst beispielsweise. Und manchmal ein Körnchen Wahrheit.

Das Dessert kam. Tiramisu, endlich etwas, was Grock kannte. Dazu ließ Kurz einen Fragolino servieren. Grock war erstaunt, dass süße Weine auch schmecken konnten. Nicht pappsüß, sondern trockensüß. Interessant, was es alles gab.

»Carlos hat wohl immer mit denselben Leuten gearbeitet«, sagte er.

»Das war der reinste Wanderzirkus, mit einem harten Kern und etlichen Planeten, die um die Sonne kreisten.«

Grock schaute den Theaterkritiker fragend an.

»Der harte Kern«, erläuterte der, »waren Carlos, sein Assistent und sein Ausstatter. Und beide haben nur für ihn gearbeitet. Das himmlische Dreigestirn sozusagen. Von den Schauspielern gehörten immer nur wenige zum inneren Kreis. Wer sich bewährt hat, ist in den Olymp aufgestiegen und war bei den nächsten Inszenierungen mit dabei.«

»Dann muss er ja mit der Zeit die besten Schauspieler um sich geschart haben.«

Kurz schüttelte den Kopf.

»Was auch immer Carlos' Kriterien für eine solche Beförderung waren, mit den Leistungen der Schauspieler hatten sie wohl wenig zu tun. Seine Truppe war genauso Mittelmaß wie er.«

»Und trotzdem war ein Platz im Wanderzirkus heiß begehrt.«

»Gerade deswegen. Durchschnittliche Schauspieler gibt es noch viel mehr als durchschnittliche Regisseure. Aber wer zur Carlos-Truppe gehörte, für den fielen auch ein paar Brosamen vom Tisch des Herrn. Er hatte zumindest Presse und einen Namen.«

»Und was wird nun aus der ganzen Entourage? Zum Beispiel aus dem Assistenten und dem Ausstatter?«

»Müssen sich Arbeit suchen.«

»Werden sie die bekommen?«

»Der Ausstatter hat sicherlich kein Problem, der ist profiliert genug und wirklich gut. Zu seinem Assistenten kann ich nichts sagen, ich wüsste auf Anhieb nicht einmal seinen Namen. Das ist eine Position, die außerhalb des Theaters gar nicht wahrgenommen wird.«

»Immerhin kann er damit punkten, dass er die Schule des großen Carlos durchlaufen hat.«

»Muss nicht unbedingt eine Empfehlung sein.«

»Was können Sie mir über den Intendanten und seinen Chefdramaturgen sagen? Ganz kurz?«

Der Kritiker lachte. »Sie haben's ja mit den Wortspielen. Also, Kurz fasst sich kurz, ganz ungewohnt für ihn. Wolfgang Beil ist ein Sensibelchen, schnell entflammbar, schnell beleidigt, hat seine Karriere fest im Blick, steht sich aber manchmal selbst im Weg, weil er spontan und emotional reagiert. Der eigentliche Chef im Haus ist Bussig, sein Chefdramaturg. Ohne den wäre Beil nichts. Die beiden arbeiten seit Jahren zusammen. Hochintelligent, scharfer Analytiker, kluger Stratege, weiß genau, was er will, und steuert das unaufgeregt an. Der hat unbedingt das Zeug zu Höherem, man hat ihm schon mehrfach eigene Intendanzen angeboten, aber wollte nicht. Er steuert das Schiff wohl lieber aus der zweiten Reihe.«

Kurz schaute auf seine Uhr und gab dem Kellner hektische Handzeichen. »Jetzt muss ich aber los. Ich bin leider nicht so berühmt, dass die mit der Premiere auf mich warten.«

Es war offensichtlich, dass Kurz hier Stammgast war. Im Handumdrehen standen zwei Espresso und zwei Grappa auf dem Tisch, und Kurz drückte dem Kellner seine Kreditkarte in die Hand.

Kurz stürzte den Espresso hinunter, den Grappa hinterher, und watschelte, Grock ihm hinterher, mit schnellen Schritten zum Tresen, wo er die Rechnung unterschrieb, ohne sie auch nur anzuschauen.

»War schön, mit Ihnen geplaudert zu haben«, sagte er zu Grock, während er dessen Hand schüttelte. »Wir sollten öfter mal zusammen essen gehen, mit Ihnen kann man sich gut unterhalten. Ich kenne noch mehr Lokale mit vorzüglicher Weinkarte.«

Grock fand das zwar nett gesagt, war sich aber ziemlich sicher, dass er nur wenig zur Unterhaltung beigetragen hatte. Was konnte ein Mann seines Berufes auch anderes als fragen, fragen, fragen. Aber dieses Essen, diese Weine hatten eine ganz ungewohnte Neugierde in ihm geweckt, die Ahnung von einem anderen Leben, der er gerne nachlauschen würde. Bestimmt hatte er noch ein paar Fragen an den Kritiker. Was er ihm auch sagte.

Kurz lachte. »Gerne, jederzeit. Ihnen einen schönen Feierabend, ich darf noch arbeiten.«

»Ich auch«, sagte Grock. »Ich schaue mir diesen ›Richard‹ an.«

»Na, hoffentlich kommt Ihnen das Essen nicht wieder hoch.«

»Was haben Sie eigentlich von Carlos gehalten? Als Künstler? Abseits dessen, was in Ihrem Nachruf steht?«

»Ganz ehrlich? Gar nichts. Ein Windei, und irgendwann hätte das jeder gemerkt. Manchmal ist schwer nachzuvollziehen, wie Genies zu ihrem Ruf kommen. Aber glauben Sie nicht alles, was ein Kritiker sagt. Auch wir pflegen unsere Vorlieben und Abneigungen. Vor allem die.«

Während der Theaterkritiker die Königstraße davoneilte, schlenderte Grock in Richtung Theater. Er fühlte sich vollgefressen und leicht angeschickert, beides auf durchaus angenehme Weise, und hatte nicht die geringste Lust, jetzt noch weiter über einen Todesfall nachzudenken, der vielleicht ein Unfall war, vielleicht ein Mord. Das interessierte ihn im Moment nicht die Bohne, er wollte sich lieber dieser wohligen Trägheit ergeben. Wie war er nur auf diese dämliche Idee verfallen, ins Theater gehen zu wollen? Als ob das irgendeinen Erkenntnisgewinn brächte, kriminalistisch gesehen. Manchmal hatte Grock auch spontane Einfälle, die er später bitter bereute.

22

Er hatte Theresa angerufen und zu seinem Erstaunen erfahren, dass sie mit Dirk in der Kantine wartete. Ihre provisorische Kommandozentrale war wieder ihrem eigentlichen Zweck als Statistengarderobe zugeführt worden.

Vor dem Theater war großer Auflauf, sorgfältig gestylte Fernsehreporterinnen wollten von den Theatergängern Meinungen zu dem tragischen Dahinscheiden des berühmten Carlos einsammeln. Die meisten hatten davon noch gar nichts mitbekommen, entsprechend ergiebig waren die Kommentare.

Eine hektische Blondine entdeckte Grock, weiß der Himmel, woher sie ihn kannte, sie rannte ihm hinterher, im Schlepptau ihr Kameramann.

»Herr Kommissar Grock!«, rief sie. »Was sagen Sie als Leiter der Ermittlungen zu dem Fall?«

Das blendende Licht erfasste Grock, er kniff die Augen zusammen.

»Nichts«, sagte er, und es gelang ihm, in den Bühneneingang zu flüchten und sich in den Schutz des Pförtners zu begeben, der wie ein Fels in der Brandung stand und alle Zugangsbegehren abwies. Das hätte gerade noch gefehlt, dass ein beduselter Kriminalhauptkommissar vor der Kamera herumlallte.

Gut, ganz so schlimm stand es nicht um ihn, aber Grock fühlte sich von der Situation überfordert, zumal er rein gar nichts beitragen konnte außer hohlen Phrasen. Wir haben den ganzen Tag hart gearbeitet, sind jetzt ziemlich groggy – haha, ein Wortspiel, haben Sie das verstanden? – und so klug als wie zuvor.

Nein, ganz stimmte das nicht, wir haben schon einiges Interessante erfahren, aber wissen noch nicht, ob das für den Fall – ha, schon wieder ein Wortspiel! – von Bedeutung ist, wir müssen da weiter nachbohren, Aussagen auswerten, vergleichen, die Unstimmigkeiten aufspüren, auf die leisen Untertöne und das nicht Gesagte lauschen … Die übliche Kleinarbeit eben, wenig medientauglich. Fragen Sie Herrn Dr. Ströbel, Staatsanwalt im Turbogang, der kann ganz wunderbar über das Nichts plaudern.

»Schlemmerorgie mit einem Theaterkritiker!«, sagte Dirk, und der Neid war herauszuhören. »Du wirkst gut abgefüllt.«

»Ja«, antwortete Grock und hatte keinerlei schlechtes Gewissen.

»Wenn ich mal Dezernatsleiter bin …« Dirk seufzte.

»Wusstest du, dass bei Beförderungen seit Neuestem der Body-Mass-Index maßgebend ist?«, fragte Theresa.

»Über dieses Thema macht man keine Witze!«

»Ist ja auch keiner.«

»Warum bist du noch hier, Dirk?«, wollte Grock wissen. »Irgendetwas Neues?«

»Ich hatte da eine Idee, und die könnte ein Ansatz sein. Es gibt hier ein Flugwerk, das ist …«

»Kenne ich«, unterbrach ihn Grock.

»Finkbeiner hat tatsächlich Carlos' Fingerabdrücke drauf gefunden. Jetzt wäre es doch möglich …«

»Das lässt sich einfach erklären«, unterbrach ihn Grock wieder und erzählte von dem Plakat mit dem fliegenden Carlos.

»Schade. Aber du musst zugeben, die Idee war nicht schlecht.«

»Wir sollten auf alle Fälle in Erfahrung bringen, ob das Flugwerk seit den Fotos noch mal benutzt wurde. Aber morgen. Geh heim zu Frau und Kindern, Dirk.«

Dirk nickte. Er sah müde aus.

Grock fragte Theresa: »Gibt es eigentlich so etwas wie einen Hintereingang ins Theater? Draußen wartet die Presse, ich bin denen mit Müh und Not entkommen.«

Theresa nickte. »Komm mit.«

Sie führte ihn durch wieder verwirrend viele Gänge, öffnete schließlich eine Tür, und sie standen im Foyer.

»Hm«, sagte Grock. »Wenn wir hier rauskönnen, kann logischerweise jemand von der anderen Seite auch rein. Ohne dass er an der Pforte vorbeimuss. Wir müssen das untersuchen.«

»Glaubst du, Dirk hat den ganzen Tag nur Däumchen gedreht? Der Kollege von der Kriminaltechnik hat keine Einbruchsspuren gefunden, sagt aber, dass er dieses Schloss mit einem Zigarettenpapier knacken könnte. Bliebe noch die Frage, wie jemand ins Foyer kommt, das wird natürlich abgeschlossen, wenn alle gegangen sind, und zwar mit einem komplizierteren Schloss.«

»Es kann sich ja auch jemand im Foyer versteckt haben.«

»Jetzt mach die Sache nicht komplizierter, als sie ohnehin schon ist. Das hieße nämlich erstens, du gehst tatsächlich von einem Mord aus, und zweitens, der Täter kommt von außen. Ein Theatermitglied kommt ja problemlos ins Haus.«

»Vielleicht in Carlos' privatem Bereich? Eine seiner Liebschaften?«

»Jetzt zügle mal deine Fantasie, Grock, und genieße eine wundervolle Inszenierung des berühmten Carlos.«

Sie drängten sich zu ihren Plätzen durch und ernteten jedes Mal böse Blicke, wenn jemand ihretwegen aufstehen musste. Grock sah sich um. Das Schauspielhaus war gut besucht.

Grock setzte sich und sah vor zur Bühne. Dort war er heute in aller Frühe gestanden, im Rampenlicht, von grellen Scheinwerfern angestrahlt, und hatte etwas erahnt von der Erregung und dem Zauber, die von einem Theater ausgingen. Jetzt war die Bühne vollgemüllt mit allerlei Gerümpel.

»Wovon handelt das Stück eigentlich?«, fragte er Theresa flüsternd.

»Richard ist ein verkrüppelter, hässlicher Mann, der zum Bösewicht wird, weil er König werden will und dabei ein paar Menschen um die Ecke bringen muss. Und am Ende sind alle tot. Es fängt an mit Richard und dem Text, den ich heute Morgen zitiert habe, erinnerst du dich? Der Winter unsres Missvergnügens.«

Grock brummte. Mochte sein, er erinnerte sich nicht mehr.

Das Licht im Zuschauerraum ging langsam aus, das Geraschel, Gemurmel und Gehuste verstummte. In einem schummrigen Lichtschein humpelte eine kaum zu erkennende Gestalt auf die Bühne, woraufhin Grock sich automatisch an sein Knie fasste, das er ganz vergessen hatte, und begann, Theresa zu zitieren. Nein, umgekehrt, Theresa hatte … ach, egal. Ein greller Spot irrte auf der Bühne umher und erfasste schließlich die Gestalt.

Richard III. war eine Frau, Katty Lundy, die Diva, nackt bis auf einen knappen Slip, mit enormen Brüsten, Buckel und aufgedunsenem Körper.

Es fängt ja schon gut an mit den Nackerten, dachte Grock. Ein schöner Anblick war es nicht. Andere Schauspieler traten auf, in Rollen, die er nicht zuordnen konnte, sprachen Text, den er nicht verstand. Er erkannte manche von ihnen, Sabine Gronewoldt, Karsten Skibba, den schönen Hamlet. Sie brüllten und krächzten, wälzten sich auf dem Boden, schossen mit Maschinenpistolen um sich. Bald verließen die ersten Zuschauer türenschlagend den Raum.

Irgendwann entledigte sich Katty Lundy, respektive Richard, ihres Slips, heraus sprang ein riesiger Penis, mit dem sie Karsten Skibba, respektive irgendwen, bepinkelte, worauf sich der, nur folgerichtig, seine Kleider vom Leib riss und seinen gestählten Astralkörper zeigte, inklusive prächtigem Anhang. Katty Lundy riss sich den Penis ab und schleuderte ihn in den Zuschauerraum. Wieder knallten Türen.

Die Hauptbeschäftigung der Schauspieler bestand darin, sich beständig auszuziehen, was manchmal erfreuliche Anblicke bot, meistens nicht. Wie hatte heute irgendwer gesagt? Das sind auch nur Menschen. Wie wahr, wie wahr. Grock konnte dem Geschehen schon lange nicht mehr folgen, nur schauen, und irgendwann stupste ihn Theresa in die Seite. »Grock, du schnarchst.« Er hatte von einem durch die Luft segelnden Penis geträumt, der auf die

Bühne stürzte und zerbarst und gedacht, es sei sein eigener.

Als alles vorüber war, gab es frenetischen Jubel und vereinzelte, aber lautstarke Proteste. Die Ränge hatten sich halb geleert, die meisten Empörten waren schon weg. Zum Schlussapplaus hatten sich die Schauspieler nichts übergezogen, sondern verblieben im letzten Stadium ihrer mehr oder minder ausgeprägten Nacktheit. Fleischbeschau. Grock besah sich Karsten Skibbas makellosen Körper, sah ganz schnell wieder weg und beschloss, nie mehr in den Spiegel zu schauen. Normale Menschen! Nicht alle. Die meisten schon.

Lange blieb sein Blick an Sabine Gronewoldt hängen, an ihren kleinen Brüsten, dem herzförmig ausrasierten Schamhaar. Sie hatte eine Herzogin gespielt, vielleicht auch einen Herzog, Grock hatte das nicht verstanden. Was brachte einen Menschen, einen normalen Menschen dazu, sich so zu präsentieren? Jeder, der ins Theater ging, war jetzt genauestens informiert über die körperliche Beschaffenheit einer keineswegs besonders hübschen, doch aparten jungen Frau namens Sabine Gronewoldt, die ein paar Pfunde zu viel auf den Hüften hatte.

»Und?«, fragte Theresa, als sie zum Ausgang gingen. Die Fernsehteams waren schon lange verschwunden.

»Ich habe überhaupt nichts kapiert«, gestand Grock. »Nichts von der Geschichte, nichts von dem, was auf der Bühne passiert ist. Und warum das so passieren musste.«

»Soll ich dir vorlesen, wie das Programmheft das alles erklärt?«

»Besser nicht. Ich würde es doch nicht verstehen.«

Sie verabschiedeten sich, und als Grock gerade in sein Auto steigen wollte, das noch vor dem Bühneneingang stand, hatte er eine Idee. Vielleicht war das wieder eine dieser spontanen Ideen, die er später bereuen würde.

23

Grock blieb im Auto sitzen, drei Schwarze lang, kein bisschen müde mehr, bis er Sabine Gronewoldt aus der Pforte treten sah, eine unscheinbare, ganz normale Frau. Wenn man sie so sah, konnte man sich nicht vorstellen, was sie eben noch auf der Bühne alles getrieben hatte.

Er stieg aus, ging auf sie zu und rief ihren Namen. Sie drehte sich um, schaute einen Moment überrascht und erkannte ihn.

»Ach, mein Agent«, sagte sie spöttisch.

»Mit der Scala hat es leider nicht geklappt, aber die Met wäre interessiert«, erwiderte er und war erstaunt, dass er sich so schnell auf ihren leichten Ton einlassen konnte.

»Wenn das Honorar stimmt, von mir aus.«

»Wie wäre es mit einem Vorschuss in Form eines Glases Irgendwas?«

»Ich bin zu müde für ein Verhör.«

»Kein Verhör. Nur plaudern.«

»Beruflich oder privat?«

»Das lässt sich bei mir schwer trennen.«

Sie überlegte. »Ein Absacker wäre nicht schlecht. Aber Sie müssen mich dann nach Hause fahren, die letzte Straßenbahn ist dann schon weg. Wohin?«

»Die Frau hat die Hosen an, oder habe ich das in dem Stück heute Abend falsch verstanden?«

Sie lachte. »Völlig! Wenn das der arme Carlos wüsste! Wir gehen in eine Kneipe, wo wir garantiert keine Kollegen treffen. Die könnte ich heute nämlich nicht mehr ertragen.«

Sie dirigierte ihn durch das nächtliche Stuttgart.

»Dann haben Sie also tatsächlich den ›Richard‹ angesehen«, sagte sie. »Was meinen Sie dazu?«

»Ich bin kein Theatergänger.«

»Und werden es nach dieser Inszenierung auch nicht werden, habe ich recht?«

»Nur wenn Sie mitspielen.«

»Das geschieht relativ häufig an diesem Theater. Ich gehöre ja zum Ensemble.«

»Ich hätte mich besser informieren sollen. Aber versprochen ist versprochen. Am Samstag sehe ich Sie wieder.«

Sie hielten vor einer Eckkneipe in Gaisburg. Sabine Gronewoldt schien den Wirt zu kennen, sie nickten sich zu. Es war nicht mehr viel los um diese Zeit, sie setzten sich in eine Ecke. Sabine Gronewoldt bestellte ein Bier, Grock ein Glas Wasser. Er war von sich selbst überrascht und fühlte sich zu einer Erklärung genötigt.

»Ich muss Sie ja noch sicher nach Hause bringen.«

»Von hier aus kann ich auch laufen.«

»Kommt nicht in Frage. Der Mann muss die Frau beschützen, vor allem nachts, wenn finstere Gestalten durch die Gassen schleichen. Oder habe ich das auch falsch verstanden?«

»Was Carlos' Sichtweise anbetrifft, ja, da ist es genau umgekehrt. Ansonsten ist Ihre Haltung akzeptabel.«

»Carlos.«

»Doch ein Verhör.«

»Bei einem Verhör sieht es anders aus. Zum Beispiel gibt es da kein Bier.«

»Und keine Zigaretten, nehme ich an.« Sie zündete sich eine an, Grock schaute erstaunt. »Um diese Zeit, wenn nichts mehr los ist, wird das hier zur geschlossenen Gesellschaft erklärt. Der Wirt raucht selbst.«

Diese Kneipe muss ich mir merken, dachte Grock, und holte seine Schwarzen hervor.

»Muss anstrengend sein, so eine Aufführung.«

»Wahrscheinlich nicht anstrengender als andere Arbeit auch. Ich kenne nichts anderes.«

Sie hatte ihr Bier schnell leergetrunken und orderte ein neues. Grock nippte nur an seinem Wasser. Ja, wenn es ein vernünftiger Wein gewesen wäre, ein Barolo vielleicht oder zur Not auch ein Trollinger …

»Sie entblößen sich da auf der Bühne ziemlich.«

»Das tut jeder Schauspieler. Wir stellen Personen dar, die auf irgendeine Weise verletzt worden sind und darauf reagieren. Ein Gefühlschaos. Natürlich hat das auch mit mir selbst zu tun. Wie ich lache, wie ich weine, wie ich schreie.«

»Ich meinte das mit dem Entblößen ganz wörtlich. Macht Ihnen das nichts aus?«

»Doch.«

»Und warum tun Sie's dann?«

»Weil es der Regisseur so will. Und weil ich mache, was der Regisseur will, sonst bin ich raus, weil jemand anders liebend gerne einspringt. Mit Carlos konnte man nicht diskutieren. Er hatte seine Vorstellungen, und basta. Was tut man nicht alles um der Karriere willen. Der vermeintlichen Karriere.«

In ihrem Ton war etwas, was Grock auch an Verletzungen denken ließ. Reale Verletzungen, nicht die einer Bühnenfigur. Sie stürzte den Rest ihres Glases hinunter, als könnte sie damit unangenehme Erinnerungen wegschwemmen.

»Ich habe von der jungen Schauspielerin gehört, die Carlos hinausgeworfen hat.«

»Die Jenny, ja. Carlos, wie er leibt und lebt. Oder gelebt hat. Ich bin mir ziemlich sicher, dass er das von Anfang an so geplant hat.«

»Warum?«

»Um den Intendanten vorzuführen, keine Ahnung, warum. Jeder wusste, dass er und Jenny was miteinander hatten. Jeder konnte sich ausmalen, was dieser Rauswurf für Folgen haben würde.«

Grock war erfreut, dass er das offensichtlich richtig gesehen hatte. »Er hat diese Jenny also nur benutzt, um mit dem Intendanten etwas auszufechten?«

»Er hat jeden nur benutzt.«

»Sie auch?«

»Jeden. Carlos war ein Schwein. Ein fieser Scheißkerl. Durch und durch böse. Gegen den ist Richard ein Waisenknabe.«

Grock spürte die Wut, die hinter ihren Worten steckte. Den Hass. Und wieder dachte er an die Verletzungen, von denen sie vorhin gesprochen hatte. Verletzungen, die sie betrafen. Aber noch war sie nicht so weit, sich zu öffnen. Er musste aufpassen, dass sie nicht völlig dicht machte. Sie starrte in ihr leeres Glas.

»Habe ich Ihnen jetzt die Illusionen über die schöne Theaterwelt genommen?«, fragte sie.

»In meinem Beruf macht man sich keine Illusionen mehr. Höchstens über sich selbst.«

»Dann scheinen unsere Berufe ja einiges gemeinsam zu haben.«

»Noch ein Bier?«, fragte er.

»Ein letztes. Sonst kippe ich noch vom Stuhl.«

»Den Eindruck machen Sie noch nicht. Und Schauspieler sollen ja recht trinkfest sein, habe ich gehört.«

»Was Sie alles hören! Nicht mehr und nicht weniger als andere. Wir machen zwar vielleicht Dinge, die anderen etwas seltsam vorkommen, aber deswegen sind wir nichts Besonderes. Wenn die Vorstellung vorbei ist, verwandeln wir uns wieder in ganz normale Menschen.«

»Es gibt ja einige, die es lange mit Carlos ausgehalten haben. Sein Ausstatter zum Beispiel, dieser Lutz Benger.«

»Der Lutz! Ein liebes Kerlchen. Etwas exzentrisch, aber auf charmante Art. Er war einer der wenigen, die Carlos richtig nehmen konnten. Der ihm auch mal widersprechen konnte, ohne dass es gleich zum Weltuntergang kam. Der ihn wieder auf den Boden holte, wenn Carlos mal wieder seine Brüllorgie veranstaltete und jeden nur noch unflätig beschimpfte. Ich glaube, er war der einzige Vertraute, den Carlos hatte. Wenn es so etwas bei ihm überhaupt gab.«

»Hatten die zwei mal eine Beziehung?«

»Carlos hat alles genagelt, was bei zwei nicht auf den Bäumen war. Was eine Beziehung war, wusste der gar nicht.«

»Und Katty Lundy?«

»Die Katty! Seine Muse, der Quell seiner Inspiration! Quatsch. Die hat ihr Leben lang darauf gewartet, dass es tatsächlich zu einer echten Beziehung kommt. Dabei hat er sie genauso ausgenutzt wie alle anderen auch. Sie war immer zur Stelle, wenn's ihn gejuckt hat. Oder wenn er eine Abfuhr bekommen hat, was hin und wieder auch vorgekommen sein soll. Oder überhaupt. Und jetzt hat er sie kalt lächelnd abserviert.«

»Wie das?«

»Genaues weiß man nicht, aber man munkelt, dass er sie vor ein paar Tagen gewissermaßen gekündigt hat. Der ›Hamlet‹ wäre die letzte Produktion mit ihm gewesen. Bei allem, was danach geplant war, wäre sie nicht mehr dabei gewesen.«

»Warum das?«

»Mein Herz, du bist alt und verbraucht, für dich ist kein Platz mehr in meinem Universum. Gerüchte. Das Theater besteht nur aus Gerüchten. Und jetzt will ich nach Hause, ich bin müde.«

Sie nannte eine Adresse in der Jägerhalde.

»Da können wir uns ja zuwinken«, sagte Grock. »Ich wohne drüben in Luginsland.«

Auf der kurzen Fahrt murmelte sie: »Was für ein Scheißtag! Und der nächste fängt auch nicht besser an. Nichts im Haus außer Knäckebrot. Ich wollte heute einkaufen, aber es gab da gewisse Leute, die das verhindert haben.«

»Damit bin wohl ich gemeint. Ich biete eine Entschädigung an. Ich bringe das Frühstück. Brötchen oder Croissants?«

»Beides.«

»Abgemacht.«

In was hast du dich da bloß hineingeritten, fragte er sich auf der Heimfahrt. Jetzt war es zu spät. Lena kam ihm in den Sinn. Aber sie war es doch, die ausgezogen war, sie war es doch, die ihn hatte sitzen lassen.

Es war spät, sehr spät. Er fiel ins Bett und ratzte sofort weg. Im Hinwegdämmern fiel ihm ein Satz ein. Die Nackten und die Toten. In seinem Traum tauchte wieder dieses Frauenbein auf. Diesmal ging es bis zum herzförmig ausrasierten Intimbereich. Grock schnarchte.

24

Er musste viermal klingeln und fürchtete, einem entsetzlichen Missverständnis aufgesessen zu sein. Das könnte peinlich werden. Er suchte schon mal nach einer halbwegs einleuchtenden Erklärung. Ihm fiel nichts ein, so früh am Morgen.

Dann öffnete sie, gähnte und blinzelte ihn an. Verständnislos. Dann das Erkennen in ihren Augen.

»Ach, du bist es. Schon wieder ein Verhör?«

Doch ein Missverständnis! Hatte sie jemand anderen erwartet? Es *war* peinlich. Immerhin waren sie im Schlaf zum Du übergegangen, gestern Abend war da nichts gewesen, das wusste er mit Sicherheit, er hatte ja nur Wasser getrunken. Und jetzt? Er hätte im Boden versinken können, was war er doch für ein Idiot! Oder den Dienstausweis schwenken und auf amtlich machen, irgendeine Frage würde ihm schon einfallen.

Stattdessen schwenkte er die Bäckertüte.

»Ach so!«

Mit ihrem verwuschelten Haar, ungeschminkt und Schlaffalten im Gesicht hatte sie etwas Unschuldiges an sich.

Sie drehte wortlos um und ging voraus. Dass sie ihm nicht die Tür vor der Nase zugeknallt hatte, betrachtete er als Aufforderung. Er folgte ihr in ein chaotisch unaufgeräumtes Zimmer. Er fand es sympathisch, dass sie sich für die Unordnung nicht entschuldigte.

Sie trug ein T-Shirt, das halb über den Po reichte, und sonst offensichtlich nichts.

Sie war doch verabredet. In diesem Aufzug öffnet keine Frau einem Fremden die Tür. Und ein Fremder war er für sie, trotz des Kneipenbesuchs gestern Abend, den man ja nicht als romantisches Rendezvous bezeichnen konnte.

Er wusste nicht, wie er sich verhalten sollte. Dezent wegzuschauen ging ja nun schlechterdings nicht.

Ein Gedanke schoss ihm heiß durch den Kopf. Was, wenn das eine Falle war? Mit dem Vorwurf der sexuellen Belästigung waren die Frauen ja heutzutage schnell bei der Hand, und wenn schon nicht das, dann war es auf alle Fälle eine überaus unangemessene Art, jemanden zu befragen.

Dann erinnerte er sich daran, dass er sie gestern Abend lange genug nackt auf der Bühne gesehen hatte, wie alle Stuttgarter Theatergänger vor ihm. Sie war sozusagen ein stadtbekannter Anblick, also brauchte er nicht genierlich zu tun. Wer sich öffentlich so präsentieren konnte, war wohl nicht sonderlich prüde.

Dumme Ausreden. Er erinnerte sich auch an das, was sie gestern in der Kneipe gesagt hatte, nämlich dass es ihr etwas ausmachte. Nackt auf der Bühne war etwas anderes als nackt in der Küche. Zwei Paar Stiefel. Zwei Sabines.

Erst jetzt wurde ihm bewusst, dass er immer noch auf ihren Hintern starrte, während sie in der Küche mit der Kaffeemaschine hantierte.

»Milch? Zucker?«, fragte sie.

»Nur Milch bitte«, antwortete er.

Sie brachte den Kaffee und eine Packung Milch zum Tisch. Viel Platz war nicht mehr darauf. Sie schob die Zeitungen, Zeitschriften und Bücher einfach auf die Seite.

»Hier gibt's auch Stühle«, sagte sie und setzte sich.

Er nahm auf einem anderen Stuhl Platz, ihr gegenüber, der Tisch als Barriere und Blickschutz zwischen ihnen beiden. Jetzt konnte er ihr wenigstens in die Augen schauen.

Eine Frau direkt nach dem Aufstehen ist ein überaus intimer, verletzlicher Anblick, dachte er, der eigentlich Vertraulichkeit gebot. Es sei denn natürlich, man war in dienstlicher Angelegenheit da. War er das? Er, ganz allein, mit einer dürftig bekleideten Frau?

Sie schenkte beiden Kaffee ein und zündete sich eine Zigarette an. Sie trank den Kaffee schwarz. Ein Schluck Kaffee, ein Zug aus der Zigarette. Ein Schluck Kaffee, ein Zug aus der Zigarette. Beide schwiegen.

»War eine blöde Idee, diese Frühstückseinladung«, sagte sie plötzlich. »Ich war wohl etwas angeschickert.«

Er hätte es wissen können. Grock, Grock, was bist du doch dämlich! Jetzt schau mal, wie du aus dieser Nummer wieder rauskommst, ohne dich noch mehr zum Dackel zu machen. Immerhin erinnerte sie sich daran.

»Ich bin nämlich morgens unausstehlich und ausgesprochen maulfaul«, fuhr Sabine fort. »Ich brauche lange, bis ich überhaupt mitbekomme, was um mich vorgeht.«

Er lachte, etwas verlegen. »Da haben wir ja noch etwas gemeinsam.«

»Was denn sonst noch?«

»Zum Beispiel die Zigarette zum Kaffee. Und vor den Brötchen«, sagte Grock und zündete sich nun seinerseits eine seiner Schwarzen an.

Lena hatte das überhaupt nicht leiden können und ihn an schlechten Tagen heftig angemotzt deswegen.

»Und weiter?«

»Was weiter?«

»Unsere Gemeinsamkeiten.«

Was sollte er darauf antworten? Weshalb war er überhaupt hier? Was hatte er sich erwartet? Ihn überkam ein Anflug von Panik.

Ein paar Züge an der Zigarette.

»Normalerweise schlafe ich um diese Zeit noch«, sagte sie. »Mein Tagesrhythmus ist anders als bei Bürohengsten.«

Die Möglichkeit zum Rückzug wurde ihm auf dem Silbertablett serviert. Hastig stand er auf.

»Entschuldigung, daran habe ich nicht gedacht.«

»Jetzt ist es schon passiert. Gibt's auch Brötchen?«

Aber gewiss doch, der fürsorgliche Grock hatte ja an alles gedacht. Er hob stumm die Tüte in die Höhe.

»Ich zieh mir schnell was über«, murmelte sie, verschwand und kam gleich darauf mit einer Jogginghose bekleidet wieder.

Grock war erleichtert. Und gleichzeitig enttäuscht.

Sie stellte Teller und Besteck auf den Tisch, Butter, Marmelade, Honig.

»Mehr gibt's nicht«, sagte sie.

»Mehr muss auch nicht sein.«

Sie schnitt ein Brötchen auf und bestrich die eine Hälfte mit Butter und Marmelade. Erdbeere.

»Du hast mich vor dem Knäckebrot bewahrt.«

»Deswegen bin ich hier.«

»Nur deswegen?«

Grock nahm ein Croissant. Schweigend aßen sie.

Für die andere Brötchenhälfte nahm sie Honig, Grock griff zu einer Butterbrezel. Er hatte den Bäcker halb leer gekauft, aus Furcht, er könnte was Falsches mitbringen.

»Gut«, sagte sie.

»Ja.«

Sie goss ihnen Kaffee nach und zündete sich eine Zigarette an. Er auch.

»So langsam komme ich bei mir an«, sagte sie.

»Tut mir leid, ich habe da etwas falsch eingeschätzt.«

Eine wegwerfende Handbewegung von ihr. »Machen wir das Beste draus.«

Schweigend rauchten sie.

»Bist du verheiratet?«, fragte sie.

»Vielleicht noch, vielleicht nicht mehr. Eine unklare Situation im Moment.«

»Noch eine Gemeinsamkeit.«

Sie schaute in ihren Kaffeebecher wie in ein Orakel. »Wie weh muss man einem Menschen tun, damit es nicht mehr weitergeht?«

Darauf wusste Grock keine Antwort. Vor allem weil er nicht genau verstand, was sie mit ihrer verschwurbelten Formulierung meinte.

»Sind ein paar Fragen erlaubt?«, fragte er.

»Ich wusste es doch. Ein Frühstück mit Hintergedanken.«

Aber sie lächelte dabei.

Auch Grock lächelte. »Ich kann halt nicht aus meiner Haut.«

»Das habe ich schon bemerkt.«

»Haben die Verletzungen mit Carlos zu tun?«

»Hat deine unklare Ehesituation mit deiner Haut zu tun?«

Zwei Fragen. Zweimal keine Antwort. Keine Antwort war Antwort genug.

Mit einer heftigen Bewegung zog sie eine neue Zigarette aus der Schachtel. »Ich bin froh, dass Carlos tot ist. Und wer immer das getan hat, der hat sicher seine Gründe dafür gehabt.«

Ja, hätte Grock einwenden können, mag sein, und diese Gründe sind oft nachvollziehbar, aber trotzdem bringen wir nicht einen Menschen vom Leben zum Tode, das machen wir nicht mehr so, deswegen hat in grauer Vorzeit ein schlauer Mensch Gesetze erfunden, mit denen wir unser Zusammenleben organisieren und die ungezügelten Hass in geordnete Bahnen lenken sollen, wenn das auch nicht immer funktioniert.

Aber manchmal wusste auch Grock, wann er besser den Mund hielt. Und die Fragen zurückhielt, die er eigentlich stellen wollte.

Sie drehte die unangezündete Zigarette in ihren Händen, drehte und knetete sie, bis das dünne Papier zerriss und der Tabak auf den Tisch krümelte.

»Und wer immer das getan hat, der hat meine volle Unterstützung.«

Abrupt stand sie auf. »Du solltest jetzt gehen.«

»Ja«, sagte Grock.

»Danke fürs gemeinsame Frühstück.«

»Ich war ja nicht gerade unterhaltsam«, erwiderte er.

»Eben drum«, sagte sie und hauchte ihm einen Kuss auf die Wange.

Sabine Gronewoldt hatte ihm etwas sagen wollen, doch er wusste nicht, was. Nach einem Geständnis, und sei es noch so verklausuliert, hatte es nicht geklungen.

25

Im Präsidium ging Grock schnurstracks zum Büro des Rats. Waltraud goss ihren Ficus. Waltraud goss immer den Ficus, wenn er das Vorzimmer betrat. Wahrscheinlich war draußen eine geheime Kamera angebracht, und sobald er sich näherte, sprang sie auf und widmete sich dem Ficus.

»Schön, dass man dich auch mal wieder zu Gesicht bekommt«, begrüßte sie ihn.

»Klingt ja so, als hättest du mich vermisst.«

»Dein Anblick versüßt mir jedes Mal den Tag. Dann ist der Chef nämlich eine Zeitlang beschäftigt und kommt nicht auf dumme Gedanken.«

»Als da wären?«

»Dienstgeheimnis. Nicht für untere Dienstränge bestimmt.«

»Weißt du eigentlich, wer das kleine Mädchen ist, das Ströbel mit sich herumschleppt?«

»Jasmin Jung, macht ihr Referendariat bei ihm. Ist also nicht mehr so klein, wenn du damit jung meinst.«

»Da hat er mal jemanden, vor dem er sich richtig aufplustern kann. Wahrscheinlich hängt sie bewundernd an seinen Lippen.«

»Die ist total eingeschüchtert. Traut sich nicht mal zu husten. Und Ströbel weiß nichts mit ihr anzufangen.«

»Ist das mein Problem?«

»Ja, demnächst. Er steht mächtig unter Druck. Und du weißt, wie er ist, er gibt das nach unten weiter. Du solltest dich um das Mädchen kümmern.«

»Ich?«

»Sie ein bisschen aufrichten. Du kannst das.«

»Ich?«

Er war konsterniert. Welcher Ruf eilte ihm da voraus? Er wusste, dass er als muffelig, brummig, verletzend galt. Der Carlos des Dezernats D11. Wenn er nur daran dachte, wie er anfangs Theresa das Leben schwer gemacht hatte.

»Ich?«, wiederholte er noch einmal.

»Wer sonst als du? Warum forderst du sie nicht für deine Abteilung zur Unterstützung an?«

»Soweit ich weiß, gehört das nicht zur Referendariatsausbildung.«

»Ströbel wäre begeistert. Sein Mädchen könnte praktische Erfahrung in der Polizeiarbeit sammeln, und das in einem der weniger scheußlichen Fälle. Und du könntest bei Ströbel Punkte sammeln.«

»Als ob ich das nötig hätte. Ich setze mir doch keine Laus in den Pelz! Dann erfährt Ströbel jedes Mal, wenn ich huste.«

»Was Ströbel erfährt, liegt bei dir. Du kannst sie steuern. Ströbel steht unter Volldampf, und das wirst du zu spüren bekommen.«

»Solche Spielchen liegen mir nicht.«

»Stell sie Toni an die Seite. Der umgarnt sie.«

»Toni ist in Urlaub.«

»Überleg es dir.«

»Themawechsel. Gehst du eigentlich ins Theater, Waltraud?«

»Ja. Aber nur in die Komödie. Ich will mich schließlich unterhalten und nicht Probleme wälzen. Die habe ich selbst genug.«

»Wie heißt das neueste Problem?«

»Von wegen! Von Männern habe ich genug. Und außerdem geht dich mein Privatleben nichts an. Zu deinem Carlos kann ich also nichts sagen. Das ist mir zu eklig.«

»Woher weißt du das, wenn du es nicht gesehen hast?«

»Hör mal, ich lese schließlich Zeitung.«

»Und du glaubst alles, was in der Zeitung steht?«

»Natürlich. Heute habe ich zum Beispiel gelesen, dass Kommissar Grock im Fall Carlos im Dunkeln tappt. Siehst du! Und jetzt ab mit dir ins Allerheiligste! Der Rat wartet schon sehnsüchtig. Und ganz im Vertrauen: Er hat eine Überraschung für dich.«

Grock verzog das Gesicht. Überraschungen des Rats verhießen in der Regel nichts Gutes.

Er zog Schuhe und Strümpfe aus. Seit der Rat diesen teuren Teppich hatte, der nicht mit Straßenschuhen betreten werden durfte, hatte er immer frische Socken an. Zumindest welche ohne Loch.

Er klopfte, wartete auf Antwort, trat ein. Dann begann das Ritual.

Er glitt auf dem Teppich dahin wie ein Schlittschuhläufer, ließ sich von dem hohen Flor die Fußsohlen kitzeln, berauschte sich an dem Gefühl, das langsam bis in die Lenden hochkribbelte.

Der Rat saß in seinem Sessel und betrachtete Grock wohlgefällig.

»Immer wieder erhebend, nicht wahr? Setzen Sie sich, Grock, und greifen Sie zu. Ein zweites Frühstück.«

Ungläubig bestaunte Grock die Platte auf dem Tisch. Canapés. Fingerfood, wie man heutzutage sagte. Lachs und anderer Räucherfisch, Schinken, schwarze Eierchen, die er als Kaviar interpretierte, Käse, Undefinierbares.

»Ich hatte ja gehofft, dass Sie mich gestern Abend noch beehren, und da habe ich gedacht, der arme Grock, ein langer Tag, er wird hungrig sein, man weiß ja, wie das ist an solchen Tagen, fürs Essen bleibt keine Zeit, man schlingt halt irgendwas in sich hinein und hat dann mit einem verkorksten Magen zu kämpfen. Eigentlich hätte ich gestern meine Frau zu einem Konzert begleiten sollen, doch manchmal muss man eben Opfer bringen, der Dienst geht vor, meine Frau hat das auch gleich eingesehen, wohl oder übel. Ich muss gestehen, ich habe mich gestern Abend selbst schon bedient, aber es wird trotzdem reichen, greifen Sie zu.«

»Sehr freundlich«, brachte Grock hervor. Wenn er dem Rat jetzt sagen würde, dass er gestern zweimal ganz ausgezeichnet gespeist hatte …

»Keine Ursache, Grock! Mein bester Mann!«

Sofort wurde Grock misstrauisch. Wenn der Rat ihm so den Bauch pinselte, führte er etwas im Schilde. Lob gab es nicht umsonst.

»Während ich auf Sie gewartet habe, Grock, habe ich mal wieder meinen ›Hamlet‹ gelesen, aus gegebenem Anlass. Ein faszinierendes Stück, finden Sie nicht auch?«

Zum Glück für Grock erwartete der Rat keine Antwort, sondern fuhr fort, ein Lachsbrötchen kauend: »Eine Fülle von Deutungsmöglichkeiten, das zeichnet ja die wahren Klassiker aus. Aber man kann sich schon vorstellen, was dieser Carlos daraus macht.«

»Haben Sie Inszenierungen von ihm gesehen?«

»Natürlich, natürlich, man hat ja seine Verpflichtungen, Sie wissen schon, meine Frau, allem zugetan, was das Kulturleben so hergibt, und das ist in unserer Stadt ja reichlich vorhanden, da muss man sich hin und wieder mal blicken lassen, da darf man nicht immer wichtige Termine … äh … haben, schon um des Familienfriedens willen, aber das wissen Sie ja, Ihre Frau ist ja auch sehr aktiv im gesellschaftlichen Leben, oder muss ich Exfrau sagen, man hört da so einiges.«

Grock bemühte sich um eine stoische Miene. »Wir waren bei diesem Carlos und seinen Inszenierungen.«

»Richtig, richtig! Unter uns, Grock: grauenhaft! Grauenhaft! Ich habe ja meine Klassiker auch gelesen, aber man würde sie auf der Bühne doch gerne wiedererkennen, nicht wahr? Da fragt man sich doch … ich meine, so ein Staatstheater ist ja hoch subventioniert, das sind unsere Steuergelder, sind die da richtig … nicht meine Meinung natürlich, beileibe nicht, Kunst muss Grenzen ausloten, muss sie auch überschreiten dürfen, ganz gewiss, ich bin der Letzte, der das bestreiten würde, es muss einem ja nicht alles gefallen, nicht wahr, aber es gibt so Stimmen in einflussreichen Kreisen …«

»Und jetzt meinen Sie, ein erboster Steuerzahler hat den Regisseur abgemurkst, weil ihm die Stücke nicht gefallen haben?«

Der Rat lachte, aber freudlos. »Ihr Humor, Grock, Ihr Humor! Wenn es nur so einfach wäre! Dieser Carlos war als Künstler vielleicht extrem, aber das ist doch kein Motiv, ihn … abzumurksen, um es in Ihren Worten zu sagen. Nein, nein, das deutet im Moment ja auf einen Unglücksfall hin. Ermitteln Sie doch auch in diese Richtung!«

»Wir ermitteln in alle Richtungen.«

»Natürlich, natürlich, so muss es sein. Alle Richtungen. Vollkommen klar.«

»Der Staatsanwalt hat sich offenbar auf einen Unfall festgelegt.«

»Der Herr Doktor Ströbele …«

»Ströbel«, korrigierte Grock automatisch.

Der Rat zwinkerte ihm zu. »Ströbel, natürlich. Der schwäbische Diminutiv, ein Freud'scher Versprecher,

Grock, aber sagen Sie's nicht weiter. Ja, der Herr Ströbele … Ströbel … der ist manchmal etwas ungestüm. Schnell fertig ist die Jugend mit dem Wort, wie der Dichter sagt. Er hat sogar für heute Nachmittag eine Pressekonferenz einberufen.«

Grock war verblüfft. »Was will er denn da sagen, um Himmels willen?«

»Mit vielen Worten nichts.«

»Und was sagen Sie?«

»Gar nichts. Ich werde an dieser Pressekonferenz nicht teilnehmen.«

Das erstaunte Grock. Üblicherweise ließ sich der Rat keine Gelegenheit entgehen, sich in der Öffentlichkeit zu zeigen, im besten Lichte, verstand sich. Und noch mehr überraschte ihn dessen Reaktion.

»Ich weiß, was Sie jetzt denken, Grock, ich bin nicht so vertrottelt, wie Sie vielleicht manchmal denken. Der Herr Doktor Ströbel muss noch viel lernen über politische Grabenkämpfe. Zum Beispiel, dass man sich erst ins Rampenlicht begibt, wenn man etwas vorzuweisen hat. Und was haben wir bisher, Grock? Sagen Sie's mir!«

»Einen Todesfall mit ungeklärter Ursache. Aber wir stehen ja auch erst am Anfang unserer Ermittlungen.«

»Und welche Möglichkeiten gibt es? Sagen Sie's mir!«

»Selbstmord.«

»Wäre reichlich bizarr. Weiter!«

»Unfall. Er ist gestolpert, hat das Gleichgewicht verloren oder so. Mord im klassischen Sinne. Oder etwas dazwischen. Er hatte Streit mit jemandem, der ist eskaliert. Körperverletzung mit Todesfolge.«

»Das sind juristische Spitzfindigkeiten, die überlassen wir dem Staatsanwalt und dem Gericht. Ihr Dezernat, darf ich daran erinnern, befasst sich mit Tötungsdelikten ganz allgemein. Noch ist alles offen. Und Sie wissen so gut wie ich, dass mancher ungeklärte Todesfall auch ungeklärt bleibt. So sehr wir uns bemühen, wir ahnen vielleicht die

Wahrheit, aber wir finden sie nicht heraus. Das ist für den Doktor Ströbel natürlich nicht akzeptabel. Ich fürchte, er war da intern etwas zu vollmundig. Und wer sich zu weit aus dem Fenster lehnt, kann tief fallen.«

»Wie unser Opfer.«

»Opfer? Noch ist es kein Opfer, Grock, zumindest nicht in dem Sinne, den Ströbel gern hätte. Wissen Sie, Grock, dieser Fall schlägt Wellen, das geht bis in die hohe Politik. Die Staatstheater hängen ja am Tropf von Stadt und Land, da fließt viel Geld, und man beobachtet sehr genau, was da vor sich geht. Man beobachtet *uns* sehr genau, um es so zu sagen. Ein Unfall, nun ja, so etwas passiert. Aber der Gedanke, dass im Staatstheater ein Mörder herumlaufen könnte, macht einige Herren sehr unruhig. Bedenken Sie, Grock, das Renommee des Hauses steht auf dem Spiel.«

»Deshalb ist Ströbel nervös. Dem geht es um seine Karriere.«

»Das haben Sie gesagt, Grock, ich will mich dazu nicht näher auslassen. Ströbel will übrigens, dass Sie bei der Pressekonferenz dabei sind.«

»Bloß nicht! Ich habe nichts zu sagen, ich mache mich bloß zum Affen.«

Der Rat grinste. »Ich habe Ihren kurzen Fernsehauftritt gestern gesehen. Nach dem Motto: ›Ein Mann, ein Wort.‹ Ehrlich gesagt, haben Sie keine besonders gute Figur gemacht. Ich habe Ströbel schon gesagt, dass Sie unabkömmlich sind. Gibt es irgendwelche Brosamen, die wir ihm hinwerfen können?«

Grock schüttelte den Kopf. »Nichts. Und schon gar nichts, was für die Öffentlichkeit bestimmt ist. Auch nicht die Ergebnisse der Obduktion. Noch nicht.«

Der Rat nickte. »Ich werde mir den Ströbel vornehmen, überlassen Sie das mir. Das Übliche also. Wir verfolgen verschiedene Spuren, aus ermittlungstaktischen Gründen können wir nicht und so fort. Der Herr Staatsanwalt wird sehr betrübt sein.«

Aber mein Job ist es nicht, den Herrn Staatsanwalt zu bespaßen, dachte Grock, dafür ist eine andere Gehaltsgruppe zuständig.

»Ich versuche, Ihnen den Ströbel vom Leib zu halten«, sagte der Rat, »damit Sie ungestört arbeiten können, aber Sie wissen selbst …«

Grock wusste. Ein ehrgeiziger Staatsanwalt, der seine große Chance witterte, war wie ein Zug unter Volldampf. Ohne Bremse.

»Da wir gerade beim Thema sind, Grock, der Ströbel hat ja gerade eine Referendarin, ich weiß nicht, ob Sie sie schon kennengelernt haben, und da kam nun die Idee auf …«

… von der ihm Waltraud vorher schon erzählt hatte. Grock knirschte mit den Zähnen. Also doch! Er hatte es ja nicht glauben wollen. Aus Ärger griff er zu einem Kaviarbrötchen, obwohl er eigentlich schon genug hatte.

»Habe ich eine Wahl?«, brummelte er mit vollem Mund.

»Nein. Sie können nur Ihren Ärger hinunterschlucken wie dieses Kaviarbrötchen. Gute Miene zum Spiel machen. Das Spiel mitspielen.«

Wenn der Rat etwas meisterhaft beherrschte, dann war es der Umgang mit Phrasen. Manchmal waren es Nebelkerzen. Manchmal Baldriantropfen. Manchmal Tretminen. Im Moment wusste er nicht, was davon.

»Sehen Sie es mal so, Grock. Vielleicht ist das eine Möglichkeit, das naturgemäß angespannte Verhältnis zwischen uns und der Staatsanwaltschaft etwas zu entkrampfen. Gerade in dieser Situation. Und vielleicht auch eine Chance, den Informationsfluss … nun, etwas zu steuern. In beiden Richtungen. Sie ermitteln ja jetzt am Theater, lieber Grock, das muss doch schon abgefärbt haben, oder nicht?«

So allmählich verstand er, was der Rat vorhatte. Er wusste nur nicht, ob es ihm gefiel. Vorsichtshalber seufzte er erstmal theatralisch.

»Ich habe mir übrigens gestern diesen ›Richard‹ angesehen.«

»Und? Habe ich es nicht gesagt? Grauenhaft!«

»Ich kenne mich da ja nicht so aus. Können Sie mir erklären, was diese Inszenierung besagen soll?«

»Nein, Grock, nein. Ich blicke da nicht durch. Das sind wilde Visionen eines ... ich will ja nichts gesagt haben, eines kranken Hirns. Wie in einem klassischen Drama. Als sei dieser Carlos von Dämonen getrieben, die er nicht mehr loswird.«

Erstaunlicherweise hatte der Rat noch nicht darüber gesprochen, was seine Frau von Carlos hielt. Womöglich war sie begeistert? Was jetzt natürlich keine Rückschlüsse ...

Der Rat erhob sich. »Kommen Sie, Grock, wir schlurfen noch eine Runde, das beruhigt und stärkt die Nerven.«

Einträchtig schwebten sie über den Flor und ergaben sich dem Kribbeln. Der Rat versuchte eine Pirouette, die leidlich gelang, er musste geübt haben.

Auf dem Weg zur Tür sagte er: »Jetzt sind Sie ja wieder bei der Kultur gelandet. Kürzlich dieser Musiker, jetzt das Theater.«

»Ich suche mir meine Leichen nicht aus.«

»Aber vielleicht suchen die Sie. Und nun frisch ans Werk.«

Im Vorzimmer zog Grock wieder Socken und Schuhe an.

»Da hast du mir ja ein schönes Ei gelegt mit Ströbels Mädchen, Waltraud.«

»Ich wollte dich vorwarnen. Damit du dich nicht an einem Kaviarbrötchen verschluckst.«

»Hast du ihm den Floh ins Ohr gesetzt?«

»Er hat auch eigene Ideen.«

Grock, abmarschbereit, sah Waltraud sinnend an.

»Was ist? Habe ich mein Kleid bekleckert?«, fragte sie.

»Würdest du dich nackt ausziehen?«

»Mache ich gelegentlich. Zum Beispiel vor dem Duschen.«

»Vor anderen.«

»Habe ich auch schon gemacht. Ich war schließlich mal verheiratet.«

»Ich meine, in aller Öffentlichkeit.«

»Spinnst du? Damit sich jeder über meine Rubensfigur amüsiert? Worauf willst du hinaus? Hast du Hormonprobleme, seit Lena weg ist?«

»Es geht ums Theater.«

»Verstehe. Ich habe schon gehört, dass es bei diesem Carlos viel nacktes Fleisch gibt.«

»Viel Frauenfleisch.«

»Ich muss nicht andere Weiber beglotzen. Mir reicht schon die Sauna.«

»Es gibt auch einen in jeder Beziehung sehr gut gebauten jungen Mann.«

»Ach?«

»Er soll aber schwul sein.«

»Macht doch nichts, solange es nur ums Glotzen geht. Was hast du im Sinn, Grock? Jetzt red mal Klartext.«

»Ich frage mich, wie sich jemand fühlt, in dem speziellen Fall eine Frau, die, sagen wir mal, nicht die allgemein propagierte Idealfigur hat und die trotzdem nackt auf einer Bühne herumturnen muss.«

»Ich weiß nicht, was andere Frauen fühlen, aber für mich käme das überhaupt nicht in Frage.«

»Und wenn du musst? Aus Karrieregründen? Weil es der Regisseur verlangt?«

»Ich würde dem die Eier abreißen. Und hoch erhobenen Hauptes davongehen. Angezogen.«

»Und wenn du keine Rubensfigur hättest?«

»Du wirst unverschämt, Grock.«

»Deine Worte.«

»Es ist ein Unterschied, ob ich das sage oder du. Frag Theresa. Die kommt der, wie hast du gesagt?, allgemein propagierten Idealfigur ziemlich nahe.«

»Das werde ich ganz bestimmt nicht tun.«

»Feigling!«

»Nur ein Mann mit Taktgefühl.«

»Seit wann denn das?«

»Im Ernst, Waltraud, ich frage mich, wie eine Schauspielerin das aushält. Wie sie darauf reagiert.«

»Schauspieler müssen viele Dinge tun, die mir im Leben nicht einfallen würden. Das ist wahrscheinlich der Unterschied zwischen einem Schauspieler und einer Sekretärin. Für mich wäre das nichts, die sind es wohl gewohnt. Gehört bei denen zum Job. Sonst wären sie nicht Schauspieler geworden.«

»Vielleicht gibt es aber auch da eine Grenze.«

»Möglich. Ich nehme an, das ist es, was du jetzt herausfinden musst.«

»Vielleicht kann ich dir Karten besorgen für den ›Hamlet‹, ich habe ja jetzt beste Verbindungen. Wegen des jungen Mannes.«

»Glaub mir, Grock, ich habe in meinem Leben schon mehr gesehen, als ich sehen will.«

Grock seufzte und ließ Waltraud allein mit ihrem Ficus.

26

Sie sahen alle müde aus, der lange Tag gestern steckte ihnen in den Knochen.

»Na, gut gefrühstückt mit dem Rat?«, fragte Dirk.

»Woher wisst ihr denn das schon wieder?«

»Du weißt doch, nichts funktioniert so gut wie der Flurfunk.«

»Dabei hatte ich nicht mal Hunger. Ich hatte schon gefrühstückt«, sagte Grock.

»Ich habe immer Hunger«, erklärte Dirk. »Und jetzt sagt nicht, dass man mir das auch ansieht. Das muss ich mir zu Hause schon ständig anhören.«

Aus seiner Schreibtischschublade holte er einen Stapel Zahnstocher, zählte einige davon ab und warf sie in den Papierkorb. In seinem individuellen Diätplan stand jeder Zahnstocher für ein nicht gegessenes Stück Schokolade.

»Kalorienmäßig gesehen war das gestern ein richtiger Scheißtag«, sagte er seufzend. »Wenn du nichts Vernünftiges zu essen hast, stopfst du lauter Süßigkeiten in dich hinein. Insofern hättest du mir ruhig was mitbringen können, das macht jetzt auch nichts mehr aus. Was gab's denn?«

»Nichts Besonderes«, sagte Grock.

»Ich weiß es zu schätzen, dass du mich schonen willst.«

»Können wir?«, fragte Grock.

Als hätte er auf das Stichwort gewartet, ging die Tür auf, und herein kam ein grinsender Toni Scarpa. »Ich habe mir sagen lassen, ihr steckt in der Klemme und kommt ohne meine Hilfe nicht weiter. Anscheinend komme ich gerade richtig zur Lagebesprechung.«

»Was machst du denn hier?«, fragte Grock verblüfft. »Ich denke, du hast Urlaub? Wegen einer Familienangelegenheit?«

»Ich habe von dem Fall gelesen, die Zeitungen sind ja voll davon. Und als du angerufen hast, bin ich natürlich sofort losgefahren.«

»Angerufen? Ich?«

»Das ist die offizielle Version. Der Vorwand, um vor der Familie mit Anstand flüchten zu können.«

»Du hast mich einfach vorgeschoben? Was soll jetzt deine Familie von mir denken?«

»Dass du den armen Toni ausbeutest und drangsalierst. Was ja auch stimmt. Außerdem sind sie jetzt endlich davon überzeugt, dass hier ohne mich gar nichts läuft. Also, setzt mich ins Bild. Was wissen wir?«

Grock, Dirk und Theresa sahen sich an. Es war Theresa, die sagte: »Nichts.«

Ein Mann räusperte sich. »So kann man das nicht sagen.«

Der Kollege Kinzig, Kotzbrocken-Kinzig, der bisher still in einer Ecke gesessen hatte, ein Fremdling in einer eingespielten Mannschaft, deren Rituale und Codes er nicht verstand. Ein großer Mann Mitte dreißig, schwammig, mit einer altmodischen oder schon wieder topmodischen Goldrandbrille, die er nervös befingerte. Er fühlte sich sichtlich unwohl.

»Kinzig!«, staunte Toni. »Was machst du denn hier?«

»Zwangsversetzt. Als Ersatz für dich.«

»Ergreife die Chance, wenn sie an dir vorbeirennt. Bei uns kannst du noch was lernen, und Grock hat dich offenbar noch nicht gefressen, obwohl ihm dieser Ruf vorauseilt. Und? Alles klar mit dir? Gut eingelebt?«

Kinzig verspannte sich, in Erwartung des Kommenden. Sein beschämender Ausfall bei der Obduktion hatte bestimmt schon die Runde gemacht, das war eine Sache, über die die Kollegen gerne lästerten, vor allem jene, die noch nie bei einer Leichenöffnung dabei gewesen waren.

Aber nichts kam. Ohne Worte hatten sich Grock, Dirk und Theresa darauf verständigt, dass sie Kinzigs Ausrutscher ignorierten. Konnte jedem passieren, war nichts Ehrenrühriges, besonders Grock verstand das. In einer stillen Minute musste ihm das jemand mal verklickern.

Kinzig atmete erleichtert aus.

Doch Toni hatte ein feines Gespür für das Ungesagte. Misstrauisch sah er vom einen zum andern. »Ist irgendwas?«

»Nein, Toni«, sagte Grock. »Alles klar.«

»Alles klar«, bekräftigte Kinzig. »Wenn ich dann mal anfangen dürfte?«

Grock stoppte ihn. »Erst noch etwas anderes.« Und er berichtete von der unverhofften Verstärkung, die sie bekommen würden.

»Oh nein!«, sagte Toni. »Ströbels Spionin bei uns! Das kann ja heiter werden! Sieht sie wenigstens gut aus?«

»Eigentlich schon«, sagte Theresa.

»Mein Fall ist sie nicht«, sagte Dirk.

»Aha. Die Kollegen sind sich nicht einig. In dem Fall muss der Chef entscheiden«, sagte Toni.

Grock schaute ihn streng an.

»Wir beurteilen die Menschen nicht nach ihrem Aussehen, nicht nach ihren sexuellen Vorlieben, nicht nach ihrem Schokoladenkonsum, nicht nach ihrem schwachen Magen, nicht nach sonst was. Die Menschen nicht und unsere Mitarbeiter schon gar nicht.«

»Ach!« Toni seufzte. »Wie öde ist das Leben, wenn wir nicht mehr unsere kleinen Vorurteile pflegen dürfen. Wer nimmt sie unter seine Fittiche?«

»Du«, sagte Dirk. »Mit deinem italienischen Charme wickelst du sie spielend um den Finger.«

»Theresa«, sagte Toni. »Notfalls können die Mädels über Mode quatschen. Oder über Männer.«

»Mit den Männern sind wir schnell durch«, erwiderte Theresa. »Kennste einen, kennste alle.«

»Wann kommt das Mäuschen?«, fragte Toni.

Das war der Tag der penibel getakteten Auftritte, wie im Theater. Ein schüchternes Klopfen an der Tür. Noch einmal, weil niemand antwortete.

»Nur herein in die gute Stube, wir beißen nicht!«, rief Toni schließlich munter.

Die Tür öffnete sich langsam. Jasmin Jung, Referendarin bei der Staatsanwaltschaft. Zierlich, lange blonde Haare, elegantes Businesskostüm mit weißer Bluse, unterm Arm eine Aktentasche.

Tolle Beine, tolle Figur und ganz attraktiv, auf so eine verhuschte Art, dachte Toni, setzte sich gerade hin und zog seinen Bauch ein. So ein Kostüm kann ich mir nicht leisten, und es würde zu mir auch überhaupt nicht passen, dachte Theresa und zupfte an ihrer Jeans.

So ein dürres Ding, die würde ich ja erdrücken, dachte Dirk, blieb buddhagleich sitzen und angelte sich einen Zahnstocher.

Und Kinzig? Dem war nicht anzusehen, ob er überhaupt etwas dachte.

Auch Grock musterte die junge Frau. Hinter dem aufgeblasenen Ego des Staatsanwalts hatte er sie gestern nur schemenhaft wahrgenommen. Ein Satz aus »Richard III.« fiel ihm ein, der ihm von gestern Abend aus unerfindlichen Gründen im Gedächtnis geblieben war: »Ihr seid mit Land, mit schönen Frau'n gesegnet.« Nein, er konnte sich seine Fälle nicht aussuchen, der Staatsanwalt sich seine Referendarinnen schon.

»Guten Tag, Frau Jung«, sagte er freundlich, streckte ihr die Hand hin und stellte die Kollegen vor.

»Sie kommen gerade recht. Wir sind gerade dabei, die bisherigen Erkenntnisse zusammenzufassen und das weitere Vorgehen zu besprechen. Herr Kinzig, bitte!«

Jasmin Jung nickte und suchte sich einen Platz. Sie hatte bisher noch kein Wort gesagt. Kinzig schaltete einen Beamer ein und warf, wie Dirk vorausgesagt hatte, Tabellen und Diagramme an die Wand. Wenigstens keine Powerpoint-Folien, dachte Grock dankbar.

»Wenn ich mal die Grundlagen erläutern darf«, begann Kinzig. »Herauszufinden galt es, wo die Befragten waren und wann sie andere Befragte gesehen hatten. Das Wo schließt selbstverständlich das Wann ein und vice versa. Ziel ist es, die letzten Stunden des Toten zu rekonstruieren, und zwar zwischen etwa dreiundzwanzig Uhr, als die Besprechung mit der Theaterleitung zu Ende war, und etwa null Uhr fünfundvierzig, dem mutmaßlichen Todeszeitpunkt. Vergleicht man die Aussagen, stellen sich sehr schnell Diskrepanzen zwischen Eigenwahrnehmung und Außenwahrnehmung heraus. Was heißt das?«

Kinzig sprach flüssig und ohne Notizen zu Rate zu ziehen. »Ich will das an zwei Beispielen erläutern. Sabine

Gronewoldt, Schauspielerin. Sie war nach eigener Aussage bis halb zwölf oder zwölf in der Kantine, genauer wusste sie es nicht, und ist dann nach Hause gegangen. Miriam Hampl, auch Schauspielerin, will sie aber um null Uhr vierzehn noch im Haus gesehen haben. Sie hat zufällig auf die Uhr geschaut, hat sie gesagt, und die geht exakt, Funkuhr.«

Grock setzte zu einer Entgegnung an, aber Kinzig sprach rasch weiter.

»Zweites Beispiel. Katty Lundy, Schauspielerin. Hat nach eigener Aussage gegen halb zwölf das Theater verlassen und ist nach Hause gegangen, was durch andere Aussagen weder zu bestätigen noch zu widerlegen ist. Um dreiundzwanzig Uhr fünfundvierzig aber ist Carlos von ihr angerufen worden, und zwar im Bereich des Theaters, wie wir aus der Handyortung wissen. Diese Art Widersprüche gibt es noch viele.«

»Für Sabine Gronewoldt und ähnliche Fälle gibt es zwei Erklärungen«, warf Toni ein. »Einer von beiden lügt uns an, weshalb auch immer. Oder sie wissen es nicht genau, weil sie nicht auf die Uhr geschaut haben.«

»Richtig, Toni«, nahm Kinzig den Faden wieder auf. »Und deshalb ist es so gut wie unmöglich, ein belastbares Bewegungsprofil einzelner Personen zu erstellen. Ich habe die Daten mal in eine Grafik übertragen, da könnt ihr das sofort erkennen.«

Vier Augenpaare starrten konzentriert auf die Grafik, bis Dirk schließlich sagte: »Ich erkenne da überhaupt nichts.«

Kinzig nickte. »Genau das ist der Punkt. Quod erat demonstrandum.«

Der Mann hatte sogar Humor. Oder er meinte es bitterernst, das war nicht zu entscheiden. »Genau das gleiche Problem haben wir, wenn wir Carlos' Bewegungen eingrenzen wollen. Auch das habe ich aufbereitet.«

»Noch eine verwirrende Grafik?«, fragte Toni.

»Nein. Eine verwirrende Tabelle. Auch hier geht es wieder um die Frage, wer hat Carlos wann und wo gesehen und was davon ist haltbar. Die einzig gesicherten Anhaltspunkte sind seine Telefongespräche und der Todeszeitpunkt, wenn wir der Einfachheit halber mal davon ausgehen, dass seine Uhr richtig ging, er hatte nämlich keine Funkuhr. Alles dazwischen ist vage. Schaut euch das einmal an.«

Er warf die Tabelle an die Wand:

23.05–23.19 Uhr	Telefonat mit Lutz Benger
23.20–?? Uhr	Carlos in der Kantine
23.45–23.46 Uhr	Anruf von Katty Lundy
23.55 Uhr	Carlos kauft sein letztes Bier
00.05 Uhr ?	Carlos wird im Haus gesehen – auf dem Weg zur Intendanz/auf dem Weg zur Bühne (widersprüchliche Aussagen)
00.42–00.44 Uhr	Telefonat mit Lutz Benger
00.47 Uhr	Carlos' Uhr bleibt stehen – Todeszeitpunkt?

Kinzig wies mit einem Pointer auf seine Tabelle. »Der Verzehr in der Kantine wird von einer Chipkarte abgebucht, deshalb wissen wir, dass Carlos innerhalb recht kurzer Zeit drei Biere getrunken hat, das letzte um dreiundzwanzig Uhr fünfundfünzig.«

»Gekauft.« Zum ersten Mal meldete sich Jasmin Jung zu Wort, mit einer kieksigen Stimme, die vielleicht der Aufregung zuzuschreiben war. »Wir wissen nur, dass er das Bier gekauft hat. Dass er es auch getrunken hat, ist einzig eine Schlussfolgerung.«

Kinzig nickte ernst und rückte seine Goldrandbrille zurecht. »Sehr guter Einwand, Frau Jung. Aber solche Spitzfindigkeiten überlassen wir den Juristen, wir brauchen erst einmal eine vernünftige Arbeitsgrundlage. Allerdings wird durch Zeugenaussagen bestätigt, dass er Bier getrunken hat, jedoch nicht, ich gebe Ihnen recht, wie viele. Sein Blutalkohol würde drei Biere durchaus nahelegen, allerdings könnte er sich heimlich auch ein paar Schnäpschen hinter die Binde gekippt haben, wofür es freilich keine Beweise gibt. Im Übrigen ist das völlig irrelevant, hier geht es um anderes.«

Jasmin Jung wurde rot, und Grock war beeindruckt. Dieser von allen nur scheel angesehene Kinzig hatte seine Qualitäten. Er hatte Ströbels Mädchen auf sehr dezente Art auflaufen lassen und sie mit ihren eigenen Waffen geschlagen. Grock hätte das so nicht hinbekommen. Er hätte die Frau Referendarin nur angeschnauzt.

Aber sie gab noch nicht auf. »Hat das, was Sie hier zusammengetragen haben, überhaupt eine Relevanz?«

Jetzt griff Grock ein. »Allerdings. Wir wissen immer noch nicht, wie Carlos zu Tode gekommen ist.«

»Der Herr Staatsanwalt meint, dass es ein Unfall war«, sagte Jasmin Jung.

Toni brauste auf. »Der Herr Staatsanwalt ist ein Ar…beitstier und hat viel um die Ohren und nicht die Zeit, sich um Details zu kümmern. Aber deshalb sind Sie ja hier.«

Toni ging auf Konfrontation, und Grock konnte es ihm nicht verdenken. Sie waren erfahrene Ermittler, sie konnten ihre Schlüsse ziehen, ohne sie breit diskutieren zu müssen. Aber genau diese Diskussionen, die ihnen nur die Zeit stahlen, hatte ihnen der schneidige Staatsanwalt ins Zimmer gestellt. Schlau eingefädelt. Aber man durfte das Mädchen nicht gleich von Anfang an in die Enge treiben.

»Schauen Sie, Frau Jung«, sagte Grock ganz sanft. »Ein Unfall in der Art ›Mann fällt von Leiter‹ kommt in der Tat in Betracht. Aber auch das sollten wir zweifelsfrei beweisen können, und sei es nur durch den Umkehrschluss, dass andere Möglichkeiten ausscheiden. Zum Beispiel ein Mord. Oder etwas ganz anderes. Haben Sie den Obduktionsbericht gelesen?«

Jasmin Jung nickte.

»Schade, dass Sie uns nicht eher zugeteilt worden sind, dann hätten Sie die Obduktion live miterleben können.«

Plötzlich fing Kinzig schallend an zu lachen. Jasmin Jung schaute irritiert. Und Toni genauso, der ja nichts davon wusste, dass Kinzig die Obduktion nicht so gut bekommen war. Kotzbrocken-Kinzig.

Grock überhörte Kinzigs Lachanfall einfach und machte weiter. »Wenn Sie den Obduktionsbericht gelesen haben, dann wissen Sie ja, dass es zu einer tätlichen Auseinandersetzung gekommen ist, und Sie wissen auch von seinem Schäferstündchen. Herr Kinzig, bitte fahren Sie fort.«

Kinzig hatte sich wieder beruhigt. »Und ebendas, nennen wir es einfach mal die Vorkommnisse, können wir nun mit ziemlicher Sicherheit auf den Zeitraum zwischen null Uhr fünf und null Uhr siebenundfünfzig eingrenzen, und hier müssen wir ansetzen. Wir müssen zum Beispiel herausfinden, ob diese Vorkommnisse todesursächlich waren – so sagen das die Juristen doch, nicht wahr, Frau Referendarin? Es könnte ja sein, dass es zu einer Auseinandersetzung gekommen ist, in deren Verlauf Carlos unglücklich gestürzt ist. Auch das wäre im landläufigen Sinne ein Unfall, aber mit ganz anderen juristischen Konsequenzen, nicht wahr, Frau Referendarin?«

Kinzig schaltete den Beamer aus.

»Sehr eindrucksvoll, Herr Kinzig«, sagte Grock. »Gute Arbeit, verdammt gute Arbeit!«

Ob es zu diesem aus Grocks Munde geradezu überschwänglichen Lob auch gekommen wäre, wenn die Frau Referendarin nicht dabei gewesen wäre? Kinzig verbeugte sich, mit einem ironischen Lächeln. Jasmin Jung saß mit verkniffenem Mund da.

»Gibt es eigentlich schon was von der KTU?«, fragte Grock.

»Nichts, was uns weiterhilft«, antwortete Dirk. »Zum Beispiel ist noch nicht endgültig klar, wer alles auf der Galerie war, der Abgleich der Fingerabdrücke dauert.«

»Und jetzt?«, fragte Toni.

Grock antwortete. »Wir können Mord nach wie vor nicht ausschließen. Carlos ist einigen Leuten wohl ziemlich auf die Füße getreten, und das, so hat es den Anschein, nicht oder nicht nur im Affekt, sondern mit voller Absicht. Der Intendant zum Beispiel hätte ein handfestes Motiv, vielleicht auch diese gefeuerte Schauspielerin, Jennifer Graf. Und aus vielen Andeutungen würde ich schließen, dass noch andere einen Groll auf Carlos hatten.«

Jetzt wäre die Gelegenheit gewesen, von seinen Gesprächen mit Sabine Gronewoldt zu berichten. Aber das hätte Nachfragen gegeben. Ein Kneipenabend, ein Frühstück mit immerhin einer potenziell Tatverdächtigen, beides in trauter Zweisamkeit? Mit seinem Team hätte er das klären können. Theresa hätte die Augenbrauen hochgezogen, Toni gegrinst, und Dirk hätte ihn gefragt, ob er noch alle Tassen im Schrank habe. Aber Ströbels Spionin?

»Das kann ich bestätigen«, sagte Theresa. »Ich habe mich gestern Abend noch mit Peter Grigoleit, dem Produktionsdramaturgen, getroffen. Mehr als ein schnelles Bier ist daraus aber nicht geworden. Ehrlich gesagt, ich bin fast vom Stuhl gekippt.«

»War er so langweilig?«, fragte Toni.

»Das nicht. Auch Brad Pitt hätte mich gestern nicht wachgehalten, ich war völlig platt. Tut mir leid, Grock, dass aus dem großen Lauschangriff nichts geworden ist.«

»Lauschangriff?«, fragte Jasmin Jung misstrauisch.

»Nur ein interner Witz«, sagte Dirk rasch. »So nennen wir eine eingehende Befragung.«

Theresa warf Dirk einen dankbaren Blick zu. Sie musste sich erst daran gewöhnen, dass der Feind mithörte. Das machte die Kommunikation untereinander nicht einfacher.

»Ich habe wenigstens mitgekriegt, dass dieser Carlos ein unangenehmer Zeitgenosse gewesen sein muss, Grigoleit hat da so Andeutungen gemacht. Genaueres konnte oder wollte er nicht sagen.«

»Ich nehme an, er wollte nicht«, sagte Grock. »Mir scheint, am Theater passiert wenig, was andere nicht mitbekommen. Insbesondere, was Carlos betrifft, der ja allein durch seine Arbeit exponiert war und kein Blatt vor den Mund genommen hat, siehe Jennifer Graf. Aber keiner rückt so recht mit der Sprache heraus.«

»Warum?«, fragte Toni. »Solidarität unter Kollegen?«

»Vielleicht«, sagte Grock. »Ich glaube, es gibt nicht allzu viele, die wirklich und von ganzem Herzen um Carlos trauern, aber viele, die sich insgeheim gewünscht haben, dass jemand diesem Arschloch – nicht erschrecken, Frau Jung, ein wörtliches Zitat – den Hals umdreht. Das könnte ein Grund sein, weswegen sie mauern.«

»Das wäre ja Verschleierung einer Straftat«, warf Jasmin Jung ein. »Dem müssen wir nachgehen.«

Niemand hielt es für nötig, darauf einzugehen. Sie warfen sich nicht einmal mitleidige Blicke zu. Sie schwiegen nur.

Jasmin Jung räusperte sich. »Sie gehen also davon aus, dass es ein Mord war.«

Grock lächelte, gütig wie ein Vater. »Ja, das ist eine Möglichkeit, und solange wir das nicht zweifelsfrei ausschließen können, müssen wir dem nachgehen, sonst wäre das ja, wie Sie so schön sagten, Verschleierung einer Straftat. Auch wenn es dem Herrn Staatsanwalt nicht gefällt, warum auch immer.«

»Na dann«, sagte Dirk, »an die Arbeit.«

»Welche Arbeit?«, fragte Jasmin Jung.

»Schauen, wer mit Carlos ein Hühnchen zu rupfen hatte. Schauen, welche Hühnchen das sind und wo sie verblieben sind. Viel rumfragen also.«

»Warum ist das nicht schon bei den ersten Befragungen geschehen?«

Sollte die Geschichte von der völlig eingeschüchterten jungen Referendarin nur eine Mär gewesen sein? Vielleicht, um bei den Kriminalern Mitleid zu wecken? Wie Jasmin

Jung das sagte, klang es gar nicht schüchtern, nicht einmal neugierig, sondern sehr bockig.

Auch der gutmütige Dirk konnte bissig werden, wenn es ihm zu viel wurde.

»Die redet schon wie ihr Boss«, sagte er zu niemandem speziell.

Dann wandte er sich Jasmin Jung zu. »Jetzt pass mal auf, Mädchen. Gestern waren so ungefähr genau sechsundachtzig Leute zu befragen, die Ergebnisse hast du eben gehört. Die Fragen, die wir jetzt stellen werden, standen gestern noch nicht auf dem Plan, die haben sich erst durch unsere Ermittlungen ergeben. Das ist nichts Überraschendes, so fängt es immer an. Was jetzt folgt, geht über die erste schematische Befragung weit hinaus, und das kann man nicht jeden machen lassen. Dazu braucht man Erfahrung. Und vor allem Fingerspitzengefühl. Aber das ist ein Wort, das bei der Staatsanwaltschaft unbekannt ist. Nur gut, dass du jetzt bei uns bist, dann kannst du wenigstens in dieser Hinsicht etwas lernen.«

Ende der Rede, Dirk atmete tief durch und griff zu einem Zahnstocher. Toni schaute gelangweilt aus dem Fenster. Kinzig rückte seine Brille zurecht und konnte sich ein Grinsen nicht verkneifen. Die Referendarin war so klug, den Mund zu halten, was ihr ersichtlich nicht leichtfiel. Sie lief sachte rot an.

Theresa versuchte die Situation zu entspannen. »Haben wir irgendeinen Anhaltspunkt, wer Carlos' Schäferstündchen gewesen sein könnte?«

»Nein«, sagte Grock, »und wenn die Gerüchte stimmen, kann es praktisch jede gewesen sein. Die Vorlieben des Herrn waren offenbar breit gestreut. Wir müssen uns da vorsichtig herantasten.«

Jasmin Jung hob die Hand wie in der Schule. »Nur so interessehalber. Warum veranlassen wir nicht eine DNA-Analyse von allen Frauen, die in Betracht kommen? Das wäre einfacher und schneller.«

»Und teurer«, sagte Kinzig. »Und wenn sich jemand weigert, was sein gutes Recht ist, unterschreibt uns kein Richter einen Beschluss. Niemand steht bisher unter konkretem Tatverdacht. Aus dem einfachen Grund, weil wir bisher keinerlei Hinweise haben, dass es sich tatsächlich um Mord handelt.«

Grock registrierte mit Wohlgefallen, dass Kinzig in der Mehrzahl gesprochen hatte. Offenbar fühlte er sich mittlerweile als Teil des Teams, nicht mehr nur als ein unfreiwillig Abkommandierter.

»Scheint eine verzwickte Sache zu sein«, murmelte Jasmin Jung.

»Es gibt mehr Ding' im Himmel und auf Erden, als Eure Schulweisheit sich träumt«, deklamierte Toni. »Shakespeare, ›Hamlet‹. Glotzt nicht so. Auch ein armer italienischer Einwandererjunge verfügt über etwas Bildung. Seit ich den Spruch gehört hatte, habe ich meine miserablen Noten gelassen betrachtet. Das Leben tobt woanders, nicht auf der Schulbank. Also, wen nehmen wir uns zuerst vor? Alle werden wir heute ja nicht schaffen. Damit das klar ist, die hübschen Frauen sind für mich reserviert, den Rest könnt ihr haben. Fangen wir doch gleich mal mit dem Naheliegenden an. Frau Jung, wie war Ihr Verhältnis zu Carlos?«

Jasmin Jung wurde schon wieder rot, war verwirrt und wusste nicht, wie sie reagieren sollte, und Toni grinste sich eins. Wahrscheinlich würde er demnächst einen Rüffel bekommen, spätestens, wenn die Jung weinend zum Staatsanwalt lief. So eine dumme Anmache galt ja heutzutage schon als sexuelle Belästigung. Was wiederum einen interessanten Aspekt auf ihren Fall warf. Waren die offensichtlich zahlreichen Bettgeschichten des Starregisseurs der puren Lust an der Freude entsprungen oder steckte da etwas anderes dahinter?

Sie begannen, einen Plan für ihr weiteres Vorgehen auszuarbeiten, diskutierten, wer mit wem reden sollte und mit wem zuerst. Alle würden sie heute wohl nicht schaffen, da hatte Toni recht. Da klopfte es hart. Gleichzeitig wurde die Tür aufgestoßen und ein vollgepackter Aktenwagen hereingeschoben.

»Falsche Tür, Kollege«, sagte Toni. »Hier ist nicht die Ablage.«

»Das sind die Unterlagen, die auf eure Veranlassung aus der Wohnung dieses ... dieses Dingenskirchens, ihr wisst schon, geholt wurden. Ich soll ausrichten, dass es etwas länger gedauert hat, aber die Kollegen waren gestern arg eingespannt. Viel Spaß damit.«

Es würde in der Tat ein Spaß werden. Ein Berg von Aktenordnern und Papieren.

»Dann weiß wenigstens Theresa, was sie zu tun hat«, meinte Grock.

»Warum ich?« Theresa sagte das mit gespielter Empörung.

»Weil du die Einzige in diesem Kreis bist, die von Theater etwas versteht.«

»Das wollte ich nur hören«, erwiderte Theresa. »Na gut, wenn's denn sein muss.«

»Chef«, sagte Toni, »ich protestiere entschieden gegen diese offensichtliche Diskriminierung ethnischer Minderheiten. Ich habe auch aus ›Hamlet‹ zitiert.«

»Weißt du noch mehr?«

»Mir wird schon noch was einfallen.«

»Ich hätte was für dich, Toni«, sagte Theresa. »Der Rest ist Schweigen.«

»Dann kontere ich mit: Du kannst mich mal.«

»Das ist nicht Shakespeare, das ist Goethe.«

»Na und? Aber auch Theater, oder nicht?«

»Schluss mit den Kindereien«, sagte Grock entschieden. »Theresa wühlt sich durch die Unterlagen, wir ziehen los.«

»Ich kann Frau Wimmer gerne helfen«, sagte Jasmin Jung rasch. Theresa war die Einzige, die sich noch nicht an ihr gerieben hatte und schien ganz nett zu sein. Bloß nicht mit den Männern ziehen müssen, vor allem nicht mit diesem aufgeblasenen Toni.

»Nix da«, sagte Dirk. »Akten wälzen können Sie schon, jetzt geht es an die Front, Sie wollen ja was lernen. Theresa, nimm dir auch noch mal Carlos' Tasche vor, die für diesen Habich so wichtig war. Die vielleicht als Erstes. Mir ist nichts aufgefallen, aber gebildete Augen sehen vielleicht mehr.«

Kinzig packte seine Unterlagen zusammen. »Nachdem Toni wieder da ist, kann ich ja gehen.«

»Sie bleiben«, entschied Grock. »Ich kann auf Sie nicht verzichten.«

Kinzig verkniff sich ein zufriedenes Lächeln. Grock war nicht gerade für überschwängliches Lob bekannt. »Das müssen Sie mit meinem Chef klären, auf mich wartet auch noch andere Arbeit.«

»Das regeln wir schon«, sagte Grock. »Schließlich haben wir Rückendeckung, nicht wahr, Frau Jung?«

Jasmin Jung schaute ihn hilflos an. Sie wusste nicht, was von ihr erwartet wurde.

Toni sprang genüsslich in die Bresche. »Schon vergessen, Frau Jung? Die Staatsanwaltschaft leitet von ihrem Olymp aus die Ermittlungen. Wir sind nur das lästige Bodenpersonal. Ihre Entscheidung.«

Jasmin Jung lief rot an. »Ja, natürlich, alles klar«, stotterte sie.

»Da siehst du's, Kinzig«, sagte Toni. »Befehl von ganz oben. Da kannste nix machen.«

»Herr Kinzig, Sie helfen bitte Theresa bei der Auswertung der Unterlagen«, sagte Grock. »Vorher bestellen Sie uns aber unsere Kandidaten ins Theater.«

Jasmin Jung hatte das Gefühl, mit ihrer neu gewonnenen staatsanwaltlichen Autorität etwas beisteuern zu müssen. »Warum finden die Vernehmungen nicht im Präsidium statt?«

Grock schaute sie streng an.

»Nur so interessehalber«, sagte Jasmin Jung.

»Weil das, erstens, keine Vernehmungen sind, sondern nur Befragungen. Weil das, zweitens, in diesem Stadium zu offiziell ist, das macht sie nur bockig. Und schließlich, weil wir das, falls nötig, mit einer erneuten Tatortbegehung verknüpfen können. Die Räumlichkeiten dort sind etwas unübersichtlich, wissen Sie.«

Jasmin Jung nickte ergeben und wortlos, auch wenn ihr Grocks Erklärungen nicht so recht einleuchteten.

»Auf dem Weg«, sagte Dirk, »gehen wir was essen. Aber keine Kantine bitte! Noch so ein Brötchen- und Schokoriegeltag wie gestern, und ich verklage meinen Dienstherrn wegen Körperverletzung. Okay, Frau Jung?«

»Ja, ja, natürlich«, sagte diese. Warum nur hatte sie das Gefühl, dass sie gehörig auf den Arm genommen wurde?

»Macht euch darauf gefasst, dass die Theaterleute nicht allzu begeistert sein werden«, gab ihnen Theresa mit auf den Weg. »Heute Abend ist Generalprobe.«

»Wenn's sein muss, hole ich die mitten während der Premiere von der Bühne runter«, knurrte Grock. »Mimosen!«

Beim Hinausgehen nahm er Theresa beiseite. »Ich weiß, es geht mich nichts an. Triffst du dich noch einmal mit deinem Verehrer?«

»Ich weiß nicht. Heute Abend sicherlich nicht. Wenn die Generalprobe haben, wird es sehr spät, und ich brauche wieder mal ordentlich Schlaf. Stefan?«

»Ja?«

»Seid nachsichtig mit der Jung. Die kann auch nichts dafür. Die fühlt sich nicht wohl in ihrer Haut.«

Grock bot an, sie alle in seinem Auto mitzunehmen, was entschieden abgelehnt wurde. Jeder wusste, dass es in seinem Wagen nach Zigaretten stank.

Auch recht, dachte Grock, kann ich wenigstens ungestört paffen.

27

Theresa starrte auf den vollgepackten Aktenwagen. Sie hatte es so gewollt, das hatte sie nun davon.

»Womit fangen wir bloß an?«, murmelte sie.

»Das müssen Sie entscheiden, Frau Wimmer«, sagte Kinzig. »Sie sind jetzt der Boss. Ich bin nur der Leiharbeiter.«

Theresa lachte. »Muss schön sein, wenn man jemanden herumkommandieren darf, vor allem, wenn der im Dienstrang über einem steht. Ich probier's gleich mal. Dienstlicher Auftrag, Herr Kinzig, und ich erwarte schnellstmögliche Ausführung: Besorgen Sie uns etwas Anständiges zu essen.«

»Kantine?«

»Diese Mitarbeiter heutzutage! Hören nicht mal richtig zu! Ich sagte: etwas Anständiges.«

»Manchmal muss man eben die unsinnigen Anweisungen des Vorgesetzten dem harten Alltag anpassen. Vegetarisch?«

»Was Anständiges!«

Grinsend ging Kinzig zur Tür.

»Ach, noch etwas, Herr Kinzig.«

Kinzig drehte sich um.

»Ich Theresa, du …?«

»Ich André, du Theresa. André mit Akzent.«

Irgendwie niedlich, dieser André mit Akzent, fand Theresa, wenn man ihn näher kennenlernte.

Sie dachte nach über das, was Grock sie gefragt hatte. Wollte sie sich tatsächlich mit Peter Grigoleit, Beruf Dramaturg, noch einmal treffen?

Sie hatte Grock nicht die ganze Wahrheit gesagt. Sicher, eine Mütze voll Schlaf könnte sie dringend gebrauchen, eine große Mütze sogar, andererseits …

Theater hatte sie schon seit ihrer Jugend fasziniert, vielleicht auch, weil es von ihrem hohenlohischen Dorf aus so unerreichbar schien und deshalb umso geheimnisvoller. In eine andere Haut schlüpfen, einen Abend lang jemand anderer sein. Diese ungehinderten Emotionen. Den Schmerz, die Wut, die Liebe herausbrüllen. Was sie sich sonst nie trauen würde. Und mit dem Kostüm die Rolle wieder abstreifen. Konnte man überhaupt unbeschädigt zurückkehren in das normale Leben? Blieben da nicht irgendwo Fetzen hängen?

Und nun hatte sie gewissermaßen jemanden an der Quelle, an dessen Hand sie dieses Zauberland betreten konnte. Warum nicht die Gelegenheit nutzen, egal, ob sich daraus mehr ergab oder nicht? Aber wahrscheinlich war sie ihm ohnehin zu langweilig, zu fremd. Das Theater, das hatte sie schon gemerkt, war ein besonderer Kosmos, der sich vorzugsweise mit sich selbst beschäftigte. Sie passte da nicht dazu.

Kinzig kam zurück und brachte ein paar belegte Brötchen, Käse und Wurst. Sie aßen, während sie die Unterlagen durchschauten. War ja auch eigentlich kein Essen, nur Nahrungsaufnahme.

Carlos' Tasche zuerst, hatte Dirk gesagt.

Sie breitete deren Inhalt auf ihrem Schreibtisch aus.

Das Textbuch zu »Hamlet« auf DIN-A4-Blättern. Viele Streichungen. Natürlich, für einen Klassiker in voller Länge hatte heute niemand mehr das Sitzfleisch und auch nicht mehr die Konzentration. Schillers »Don Carlos«, hatte sie mal gelesen, würde ungekürzt fünf Stunden dauern, der »Hamlet« wahrscheinlich nicht weniger.

Viele Anmerkungen, manche technischer Art, andere inhaltlicher. Fragen, Interpretationen, Hinweise. Das Regiebuch, die Grundlage der Inszenierung.

Jetzt wurde es spannend. Eine eigenartige Erregung ergriff sie. Aus dem, was sie hier in Händen hielt, würde am Samstag eine Aufführung werden. Was hatte Carlos gestrichen? Und warum? Was würde aus seinen Anmerkungen auf der Bühne werden? Sie las eine Seite und stellte sich vor, wie aus dem bloßen Text eine Darstellung wurde.

Dann rief sie sich zur Ordnung. Sie war dabei, sich zu verlieren. Die Auseinandersetzung mit dem Textbuch würde sie den Rest des Tages in Anspruch nehmen, dafür war jetzt keine Zeit. Und das Regiebuch war nicht das, was Habich gesucht hatte, das war geklärt. Aber bevor diese Tasche samt Inhalt an den rechtmäßigen Erben übergeben wurde, wer immer das sein mochte, würde sie das Textbuch kopieren und dann Satz für Satz mit dem vergleichen, was sie auf der Bühne sah.

Weiter.

Ein Reclam-Heftchen mit »Richard III.«. Das war merkwürdig. Carlos steckte mitten in den Proben zu »Hamlet«, weshalb schleppte er dann den Text seiner vorigen Produktion mit sich herum? Einen Text zudem, den er vermutlich auswendig kannte?

Sie blätterte ein wenig herum. Keine Striche, keine Anmerkungen, nur etliche Unterstreichungen. Sie blieb bei einer Passage hängen, die nicht unterstrichen, sondern, als einzige, wie sie beim schnellen Durchblättern sah, mit gelbem Textmarker hervorgehoben war:

Und darum, weil ich nicht als ein Verliebter
Kann kürzen diese fein beredten Tage,
Bin ich gewillt, ein Bösewicht zu werden
Und feind den eitlen Freuden dieser Tage.

Warum gerade diese Passage? Was hatte das zu bedeuten? Hatte es was zu bedeuten? Sicher, das war ein zentraler Satz in diesem Stück, doch dies war ja nicht das Arbeitsexemplar eines Abiturienten, sondern entstammte der Tasche eines Regisseurs. Eines Starregisseurs.

Sie klebte eine Haftnotiz an die Stelle und legte das Heft auf die Seite.

Untersuchung der Tasche abgeschlossen. Sie hatte keine Ahnung, was Carlos' Assistent darin gesucht haben sollte. War das einen Anruf bei Grock wert? Nein.

Weiter.

»Interessieren wir uns für die Einkommensverhältnisse eines Regisseurs?«, fragte Kinzig, der sich durch die Unterlagen aus Carlos' Wohnung wühlte.

»Dienstlich nicht. Lass mal sehen!«

Theresa ging hinüber zu ihm und schaute ihm über die Schulter. Der Vertrag für die »Hamlet«-Inszenierung.

»Ich bin beeindruckt«, sagte Theresa. »Von dem Honorar könnte ich mir endlich eine schöne Wohnung leisten. Und Carlos hat in einem Loch gehaust.«

Kinzig seufzte. »Hast du nicht auch manchmal den Eindruck, dass wir uns für den falschen Beruf entschieden haben? Ob ich wohl noch umschulen kann?«

»Ich fürchte, für dieses Metier sind wir beide nicht exzentrisch genug.«

»Das kann man doch bestimmt lernen, oder?«

Theresa nahm sich die Ordner vor, in denen Carlos abgeheftet hatte, was über ihn geschrieben worden war. Es war viel. Eine kleine Übung im Schnelllesen. Sie konzentrierte sich auf die großen Blätter, die man die meinungsbildenden nannte.

Und deren Meinung hatte sich gewandelt. Lange wurde er zum Erneuerer der Theaterszene stilisiert, wurde seine Bildmacht gelobt, sein radikaler Zugriff auf einen Text. In letzter Zeit jedoch wurden die Kritiken immer mäkeliger. Jetzt bemängelte man Einfallslosigkeit und bloße Effekthascherei.

Für sie klang das so, als hätte die Karriere des Künstlers ihren Zenit überschritten. Carlos, der Star, auf dem absteigenden Ast? Oder nur ein vorübergehendes Formtief? Die Frage hatte einer der Kritiker aufgeworfen. Die Antwort darauf erwartete er von seinem »Hamlet«. Auf jeden Fall stand Carlos unter gehörigem Druck.

»Das ist interessant«, hörte sie von Kinzig.

Sie schaute ihn fragend an. Er hielt ein Blatt Papier in den Händen.

»Wenn ich das richtig interpretiere, hat sich unser Freund Habich an einem anderen Theater beworben. Und das hier soll wohl so eine Art Zeugnis von Carlos sein. Allerdings ist das alles andere als eine Empfehlung, eher eine Warnung. Lasst die Finger von dem Mann, so in der Art. Er wird als chaotisch, unzuverlässig, intrigant und renitent beschrieben.«

»Das ist ja ein Ding!«

»Hör dir das an: Von einem Engagement des Tobias Habich ist dringend abzuraten, er würde dem Haus nur irreparablen Schaden zufügen. Datiert vom Montag, unterschrieben von Carlos, aber offenbar nicht abgeschickt. Das ist das Original, eine Kopie des Schreibens gibt es auch.«

»Die scheinen sich ja richtig verkracht zu haben«, überlegte Theresa.

»Selbst wenn, so etwas schreibt man doch nicht über einen Menschen, mit dem man jahrelang zusammengearbeitet hat. Im Übrigen ist das überhaupt nicht erlaubt, das zerreißt dir jedes Arbeitsgericht in der Luft.«

»Dann ist der Schaden schon angerichtet. Der Habich kriegt keinen Fuß mehr auf den Boden, wenn das bekannt wird. Was hältst du von folgender These: Habich hat davon gewusst, und diesen Brief hat er in Carlos' Tasche gesucht. Er wollte unbedingt verhindern, dass das bekannt wird. Vielleicht wusste er auch, dass Carlos den Brief noch gar nicht abgeschickt hatte.«

»Für mich klingt das nach einem astreinen Mordmotiv.«

»Das muss ich Grock sagen.«

Sie griff zum Telefon, aber Grock drückte sie weg und Dirk und Toni desgleichen. Nun, irgendeiner von den dreien würde sie zurückrufen, sobald es ging.

28

Es war dann Toni, der sich kurz darauf meldete. »Passt genau, der Habich steht als Nächster auf unserer Liste. Gutes Timing, Schätzchen.«

»Schätzchen?«

»So hat mich gerade eine teuflisch hübsche Schauspielerin genannt. Hier sind ja alle so überaus herzlich. Das gefällt mir.«

»Bilde dir bloß nichts darauf ein, das ist dort der normale Umgangston. Was macht denn unsere Hospitantin?«

»Unsere reizende Frau Staatsanwältin sitzt mir gegenüber und lässt sich vom genialen Toni Scarpa in die Geheimnisse der Verhörtechnik einweihen. Sie hat schon viel gelernt, nicht wahr, Schätzchen? Kannst du den Schrieb einscannen und mir mailen?«

Lachend legte Theresa auf. Sie kannte Toni und wusste, dass er je nach Publikum gern den italienischen Macho oder den Bruder Leichtfuß gab, obschon er in Wahrheit nichts von beidem war. Manchmal kam das sogar an, aber sie bezweifelte, ob das bei Jasmin Jung der Fall war.

War es nicht. Entschieden nicht. Jasmin Jung saß mit finsterer Miene da und giftete: »Ich schätze diesen Umgangston nicht«, was Toni die Augen verdrehen und sagen ließ: »Jetzt mach dich mal locker, Mädchen!«

Eine seltsame Frau. Toni wurde nicht schlau aus ihr.

Auf Grocks Vorschlag, eigentlich eher auf seine Anweisung hin hatten sie sich im Noppenbistro bei der Staatsgalerie getroffen. Grock wollte Theresas Vorspeisenteller probieren, vor dem er sich gestern gedrückt hatte, und kam sich sehr mutig dabei vor.

Sie erörterten Strategien und ergingen sich in Spekulationen, spielten verschiedene mögliche Szenarien durch. Jasmin Jung saß dabei und sagte nichts, nicht mal nur so interessehalber.

Toni beobachtete sie aus den Augenwinkeln. Sie stocherte lustlos, aber mit voller Konzentration in ihrem Salatteller (mit Crème brûlée vom Ziegenkäse, wie auf der Speisekarte zu lesen war). An dem Essen war nichts, was so hohe Aufmerksamkeit erfordert hätte, aber es sah so aus, als würde sie im Geiste jedes Wort notieren, das gesprochen wurde.

Doch Spionin, entschied Toni, wenn auch nicht im Haus der Liebe, und aus purer Bosheit ließ er ein paar Sottisen gegen den Staatsanwalt vom Stapel, die ihm scharfe Blicke von Grock eintrugen. Der Chef wollte wohl kein Öl ins Feuer gießen und war, ganz ungewohnt für ihn, darum bemüht, die Angelegenheit mit Anstand hinter sich zu bringen. Toni war es ohnehin ein Rätsel, warum er sie nicht bei Theresa und Kinzig auf der Dienststelle gelassen hatte, da wäre sie weit vom Schuss und sie hätten unbeaufsichtigt arbeiten können. Was führte Grock im Schilde?

Natürlich wurde Jasmin Jung ihm zugeteilt, was ja zu erwarten gewesen war. Grock drückte sich, mutmaßte Toni, seine manchmal etwas unkonventionelle Gesprächsführung sollte nicht an die Ohren des Staatsanwalts dringen.

Auch egal.

»Als Erstes«, hatte er verkündet, »nachdem wir ja jetzt sozusagen Kollegen sind, duzen wir uns, das ist bei uns so üblich. Auf die obligatorischen Küsschen kannst du auch verzichten, wenn dir das unangenehm sein sollte, was ich mir bei mir allerdings beim besten Willen nicht vorstellen kann.«

Sie hatte sich versteift und kühl entgegnet: »Ich möchte gerne auf alles verzichten. Ich halte von der Kollegenduzerei nichts. Mir ist das zu vertraulich.«

Blöde Zicke. War ja nur dazu gedacht, die Atmosphäre zu entspannen.

Auch egal.

Kinzig war ganz selbstverständlich davon ausgegangen, dass sie die üblichen Zweierteams bildeten, jetzt, da die formlose Befragung jederzeit auch in eine förmliche Vernehmung umschlagen konnte, wenn sie auf Ungereimtheiten stießen. Pedant, der er war, hatte er einen klugen Zeitplan erstellt und ihnen aufs Handy geschickt. Von den Mühen, die ihn das gekostet hatte, sagte er nichts. Wie Theresa prophezeit hatte, waren die Schauspieler nicht sehr erfreut darüber, dass sie ihre freien Stunden vor der kräftezehrenden Generalprobe am Abend mit einer Polizeibefragung verbringen sollten. Kinzig blieb freundlich, aber hartnäckig, und im Notfall half auch der dezente Hinweis, dass die Befragung ja auch im Präsidium stattfinden konnte.

Toni und Jasmin Jung hatten zunächst den gutgebauten Karsten Skibba, der bei der ersten Befragung so gar kein Auge für Theresa gehabt hatte, befragt. Als er Toni sah, flackerte kurz ein Interesse auf, das aber genauso schnell wieder erlosch. Jasmin Jung übersah er völlig. Nun sahen sie zu, wie der Darsteller des Hamlet und anderer tragender Rollen zur Tür hinausschlappte.

»Auf der Bühne wirkt er ganz anders«, sinnierte Jasmin Jung. »Da platzt er schier vor Energie, und in Wahrheit ist er ein totaler Schlaffi.«

»Du gehst ins Theater?«

»Sie nicht?«

»Wenn ich schlafen will, gehe ich ins Bett. Halt, stimmt nicht ganz. Ich habe ›Tarzan‹ gesehen und den ›König der Löwen‹. Aber in deinen Augen ist das sicherlich nur seichter Unterhaltungskram.«

»Stimmt.«

»Uiuiui, ich sehe meine Chancen schwinden.«

»Die gab es nie. Wir sind nur beruflich verbunden.«

»Richtig, ja! Dann erzähl mir doch mal aufgrund deiner reichhaltigen Bildung, was dir an unserem schönen Hamlet aufgefallen ist.«

Jasmin Jung überlegte. »Eigentlich nichts.«

»Sehr gut beobachtet!«

»Er kam gut mit Carlos zurecht, hatte nie Konflikte mit ihm, und seine despotische Art hat ihn nicht gestört, im Gegenteil, für ihn war das herausfordernd und inspirierend.«

»Das ist wohl ein Typ, der einen Tritt in den Hintern braucht, damit er sich bewegt. Ich habe mal gelesen, dass viele Schauspieler introvertiert sind.«

»Mussten Sie ihn unbedingt fragen, ob er ein Verhältnis mit Carlos hatte? Das ist doch sehr intim.«

»Bei einer Ermittlung, die Mord zumindest nicht ausschließt, kommt auch Intimes ans Licht. Und Eifersucht ist immer noch ein beliebtes Motiv.«

»Aber er hatte nichts mit Carlos, weil der ihm zu alt war. Und außerdem ist das sowieso irrelevant, er ist ja gleich nach der Probe gegangen und hat sich mit einem Freund in einer Bar getroffen. Das Alibi müsste man natürlich noch überprüfen.«

»Dann weißt du ja, was du heute Abend zu tun hast.«

»Ich? In eine Schwulenbar?«

»Sicher. Du musst da so lange abhängen, bis du ein paar Leute gefunden hast, die sein Alibi bestätigen. Und dann musst du natürlich noch herausfinden, wie glaubwürdig diese Leute sind.«

Jasmin Jung guckte finster, Toni grinste sich eins.

»Du wolltest doch Ermittlungsarbeit kennenlernen. Tja, Frau Jung, da siehst du mal, wie viel Aufwand manchmal hinter einem dürren Satz in einem Bericht steckt. Und weshalb das oft nicht ganz so schnell geht, wie es sich ein bestimmter Herr wünscht. Was glauben wir von dem, was der schlaffe Hamlet gesagt hat?«

»Auf mich hat er eigentlich in allem glaubwürdig gewirkt.«

»Gewirkt, ja. Wäre ja auch ein schlechtes Zeichen für ihn als Schauspieler, wenn es anders wäre. Also müssen wir das verifizieren, indem wir die anderen Schauspieler fragen, ob sein Verhältnis zu Carlos tatsächlich so problemlos war.

Dann wäre er nämlich eine rare Ausnahme. Jetzt mal unabhängig davon, ob es ein Unfall oder Mord war, was haben wir von ihm erfahren, was uns weiterhelfen würde?«

»Nichts.«

»Das, Frau angehende Staatsanwältin, hast du schon einmal gesagt, und es ist absolut richtig.«

Grock und Dirk kamen zur Tür herein.

»Und?«, fragte Grock nur.

Toni wies mit einer galanten Geste auf Jasmin Jung. »Die Dame hat das Wort.«

»Wir haben nichts Relevantes erfahren«, sagte die.

»Und bei euch?«, fragte Toni.

»Gleichfalls nichts«, antwortete Dirk.

»Doch«, sagte Grock. »Miriam Hampl ist die einzige Schauspielerin bisher, die erklärt hat, dass sie nie mehr mit Carlos zusammenarbeiten wollte, weil sie dieses Affentheater nervt.«

»Das muss eine bemerkenswerte Frau sein«, sagte Toni. »Alle anderen gieren doch danach, zu Carlos' Truppe zu gehören. Hübsch?«

»Eine aparte Brünette«, sagte Dirk.

»Hübscher als Referendarinnen bei der Staatsanwaltschaft?«

»Das ist schlechterdings nicht möglich.«

Jasmin Jung errötete und ärgerte sich darüber.

Toni erzählte von Theresas Anruf.

»Endlich mal was Handfestes«, sagte Grock.

Dirk rieb sich die Hände. »Dann nehmen wir uns jetzt mal den Herrn Regieassistenten zur Brust. Auf das Gespräch freue ich mich.«

»Ja. Aber erst möchte ich mit Bussig reden«, sagte Grock.

»Und was machen wir derweil?«, fragte Toni. »Unser nächster Kunde ist noch nicht da.«

»Macht Pause. Und denkt nach, wenn's nicht zu viel Mühe macht.«

»Mir nicht«, sagte Toni. »Aber ich weiß nicht, wie's mit dem Fräulein Staatsanwalt steht.«

Jasmin Jung warf ihm einen bösen Blick zu, den Toni lässig grinsend aushielt.

Grock schüttelte den Kopf. Kindergarten!

29

Grock kannte sich mittlerweile gut genug aus, dass er nur zweimal die falsche Abzweigung nahm und das auch sofort bemerkte.

Der Chefdramaturg und stellvertretende Intendant wies auf eine Sitzgruppe, deren Tisch mit Papieren übersät war. »Ihre täglichen Besuche werde ich vermissen.«

»Noch ist es nicht so weit.«

»Kaffee? Meiner ist trinkbar. Selbst gemacht, nicht aus der Kantine.«

»In dem Fall ...«

»Das mit den Karten für die Premiere geht übrigens klar. Womit kann ich sonst dienen?«

»Was halten Sie von Tobias Habich?«

»Als Regieassistent macht er einen guten Job, soweit ich das beobachten konnte. Er ist zuverlässig, gut organisiert und auf eine unaufdringliche Art bestimmend. In der Hinsicht war er ein gutes Gegengewicht zu Carlos.«

»Klingt nach einem guten Zeugnis. Er wird also keine Probleme haben, nach dem Tod von Carlos einen neuen Job zu finden?«

»Prinzipiell nein. Kommt natürlich immer darauf an, ob die Chemie zwischen dem Regisseur und seinem Assistenten stimmt und ob sie vom Temperament her zusammenpassen.«

»Hat er das Zeug zu Höherem?«

»Was meinen Sie damit?«

»Wie ich mir habe sagen lassen, benutzen viele Regieassistenten diesen Job als Sprungbrett, um irgendwann mal selbst Regie führen zu können.«

»Da wäre ich bei ihm skeptisch. Er ist ein guter Handwerker, aber ihm fehlen die Visionen.«

»Gab es Spannungen zwischen ihm und Carlos?«

»Die gibt es immer. Ich weiß von nichts, was aus dem Rahmen gefallen wäre. Worauf wollen Sie eigentlich hinaus? Was ist mit Habich?«

»Nichts. Ich versuche nur, mir ein Bild zu machen. Die Theaterwelt ist für mich immer noch geheimnisvoll.«

Es war Bussig anzusehen, dass er ihm nicht glaubte, doch er sagte nichts.

»Was anderes«, sagte Grock. »Heute Abend ist doch die Generalprobe.«

Bussig nickte.

»Ich wäre gerne dabei.«

»Nein.«

»Ich habe mir sagen lassen, dass Generalproben durchaus öffentlich sein können.«

»Diese nicht.«

»Es könnte uns weiterhelfen.«

»Nein.«

»Warum nicht?«

»Es gibt Gründe, aber die werde ich Ihnen nicht sagen. Und wenn Sie doch kommen sollten, mache ich von meinem Hausrecht Gebrauch und lasse Sie hinauswerfen. Unsere Bühnenarbeiter sind starke Jungs.«

30

Auf dem Rückweg zu den anderen rief Finkbeiner an, mit fröhlicher Stimme. »Das Wichtigste zuerst. Ich habe dir eine Karte zurücklegen lassen, oder brauchst du zwei?«

»Welche Karte?«, fragte Grock ratlos.

»Hast du das schon wieder vergessen? Meine Theateraufführung morgen Abend.«

»Stimmt! Nein, nein, habe ich nicht vergessen, ich war nur in Gedanken woanders. Eine Karte reicht, danke.«

Er hatte es doch vergessen, ebenso seine leichtfertige Zusage. Aber da kam er jetzt nicht mehr raus, wenn er sich's nicht mit Finkbeiner verscherzen wollte bis an sein Lebensende.

»Liegt an der Abendkasse. Jetzt zum Nächsten. Da habt ihr uns ja was eingebrockt! Hast du eine Ahnung, welche Arbeit es macht, die ganzen Fingerabdrücke zu vergleichen?«

Da war er wieder, dieser mürrische, grantelnde Ton, mit dem Finkbeiner seine Kollegen nervte. Als ob alle Welt darauf aus wäre, ihn absichtsvoll zu ärgern.

»Ich weiß, Finkbeiner, ich weiß«, sagte Grock geduldig.

»Also, auf der obersten Galerie sind jede Menge Fingerabdrücke von Carlos, das war ja nicht anders zu erwarten. Auf den unteren Galerien nicht.«

»Das heißt, Carlos ist direkt und zielstrebig nach oben gegangen, er wollte nicht schauen, wie die Aussicht von den unteren Galerien ist.«

»Könnte man daraus schließen, ja, sehr scharfsinnig, Herr Kollege. Von dem künstlerischen Personal, wenn ich das mal so sagen darf, finden sich allerdings auf den gesamten Galerien keine Fingerabdrücke. Und jetzt bist du wieder dran.«

»Erste Möglichkeit: Wer oben war, hat sich nirgends festgehalten.«

»Unwahrscheinlich. Da geht's ziemlich tief hinunter, da hält sich jeder instinktiv fest, es sei denn, er ist ausgebildeter Dachdecker.«

»Dann hätten wir die altbewährten Handschuhe.«

»Auch möglich. Und in der Tat gibt es viele verwischte Spuren wie von Handschuhen. Bühnentechniker tragen manchmal Arbeitshandschuhe, wenn sie dort oben sind. Und das ist jetzt eine elegante Überleitung zu Möglichkeit Nummer drei: Vielleicht hat ihn ein Bühnentechniker hinuntergeschubst. Der hat alles Recht der Welt, auf den Galerien herumzuturnen und sogar Fingerabdrücke zu hinterlassen. Die sind alle katalogisiert, du musst nur noch herausfinden, wer von denen einen solchen Rochus hatte.«

Grock stöhnte. »Weißt du, wie viel Arbeit du uns machst? Du hast eine charmante Art, mir den Tag zu vermiesen!«

Finkbeiner lachte. »Immer wieder gern, lieber Herr Grock. Denk dran, morgen Abend, zwanzig Uhr.«

Und wenn wir jetzt mal die Handschuhe nehmen und davon ausgehen, dass keiner der Bühnentechnik seine Finger im Spiel hat, um die Sache nicht noch komplizierter zu machen, als sie ohnehin schon ist – dann war das kein Schäferstündchen mit unbefriedigendem Ende, keine Rangelei, in deren Verlauf … Dann hat einer sehr genau gewusst, was er tun wollte, als er die Treppe zur Galerie hochgegangen ist.

Und dann war auch die Theorie von der Rangelei mit unbeabsichtigter Todesfolge Makulatur.

Nicht hingegen der stinknormale, ach so tragische Unfall.

Wasser auf den Mühlen des Staatsanwalts. Er hatte es ja gleich gesagt …

Jetzt stöhnte Grock wirklich.

Ein schönes Set Fingerabdrücke hätte die Sache so viel einfacher gemacht.

31

Als Grock den Raum betrat, grinste ihn Toni an. »Du kommst zu früh. Jasmin hat noch nicht fertig gedacht.«

Die angeblich so schüchterne Referendarin schlug tatsächlich mit der Faust auf den Tisch.

»Jetzt reicht's mir aber wirklich! Diese dauernde blöde Anmache geht mir auf den Geist! Ich habe es satt! Was glauben Sie eigentlich, wer ich bin? Das dumme Blondchen vom Dienst?«

»Weißt du, was ich die ganze Zeit mache? Ich versuche, dich zur Weißglut zu bringen. So lange, bis du mich mit deinem Kuli erstichst. Oder mich von der Bühnengalerie hinunterwirfst. So könnte es nämlich gewesen sein, und dafür haben wir einige vielversprechende Kandidaten. Aber nein, Fräulein Staatsanwalt ist ja ganz die Stimme ihres Herrn und beharrt auf ihrer Unfalltheorie, anstatt mal den Kopf einzuschalten.«

»Und du verbeißt dich genauso dickköpfig in deine Mordtheorie!«

Jasmin Jung war so wütend über Tonis andauernde Provokationen, dass sie ihn gegen ihren Willen doch duzte. Sie biss sich auf die Lippen und machte sich auf eine höhnische Bemerkung gefasst.

Aber Toni, dem dies natürlich nicht entgangen war, sagte: »Nein, ich verbeiße mich nicht, ich ziehe das nur als eine Möglichkeit in Betracht. Eine unter anderen. Weißt du übrigens, dass in den USA die Staatsanwälte erst seit 2013 verpflichtet sind, auch solche Beweise vorzulegen, die den Angeklagten entlasten? Man fasst es nicht! In einem angeblichen Rechtsstaat! Aber bis zu uns hat sich das offenbar noch nicht herumgesprochen, die Staatsanwaltschaft trägt weiterhin ihre Scheuklappen.«

»Ist dir eigentlich klar, was das bedeutet, ein Mord hier? In einem Staatstheater! Da ist die Politik involviert, da geht es um das Image einer Kulturinstitution! Deshalb muss diese Geschichte schnellstens aufgeklärt werden, bevor es noch mehr blödsinnige Gerüchte gibt.«

»Jetzt ist die Katze aus dem Sack! Deinem Boss geht es um die Politik! Aber was hat das mit Politik zu tun, wenn da vielleicht einer jemanden umgebracht hat, aus welchen Gründen auch immer? Oder hat der Kultusminister den Carlos von der Galerie gestoßen, weil ihm seine Inszenierungen nicht passen? Mir ist die Politik scheißegal. Mein Job ist herauszufinden, was da passiert ist, und das ohne Vorurteile.«

»Geht das jemals? Ohne Vorurteile?«

Die beiden Streithähne standen sich gegenüber und funkelten sich an.

Toni entspannte sich. »Eins zu null für dich.«

»Zwei zu null. Ich habe vorhin schon gepunktet.«

»Das wüsste ich aber. Gib zu, dass du etwas gelernt hast.«

»Ja.«

»Das wollte ich nur hören.«

»Bei Gelegenheit kannst du mir mal verraten, was ich gelernt haben soll.«

»Bei einem Abendessen in intimem Rahmen?«

»Mal sehen. Ich muss erst darüber nachdenken, ob eine solche Verbrüderung mit dem Feind statthaft ist.«

»Da schau an! Die Staatsanwaltschaft kennt das Unwort.«

»Welches Unwort?«

»Nachdenken.«

Grock schaltete sich ein. »Setzt eure Diskussionen fort, wo immer ihr wollt, aber vorher haben wir noch ein paar

Kleinigkeiten zu erledigen. Frau Jung, würden Sie Herrn Habich hereinbitten?«

Jasmin Jung hatte die Tür noch nicht erreicht, als Toni Grock so zuflüsterte, dass jeder es hören konnte: »Siehst du, sie ist gar nicht so schlimm, wie sie aussieht.«

Toni handelte sich dafür einen strafenden Blick von Grock ein, den er grinsend quittierte.

32

Als Tobias Habich den Raum betrat, übernahm Dirk. Habich war wie gestern ganz in Schwarz gekleidet. Das war wohl sein Markenzeichen und unterstrich sein bleiches Gesicht.

Dirk ging auf ihn zu und streckte ihm die Hand entgegen. »Guten Tag, Herr Habich, schön, Sie wiederzusehen! Setzen Sie sich doch!«

Einladend wies er auf einen Stuhl und Habich nahm Platz.

»Haben Sie eigentlich gefunden, was Sie gestern so verzweifelt gesucht haben? Was war das noch?«

»Notizen zur Inszenierung, das hab ich doch schon gesagt.«

»Ich erinnere mich. Wichtige Notizen, nicht wahr?«

»Schon. Aber jetzt muss es eben ohne die gehen.«

»Wichtige Notizen, so, so. Drei Tage vor der Premiere. Wollen Sie uns für blöd verkaufen? Ging's nicht vielmehr um das hier?«

Toni hielt ihm sein Tablet hin mit dem eingescannten Schreiben, das Theresa gemailt hatte.

»Was ist das?«

»Lesen Sie's!«

Und Tobias Habich las, von vier Augenpaaren genau beobachtet. Eigentlich hätte er jetzt bleich werden müssen, aber den Gefallen konnte er ihnen nicht tun. Bleicher ging bei ihm nicht.

»Das ist«, sagte Dirk, »kurz zusammengefasst, die Beurteilung von Carlos, dass Sie eine Niete sind. Wussten Sie davon?«

»Nein.«

»Blödsinn! Natürlich wussten Sie's! Und Sie wollten verhindern, dass Carlos den Brief abschickt, deshalb haben Sie ihn von der Galerie gestoßen. Und dann mussten Sie den Brief an sich nehmen, bevor wir ihn finden, weil wir dann nämlich auf ganz dumme Gedanken kommen könnten. Sind wir ja auch.«

»Nein, so war es nicht!«

»Wie dann?«

Auf Habichs Stirn bildeten sich Schweißtropfen. »Ich habe von dem Brief gewusst, ich habe Carlos ja selbst um ein Empfehlungsschreiben gebeten. Ich habe den Brief aber nie zu Gesicht bekommen und wusste auch nicht, was er geschrieben hat. Bis zum Mittwoch. Da hat er mir's gesagt. Im Groben wenigstens.«

»Und dann?«

»Bin ich ausgerastet. Ich habe ihm eine gescheuert.«

»Zeigen Sie mir mal Ihre Hand.«

Habich streckte Dirk seine rechte Hand entgegen, sie sahen die Abschürfungen an den Knöcheln.

Habich zeigte ein schiefes Lächeln. »Im Kino sieht's immer einfacher aus.«

»Wo war das? Auf der Galerie?«

»Nein. Carlos hat sich in der Kantine wieder mal ziemlich aufgeplustert und ein paar Bier gekippt, und als er gegangen ist, bin ich ihm nach und habe ihn nach dem Brief gefragt. Ich wollte ihn nicht vor den Kollegen fragen. Na ja, dann hat er mir erzählt, was er geschrieben hat, dass er aber den Brief noch nicht abgeschickt hat, und hat dabei nur dreckig gelacht. Und dann habe ich zugeschlagen.«

»Hat er sich gewehrt?«

»Nein. Nur weiter gelacht. Gelacht und gelacht. Und ist weitergegangen.«

»Sind Sie ihm hinterher?«

»Nein. Schauen Sie mich an, schauen Sie Carlos an. Bei einer ernsthaften Prügelei hätte ich keine Chance gehabt. Ich bin dann gegangen.«

»Niemand hat Sie gehen sehen.«

»Das hoffe ich doch! Ich habe geheult vor Wut. So wollte ich mich nicht sehen lassen.«

»Jetzt noch mal im Detail. Wie muss ich mir das vorstellen? Sie gehen ihm hinterher, packen ihn am Arm, er dreht sich um, Sie kleben ihm eine.«

»Ich habe ihn gerufen, er hat sich umgedreht, wir haben miteinander geredet, und dann habe ich zugeschlagen.«

»Sie haben ihn nicht am Arm gepackt? Sicher?«

»Nein, habe ich nicht. Warum ist das so wichtig?«

Die drei Kommissare schauten sich an und sagten nichts. Jetzt übernahm Grock.

»Hat jemand Ihre Auseinandersetzung beobachtet?«

»Ich glaube nicht. Ich habe wenigstens niemand gesehen. Ich wollte ja auch allein mit Carlos reden.«

»Warum haben Sie sich überhaupt bei einem anderen Theater beworben?«

»Carlos hat mich gefeuert.«

»Warum?«

»Einfach so. Am Montag, aus heiterem Himmel. Er braucht mich nicht mehr, hat er gesagt, das sei unsere letzte gemeinsame Produktion gewesen. Keine weitere Begründung, sooft ich auch gefragt habe.«

»Sie sind wie alt?«

»Fünfunddreißig.«

»Und haben wie lange mit Carlos zusammengearbeitet?«

»Acht Jahre.«

»Ausschließlich mit ihm?«

»Ja.«

»Eine sehr enge Bindung.«

»Ich wollte ja auch mal was anderes machen, aber er hat es nicht erlaubt. Ist das nicht pervers? Erst verbietet er's mir, und dann wirft er mich raus.«

»Nun, das war für Sie eine Chance, aus dem Schatten des Meisters zu treten.«

Habich lachte bitter. »Das habe ich mir auch gesagt, nachdem der erste Schock vorbei war. Aber nach dieser Beurteilung? Da kann ich mir neue Engagements abschminken! Die Branche ist klein, und sie ist sehr geschwätzig.«

»Sieht nicht gut aus für Sie, Herr Habich. Sie haben ein Motiv, Sie haben kein Alibi. Sie mussten unbedingt verhindern, dass Carlos diesen Brief abschickt. Deshalb haben Sie ihn umgebracht.«

»Ich habe ihn nicht umgebracht. Aber wissen Sie was? Auch wenn ich mich jetzt um Kopf und Kragen rede: Ich hätte es mit Freuden getan. Aber offenbar ist mir jemand zuvorgekommen.«

»Lassen wir das einfach mal so stehen. Nachdem Carlos tot war, sahen Sie die Chance, den Brief verschwinden zu lassen.«

»Ja. Ich hätte die Sache quasi ungeschehen machen können. Außerdem war mir klar, wenn Sie den Brief finden … Aber das hatten wir schon, deswegen sitze ich ja hier.«

»Das war Ihnen so wichtig, dass Sie in Carlos' Wohnung eingebrochen sind?«

»Wie kommen Sie darauf?«

»Lassen wir die Spielchen, Herr Habich, ich habe Sie erkannt. Sie ziehen das linke Bein leicht nach.«

»Ich bin nicht eingebrochen. Ich habe einen Schlüssel.«

»Aber Sie haben dort doch gar nicht gewohnt?«

»Ich war ein Teil der großen Carlos-Familie. Da gingen alle ein und aus, wie es ihnen gerade passte.«

»Klingt nicht gerade nach abgeschirmtem Privatleben.«

»Privatleben? In der Carlos-Familie? Da ging's nur ums Theater. Aber jeder hat wenigstens ein eigenes Zimmer, wenn auch die Wände sehr dünn sind.«

»Wenn Sie zur Carlos-Familie gehört haben, weshalb haben Sie dann nicht auch in der Archivstraße gewohnt?«

»Die Wohnung war zu klein für alle.«

»Wie wurden dann die Zimmer verteilt? Per Los?«

»Das war allein die Entscheidung des Meisters. Je nachdem, wer gerade in seiner Gunst stand. Oder wen er gerade brauchen konnte. Oder auf wen er scharf war.«

»Wie Jennifer Graf beispielsweise?«

»Carlos hat die doch nur besetzt, damit er sie leichter ins Bett kriegt. Das war normal. Seine übliche Masche.«

»Wusste Carlos, dass die Graf mit dem Intendanten liiert war?«

»Das wusste jeder. Außer seiner Frau natürlich.«

»Und jeder wusste, weshalb Carlos die Graf besetzt hat.«

»Nun ja, die Jenny ist eine Augenweide, aber als Schauspielerin ...«

»Und niemand hat sie gewarnt. Niemand ist eingeschritten.«

»Wir sind alle erwachsen.«

»Der Abgang von Jennifer Graf war ja spektakulär, wenn man so sagen will. Carlos hat sie bloßgestellt, und zwar auf ziemlich infame Weise, und den Intendanten gleich mit. War denn so etwas auch normal?«

»Das war schon heftig. Wenn er sonst an jemandem das Interesse verloren hat, dann hat er sie einfach fallenlassen und sich die Nächste gesucht. Das gab dann schon mal eine Szene, die übliche Beziehungsgeschichte eben, aber so dramatisch war es noch nie.«

»Warum war es gerade bei der Graf anders?«

»Ich weiß es nicht. Keiner hat es verstanden.«

»Und keiner hat etwas gesagt.«

Tobias Habich schwieg.

»Wen hat Carlos denn sonst noch nach seiner üblichen Masche besetzt und wieder fallenlassen?«

Plötzlich wurde Habich sehr wortkarg. »Weiß ich nicht.«

»Kommen Sie, Herr Habich, das hat doch wahrscheinlich jeder mitbekommen.«

»Ich möchte da niemanden mit reinziehen.«

»Eine andere Frage. Lutz Benger. Gehörte der auch zur wechselnden Belegschaft der Wohngemeinschaft?«

»Der nicht. Der gehörte zum Inventar, der war immer dabei. Er war der einzige Vertraute, den Carlos hatte, wenn es so etwas bei ihm überhaupt gab. Jedenfalls war er der Einzige, der ihn auf den Boden holen konnte, wenn er mal wieder völlig ausrastete. Ich glaube, die hatten mal was miteinander, aber das war vor meiner Zeit.«

»Wie haben Sie es nur so lange mit Carlos ausgehalten?«

Habich lachte bitter. »Das frage ich mich mittlerweile auch. Sicher, das war eine spannende Zeit, wenn auch sehr aufreibend. Aber man gehörte zu den Auserwählten, man hat viel gelernt, und dafür hat man viele Demütigungen geschluckt. Man sägt ja nicht den Ast ab, auf dem man sitzt. Nur, was hat's mir gebracht?«

»Der Brief ist jedenfalls nicht abgeschickt worden. Herr Habich, Sie sind noch nicht aus dem Schneider, bitte verlassen Sie die Stadt nicht.«

»Ganz bestimmt nicht. Am Samstag ist Premiere. Meine letzte.«

Sie sahen ihm nach, wie er aus dem Zimmer ging, das linke Bein ganz leicht, kaum merklich nachziehend.

Toni stieß die Luft aus. »Mein lieber Herr Gesangverein! Dieser Carlos war ja ein Arsch!«

»Ein Monster«, bekräftigte Jasmin Jung.

»Und was hält die Staatsanwaltschaft nun von ihrer Unfalltheorie?«

Jasmin Jung druckste herum. »Ich gebe zu, das ist nur eine Möglichkeit. Es gibt offenbar tatsächlich einige Leute, die mit Carlos ein Hühnchen zu rupfen hatten.«

»Und die Liste wird quasi stündlich länger. Das mit dem Hühnchen ist nett, aber zu harmlos. Ich glaube, dieser Habich hat einen abgrundtiefen Hass auf Carlos gehabt. Du hast an dein Idol geglaubt, du hast vieles geschluckt, du hast weggesehen, du hast mitgemacht. Und am Ende bist du doch der Depp. Du hast alles verloren. Über solche Typen könnte ich mich aufregen.«

»Carlos?«, fragte Dirk.

»Und Habich. Ohne solche Idioten wie den könnte das ganze System gar nicht funktionieren.«

»Frage an den geballten kriminalistischen Sachverstand hier im Raum«, kam es von Dirk. »Was halten wir von Freund Habich? Frau Jung?«

»Ich glaube nicht, dass er's war. Er war zu aufrichtig.«

»Aufrichtig?«, fragte Toni.

»Na ja, er hat ja vieles gesagt, was ihn selbst belastet.«

»Oh, Mädchen, du musst noch viel lernen. Das sagen sie immer. Geschickte Art, um von sich selbst abzulenken.«

Grock sagte: »Wenn wir mal unterstellen, dass er die Wahrheit gesagt hat, dann ist zumindest die eine Wunde bei Carlos geklärt. Dann muss er aber noch mit jemand anderem eine Auseinandersetzung gehabt haben. Mit demjenigen, der ihn am Arm gepackt hat.«

»Dann suchen wir halt weiter«, sagte Toni. »Der Nächste bitte.«

»Wie spät haben wir's eigentlich?«, fragte Grock.

Automatisch schaute jeder auf seine Armbanduhr. Bis auf Grock, der keine Uhr trug.

»Dann machen wir morgen weiter«, entschied Grock. »Die Schauspieler müssen sich auf ihre Generalprobe vorbereiten. Wir müssen den Betrieb ja nicht mehr als nötig aufhalten. Wer wartet noch?«

»Katty Lundy. Eins muss man Kinzig lassen. Er hat das gut getaktet. Wenn du nicht so lange bei Bussig gewesen wärst, hätte der Zeitplan perfekt hingehauen.«

»Muss ich mich jetzt entschuldigen?«

»Höchstens bei Frau Lundy.«

»Das übernehmen Sie, Frau Jung«, entschied Grock. »Sagen Sie, wir melden uns morgen bei ihr. Machen Sie sich aber auf einen dramatischen Auftritt gefasst.«

»Ist diese Lundy so schlimm?«, fragte Toni.

»Du hast sie noch nicht erlebt«, sagte Dirk. »Sie ist eine Wucht.«

»Das muss ich mir ansehen. Ich glaube, ich muss unsere junge Kollegin unterstützen, nicht dass sie mit Wucht an die Wand gedrückt wird.«

Toni und Jasmin Jung verließen das Zimmer, und kurz darauf war auf dem Flur eine sehr laute und sehr wütende Frauenstimme zu hören.

Dirk grinste. »Wir hätten sie schon noch drannehmen können, so viel Zeit ist noch.«

Grock schüttelte den Kopf. »Ich fürchte, bei der dauert das länger, die Frau ist ein harter Brocken. Außerdem habe ich mit ihr was anderes vor.«

»Nämlich?«

»Du musst nicht alles wissen.«

»Grock, deine Alleingänge sind manchmal grenzwertig.«

»Stimmt. Das ist der auch. Aber kein Alleingang. Theresa wird mich begleiten. Ich muss ihr nur noch Bescheid sagen.«

»Du musst wissen, was du tust.«

Grock zuckte mit den Achseln. Wusste er das? Manchmal hatte er Zweifel, vor allem im Nachhinein.

Draußen verebbte der Lärm, Toni und Jasmin Jung kamen wieder herein und wirkten etwas durch den Wind.

»Man lernt doch nie aus«, sagte Toni. »Ich fange nie was mit einer Schauspielerin an. Mit so einer kann man ja nicht mal richtig streiten. Die schreit dich nieder und muss nicht mal Luft holen zwischendurch.«

Grock sprang unvermittelt auf. »Feierabend. Ich muss.« Und war auch schon zur Tür hinaus.

Jasmin Jung schaute ihm entgeistert hinterher. »Aber das geht doch nicht! Wir stecken mitten in den Ermittlungen, wir können nicht einfach auf die Uhr schauen und Schluss machen!«

»Auch ein Kommissar hat gelegentlich ein Privatleben. Und manchmal ein kompliziertes«, sagte Dirk. »Ich zum Beispiel muss meinen Sohn zum Fußballtraining begleiten. Das habe ich ihm schon dreimal versprochen und nicht einhalten können.«

»Ich habe auch noch was vor«, erklärte Toni. »Ich muss eine hübsche, intelligente Referendarin bei der Staatsanwaltschaft zum Abendessen ausführen.«

»Wenn Sie damit mich meinen …«

»Eingebildet ist sie ja gar nicht, die Dame. Wie kommst du denn darauf?«

»Weil ich derzeit die einzige Referendarin bin. Nein danke, ich bin schon verabredet.«

»Du wirst es dein Leben lang bereuen. Und deinem Chef petzen kannst du auch morgen noch.«

»Ich petze nicht, ich berichte nur. Und abermals nein. Wir sehen uns morgen.«

Weg war sie.

Dirk sagte: »Könnte es sein, Toni, dass deine Flirterei nicht mehr ganz zeitgemäß ist?«

»He, ich habe nicht wirklich Interesse an ihr.«

»Das hat sie gespürt.«

»Ich wollte mich aufopfern und sie ein bisschen aushorchen.«

»Und ein bisschen gut Wetter machen, oder? Du bist sie ganz schön hart angegangen und, mit Verlaub, dummdreist. Gar nicht gut. Wenn sie das dem Ströbel erzählt …«

»Der kann mich mal. Wenn der mir blöd kommt, schmeiß ich den Bettel hin.«

»Was ist denn mit dir los, Toni? Verkraftest du einen Korb nicht mehr?«

Toni schlenderte ans Fenster, steckte beide Hände in die Hosentaschen und schaute hinaus.

»Sag's nicht weiter, ja? Die Familie hat mir ein Angebot gemacht. Ich soll in eins der Geschäfte einsteigen. Weinhandel.«

»Du verstehst was von Wein?«

»Jeder Italiener versteht was von Wein. Und den Rest kann man lernen. Darum ging's bei unserem Familientreffen.«

»Ich dachte schon, sie wollten dich wieder verheiraten. Und? Willst du?«

»Weiß nicht.« Toni dreht sich um und schaute Dirk an. »Vielleicht. Manchmal ödet mich unser Job an.«

»Geht uns allen so.«

»Immer die gleichen Fragen. Immer die gleichen Antworten. Die gleichen Lügen. Ein karrieregeiler Staatsanwalt mit vorgefertigten Theorien, der uns eine Aufpasserin schickt, damit er vor den Politikern glänzen kann, wie schnell er einen Fall lösen kann.«

»Bist du wegen diesem Angebot vor der Familie geflüchtet?«

»Ja. Die wollten eine Antwort, aber ich habe noch keine.«

»Ich versteh dich, aber überleg dir's gut. Du bist ein guter Ermittler, Toni. Und ein guter Kerl, wenn man sich an deine Macken gewöhnt hat. Und noch was.«

»Ja?«

»Ich würde dich vermissen. Wir alle.«

33

Auf dem Weg zum Auto rief Grock Theresa an und erklärte ihr, was er vorhatte. Sie war skeptisch, merkte aber schnell, dass Einwände sinnlos waren. Wenn Grock sich etwas in den Kopf gesetzt hatte, war er nur schwer wieder davon abzubringen.

»Habt ihr noch was herausgefunden?«, fragte er.

»Viel Interessantes, aber bisher nichts, was uns weiterbringen würde. Ich mache noch eine Weile weiter.«

»Feierabend, Theresa.«

»Ich habe sowieso nichts vor.«

Meistens kam Theresa mit sich selbst ganz gut zurecht, aber es gab Tage, da graute es ihr vor ihrer einsamen Wohnung. Mal sehen, vielleicht fing sie Peter Grigoleit doch nach der Generalprobe ab, wenn sie nicht zu müde war.

Grock verstaute seine Tasche im Auto und machte sich auf den Weg hinüber in die Calwer Straße. Lisa hatte das Lokal ausgesucht und wartete schon auf ihn.

»Eine Prise Orient?«, fragte er misstrauisch.

»Ich wollte dich von deinem ewigen Rostbraten weglocken.«

»Maultaschen. Kutteln. Saure Nierle. Saure Kartoffelrädle. Spätzle mit Soß. Pizza. Hühner-Reis-Topf. Kartoffel-Topf mit Würstchen. Serbische Bohnensuppe. Erbseneintopf. Meine Speisekarte ist vielfältig.«

»Alles selbst gekocht?«

»Alles selbst warm gemacht.«

»Dann wird dir die Prise Orient jetzt auch nicht schaden.«

Grock hatte in den letzten Tagen eine harte kulinarische Schule durchlaufen, deshalb würden ihn Auberginenpüree und Tajine jetzt auch nicht umbringen, was immer das war. Doch er blieb misstrauisch. Restaurants, deren Konzept erst erklärt werden musste, behagten ihm nicht. Und er wollte seine Vorspeise nicht selbst holen müssen, das war ja wie in der Kantine. Aber Lisa war begeistert.

Grock seufzte. Das wäre jetzt ein guter Moment, sich einzugestehen, dass er älter wurde und manches nicht mehr verstand. Oder nicht verstehen wollte.

»Das ist ja so wie immer«, sagte Lisa. »Bis ich meinen Vater zu Gesicht bekomme, das kann dauern. Und wahrscheinlich wird jetzt gleich dein Handy klingeln und du musst aufspringen. Oder bist mit den Gedanken woanders.«

»Ich habe mein Handy abgeschaltet.«

»Was? Mitten in einer Mordermittlung?«

Grock lächelte. »Auch dein alter Vater ist noch lernfähig. Wir hätten es uns auch zu Hause gemütlich machen können, wenn meine Tochter schon mal Zeit für mich hat.«

»Mein Elternhaus kommt mir fremd vor, seit du allein darin lebst.«

»Mir auch«, gestand Grock.

»Wie geht es eigentlich weiter mit dir und Mama?«, fragte Lisa zwischen zwei Bissen.

»Ach, so ist das …«

Abwehrend hob Lisa beide Hände. »Nein, nein, so ist es gar nicht! Ich will mich da überhaupt nicht einmischen, ich bin auch nicht der reitende Bote, der Nachrichten ins feindliche Lager überbringt. Das müsst ihr allein klären. Mich tät's halt nur interessieren.«

Wie erwachsen seine kleine Lisa geworden war. Jetzt diskutierte er schon mit ihr seine Eheprobleme. Wie sollte er ihr etwas erklären, das er selbst nicht wusste?

Fakt war, dass Lena ihre Karriere als Künstlerin neu belebte. In Ordnung. Dass sie dafür ein Atelier im Stuttgarter Westen gemietet hatte. In Ordnung. Dass sie sich dort mehr und mehr wohnlich eingerichtet hatte, dass sie sich seinem Leben mehr und mehr entzogen hatte, bis sie anscheinend ganz verschwunden war. Auch in Ordnung?

»Ich glaube, man nennt das Auszeit«, sagte er.

»Besteht noch Hoffnung?«

»Hoffnung auf was?«

»Dass ihr wieder zusammenkommt, natürlich.«

»Ich weiß es nicht.«

»Vielleicht hilft reden.«

»Vielleicht«, sagte Grock kläglich. »Verhöre führen kann ich ja, aber das ist wohl nicht das Passende, oder?«

»Bestimmt nicht. Aber wie wäre es, wenn du dich selbst mal ins Kreuzverhör nimmst?«

Grock brummte. Das Gespräch nahm eine Richtung, die ihm nicht behagte, ganz und gar nicht, vor allem nicht, weil sie ja recht hatte. Themenwechsel. Bei einem Verhör wirkte das manchmal Wunder.

»Erzähl von dir. Was macht dein Studium? Wann habe ich endlich meine Privatärztin in der Familie? Ich komme in das Alter, wo's überall zwickt.«

Lisa erkannte die Absicht und schmunzelte.

Später schlenderten sie noch lange durch die kaum mehr bevölkerte Königstraße, und Lisa kommentierte, was sie in den Schaufenstern sah. Wenn uns jetzt jemand so sieht, dachte Grock, meint er, ich hätte eine junge Freundin. Der Gedanke war gar nicht so unangenehm.

Lisa verabschiedete sich mit einer innigen Umarmung.

»Zum Geburtstag schenke ich dir einen Kochkurs«, sagte sie.

Er sah ihr nach. Seine große Kleine.

Grock schaltete sein Handy wieder ein und fand auf der Mailbox eine Nachricht von Theresa. Sie sei auf etwas Interessantes gestoßen, sagte sie, und sie müssten sich morgen früh eher treffen. Die tüchtige Theresa hatte auch schon ein Café in der Nähe ausfindig gemacht.

Nur gut, dass er dieses Ding bei seinem Rendezvous ausgeschaltet hatte. Er wäre nur ins Grübeln gekommen, wie Lisa richtig vorausgesagt hatte. Ob er Theresa jetzt gleich zurückrufen sollte? Aber es war schon zu spät.

Als er dann um den Eckensee herumging, sah er in der Ferne Sabine Gronewoldt, die Generalprobe war wohl zu Ende. Er hätte sie noch einholen können.

Aber er fuhr nach Hause, öffnete eine Flasche Trollinger und setzte sich in einen Sessel, mit dem Laptop auf den Schenkeln und dem Text von »Hamlet«, den er im Internet gefunden hatte. Unbequem. So ein Tablet musste her, unbedingt.

Der Geist von Hamlets Vater war noch nicht wieder verschwunden, als Grock auch schon fest eingeschlafen war.

34

Als der Wecker ging, stand Grock bereits unter der Dusche, sang erbärmlich falsch »Smoke on the water« und verschluckte sich an dem herabprasselnden Wasserstrahl. Als er das Gitarrenriff imitierte, bekam er Seifenschaum in die Augen und fluchte fürchterlich. Beinahe wäre er auch noch ausgerutscht.

Nicht sein Tag. Er fühlte sich ausgelaugt und zerschlagen. Die halbe Nacht im Sessel, das haut ja den stärksten Bullen um. Am Trollinger konnte es nicht liegen, das waren gerade mal zwei Schlucke gewesen. An Träume konnte er sich nicht erinnern, kein Frauenbein weit und breit. War das jetzt eine gute oder eine schlechte Nachricht?

Wenn er sich jetzt rasierte, schnitt er sich bestimmt, also ließ er es bleiben. So ein paar Stoppeln im Gesicht waren ja auch hip.

Überhaupt. Ein Zwei- bis Viertagebart war eine Idee. Er kam in das Alter, da man sich verjüngen musste. Missmutig sah er in den Spiegel. Wir haben uns auch schon mal besser gekannt, wir zwei.

Vielleicht sollte er seine Lederjacken im Schrank lassen und sich einen Anzug zulegen? Den Pferdeschwanz abschneiden? Aberwitzige Gedanken.

Eine Zigarette noch und dazu einen Espresso. Dann fuhr er los. Wenigstens war um diese Zeit noch kein Stau.

35

Theresa wartete schon, vor sich einen Kaffee und eine Platte mit Wurst und Käse. So etwas bekam Grock um diese Zeit nicht hinunter, er begnügte sich mit einem Croissant und einem Cappuccino. Zum Teufel mit allen Eiferern, die das Rauchen verboten hatten! Was gab es Genussvolleres als eine Zigarette zum Kaffee?

Theresa sah übernächtigt aus.

»Hast du noch so lange gearbeitet?«

»Schlecht geschlafen.«

»Dein Produktionsdramaturg?«

»An den verschwende ich keinen Gedanken mehr. Das hat doch keine Zukunft.«

»Sag das nicht! Er wäre ein Trottel.«

»Männer sind … Ach, lassen wir das! Das geht schon wegen der unterschiedlichen Arbeitszeiten nicht. Wenn er heimkommt, muss ich gerade aufstehen.«

»Andere kriegen das auch hin.«

»Und wenn ich dann sehe, wie da kreuz und quer gevögelt wird! Nein, so eine Beziehung ist nichts für mich. Und damit sind wir auch schon beim Thema. Das hier habe ich bei Carlos' Unterlagen gefunden.«

Sie legte ein Notizbuch mit schwarzem Einband und Lesebändchen auf den Tisch, schon etwas abgegriffen. »In diesem Notizbuch hat er wohl seine spontanen Einfälle notiert. Das meiste davon verstehe ich nicht, da fehlt mir der Theatersachverstand, aber das hier ist eindeutig.« Sie schlug eine Seite auf und zeigte sie ihm.

»101 Gründe, um Carlos um die Ecke zu bringen«, las er als Überschrift.

»Bevor du dich damit amüsierst, schau mal auf das Datum.«

»Anfang dieser Woche.«

»Genau. Aber er hat diese Liste nicht in einem Zug geschrieben, sondern sie immer wieder ergänzt, das siehst du an dem unterschiedlichen Schriftstil, und er hat auch unterschiedliche Stifte verwendet. Er hat ein paar Seiten freigelassen, danach kommen Notizen mit einem früheren Datum.«

»Was sagt uns das?«

»Entweder hat er die Liste vordatiert oder das Datum nachträglich eingesetzt.«

»Was sagt uns das?«

»Keine Ahnung. Ein Graphologe könnte vielleicht herausfinden, wann er die Liste begonnen hat, aber ich weiß nicht, ob uns das in irgendeiner Weise weiterbringt. Und jetzt lies mal schön, ich muss für kleine Mädchen, Kaffee treibt.«

Und Grock las:

1. Er hat Jennifer Graf gevögelt, obwohl sie dem Intendanten gehört.
2. Er hat Sabine Gronewoldt gevögelt, obwohl sie verheiratet ist.
3. Er hat dafür gesorgt, dass ihr Mann das erfährt.
4. Er hat Sabine Gronewoldt gesagt, dass er trotzdem keine weiteren Projekte mit ihr macht.
5. Er hat Tobias Habich rausgeschmissen.
6. Er hat den Intendanten beleidigt, mehrmals. U. a. hat er ihn einen heimlichen Schwanzlutscher genannt.
7. Er hat die Frau des Intendanten beleidigt, mehrmals. U. a. hat er sie eine verdorrte, alte Ziege genannt.

8. Er hat Katty Lundy nicht mehr gevögelt, weil er es nicht nötig hat, mit einer fetten, alten Frau ins Bett zu gehen.
9. Sie hat sich trotzdem noch einmal unterworfen, weil er ihr Geheimnis kennt.
10. Er wird sie trotzdem nicht mehr weiterbeschäftigen. Bye, bye, Katty, die Karriere ist vorbei!

Und so ging es weiter, seitenlang. Bei Punkt 67 hörte er auf.

Theresa war mittlerweile zurück. Als Grock zu ihr aufsah, sagte sie: »Ist er nicht ein reizendes Kerlchen gewesen, dieser Carlos? Der Traum jeder Schwiegermutter! Verstehst du jetzt, was ich vorhin gemeint habe?«

»Nicht jeder ist wie Carlos.«

»Na, das will ich doch hoffen, sonst würde ich den Glauben an die Menschheit verlieren. Was ist das für einer? Das ist doch hochgradig pervers!«

»Ich will mich gar nicht erst als Psychologe versuchen.«

Theresa rezitierte:

Und darum, weil ich nicht als ein Verliebter
Kann kürzen diese fein beredten Tage,
Bin ich gewillt, ein Bösewicht zu werden
Und feind den eitlen Freuden dieser Tage.

»Woraus ist das? Kommt mir bekannt vor«, sagte Grock.

»›Richard III.‹ Carlos hat das in seinem Textbuch ganz besonders hervorgehoben.«

»Der musste nicht erst ein Bösewicht werden, das war er schon. Vielleicht konnte er zwischen Theater und normalem Leben nicht mehr unterscheiden?«

»Der hätte in die Klapse gehört! Geschlossene Abteilung.«

»War er doch schon.«

Theresa brauchte etwas, bis der Groschen fiel. »Das war jetzt ziemlich geschmacklos, Grock, und gar nicht lustig.«

»Ich weiß, aber manchmal kommt mir das Theater wirklich so vor. Eine Welt für sich, abgekapselt nach außen, und was da drinnen vor sich geht, kann man nicht so recht nachvollziehen. Und mal ehrlich, manche haben schon einen Sprung in der Schüssel.«

»Oder sie tun nur so. Vergiss nicht, das sind Schauspieler.«

Grock dachte nach. »Interessanter Aspekt. Vielleicht ist diese Liste auch nur eine Art Inszenierung.«

»Glaube ich nicht. Von einer paar Punkten wissen wir, dass sie stimmen, die Sache mit Jenny Graf zum Beispiel, Tobias Habich. Und was sollte damit inszeniert werden?«

»Sagen Sie's mir, Watson Wimmer!«

»Ich weiß es nicht, Sherlock Grock.«

»Mir ist etwas aufgefallen, Theresa. Diese Liste folgt einer gewissen Systematik. Die Dinge, die er zu einer Person zu sagen hat, folgen aufeinander. Zu Jenny Graf steht nur, dass er sie ...«

»... gevögelt hat, sag es ruhig, ich bin eine emanzipierte junge Frau.«

»Dass er sie hinausgeworfen hat, steht aber erst unter Punkt 45.«

»Das heißt?«

»Das heißt, dass er die Liste vor mehr als zwei Wochen begonnen hat. Denn Jenny Grafs tränenreicher Abschied war vor zwei Wochen.«

»Und was hat das nun wieder zu bedeuten?«

»Weiß ich nicht.«

»Aber ich!« Theresa war wie elektrisiert. »Entweder sind die Nettigkeiten, die er aufzählt, schon vor mehr als zwei Wochen geschehen oder er hatte da bereits die Absicht, sie zu tun.«

»Den Habich hat er Anfang der Woche rausgeworfen.«

»Stützt das nun deine Theorie oder nicht?«

»So oder so nur, wenn meine Theorie von der Systematik der Einträge stimmt. Dann allerdings wäre das üble Spiel mit Jenny Graf nicht von Anfang an geplant gewesen, sondern eine spontane Aktion.«

»Ach verflixt, das ist alles so verworren! Zum Haareraufen, wenn man sich damit nicht die Frisur ruinieren würde.«

»Ich sag doch, Sprung in der Schüssel! Diese Theaterleute sind nicht mal in der Lage, uns brauchbare Verdachtsmomente zu liefern.«

»Alles nur Theater.« Theresa seufzte. »Vielleicht auch das, was ich noch herausgefunden habe. Ich habe nämlich diese Liste mal analysiert.«

»Du hast dir ja richtig viel Arbeit gemacht, Theresa, Respekt. Warst gestern doch lange im Büro.«

Die Kollegen sprachen ja meist von ihrer Dienststelle, aber Grock mochte diese Bezeichnung nicht. Da schwang etwas mit, das ihm unangenehm war. So beamtenmäßig, autoritär.

»Ach, Grock, manchmal graust mir's vor einem Abend allein in meiner Wohnung. Wenn sie wenigstens gemütlich wäre! Aber ich finde ja nichts Schönes, was ich mir leisten kann, das ist schlimm in dieser Stadt, und ich will ja nicht mein ganzes Geld für die Miete drangeben, ich will ja auch noch leben. Ich habe mir sogar schon überlegt, ob ich einen Nebenjob annehme, Kellnern habe ich ja gelernt.«

»In dieser Kneipe wäre ich Stammgast. Mit großzügigem Trinkgeld.«

»Aber das geht ja nicht bei unseren unregelmäßigen Arbeitszeiten, und ehrlich gesagt finde ich diesen einen Job schon anstrengend genug.«

»Immer nur Arbeit. Nie hast du Zeit für uns. Und wenn du doch mal da bist, bist du mit den Gedanken woanders. Haben mir meine Frau und meine Kinder immer vorgeworfen, und zum Teufel, sie hatten recht, nur merkt man das selbst zu spät.«

Es war selten, dass Grock über Persönliches sprach, und Theresa wusste nicht, wie sie sich verhalten sollte. Sie versuchte es mit Flapsigkeit.

»Wenn das hier vorbei ist, sollten wir uns mal einen Abend zusammensetzen und uns gegenseitig bedauern.«

Grock stieg darauf ein. »Ob da ein Abend reicht? Zurück zur Liste.«

»Einige Namen kenne ich, die sind uns aber hier noch nicht untergekommen. Ich habe stichpunktartig recherchiert, das sind Leute, mit denen er früher gearbeitet hat. Dann habe ich die Liste mit den Produktionsteams von ›Hamlet‹ und ›Richard‹ verglichen. Nur wenige davon tauchen in der Liste auf. Das könnte bedeuten, dass er mit den andern nicht über Kreuz lag.«

»Oder dass er nicht mehr dazu gekommen ist. Die Liste endet bei 86.«

»Ich habe es gern, wenn du mich desillusionierst. Also bringt meine schöne Analyse überhaupt nichts.«

»Das würde ich so nicht sagen, im Gegenteil. Sie ist unser Weg durch den Dschungel. Sie sagt uns, auf wen wir uns zunächst konzentrieren müssen. Nämlich?«

Theresa zählte auf: der Intendant, dessen Frau, Jenny Graf, Tobias Habich, Sabine Gronewoldt, Katty Lundy, Bussig …

»Bussig auch? Den muss ich übersehen haben. Was sagt er denn zu dem?«

»Vielleicht bist du nicht so weit gekommen. Punkt 72: Michael Bussig, weil er – aber das weiß er selbst am besten.«

»Mysteriös. Wie die ganze Liste. Vielleicht sind wir schlauer, wenn wir unseren Besuch hinter uns haben.«

»Bist du immer noch der Meinung, dass das eine gute Idee ist?«

»Nein. Aber wir ziehen das jetzt durch.«

Grock eben.

»Was kannst du mir über Katty Lundy sagen?«

Theresa holte ihre Notizen hervor. »Richtiger Name Roswitha Stimpfig, Alter unbekannt, das hat sie offenbar überall tilgen lassen, aber da unsereins ja Zugriff auf diverse Register hat, kann ich dir sagen, dass sie zweiundfünfzig ist.«

»Ach!«

»Ja, hätte ich auch nicht gedacht. Galt einmal als einer der Stars der Theaterszene, ihr Ruf scheint aber etwas gelitten zu haben, weil sie seit fünfzehn Jahren ausschließlich mit Carlos zusammenarbeitet. Ist derzeit parallel in drei Produktionen zu sehen, hier in Stuttgart in ›Richard‹ und ›Hamlet‹, in Hamburg in ›Macbeth‹, Carlos nudelt seit einiger Zeit den gesamten Shakespeare ab. Das heißt, sie muss dauernd pendeln, stelle ich mir ziemlich anstrengend vor, aber das ist ja nicht mein Problem. War vor längerer Zeit mal verheiratet, keine Kinder. Hat übrigens nie Fernsehen oder Kino gemacht, wahrscheinlich blieb dafür keine Zeit.«

»Erschöpfende Auskunft, Theresa, danke. Dann wollen wir die Dame mal aufsuchen.«

»Eigentlich wollten wir schon längst dort sein.«

»Macht nichts, wir werden ja nicht erwartet.«

36

Katty Lundy, die Diva, wohnte in der Alexanderstraße, nicht weit von der Carlos-WG entfernt. Grock musste lange klingeln, bis die Tür geöffnet wurde.

Katty Lundy blinzelte ihn an. »Wer sind Sie?«

»Wir kennen uns, Frau Lundy. Grock, Kripo.«

»Ziemlich dreist, eine Frau um diese Zeit zu wecken. Außer man ist der Liebhaber.«

»So weit wird es nicht kommen, ich habe einen Anstandswauwau dabei. Meine Kollegin Theresa Wimmer.«

»Habe ich das Recht, Ihnen die Tür vor der Nase zuzuschlagen?«

»Haben Sie.«

»Dann haben Sie wohl das Recht, mich aufs Präsidium einzubestellen.«

»Sie kennen sich aus. Sie sehen, es ist nichts gewonnen.«

»Doch. Ich könnte mich vorher zurechtmachen. Kommen Sie rein.«

Grock hatte sie dreimal gesehen: auf der Bühne als unförmigen, bösen Richard, im Theater als aufgetakelte Diva und jetzt in einem spießigen rosa Morgenmantel. Die drei Erscheinungsformen waren nicht deckungsgleich. Deshalb dieser frühe Besuch. Er wollte sie ohne Maske sehen, ungeschminkt im Wortsinne.

»Tut mir leid, dass ich Sie nicht gleich wiedererkannt habe, so einen stattlichen Mann übersieht man eigentlich nicht. Aber ohne meine Kontaktlinsen tapse ich ziemlich orientierungslos durch die Gegend.«

Sie ging zu einem Tisch und setzte sich eine Brille auf.

Was war das denn? Wollte sie mit ihm flirten? Konnte sie haben.

»Die Brille steht Ihnen.«

»Finde ich auch, abgesehen davon, dass sie mich alt macht. Aber auf der Bühne geht das nicht. Und ohne Sehhilfe, wie das so schön heißt, bin ich blind wie ein Maulwurf. Ich würde in den Orchestergraben purzeln. Machen Sie sich's gemütlich, soweit das geht, und stören Sie sich nicht an den abscheulichen Möbeln, ich habe die Wohnung möbliert gemietet. Ich mache erst mal Kaffee. Ohne Kaffee sage ich gar nichts.«

Theresa sah sich um. Und da dachte ich immer, meine Wohnung sei ungemütlich. Es geht ja noch schlimmer. Die Möbel waren abgenutzt, der Teppichboden hatte blanke Stellen, an manchen Stellen blätterte die Tapete, an den Wänden hingen billige Farbdrucke. Und vom Aufräumen hielt die Lundy auch nicht viel.

Grock und Theresa ließen sich auf einer schäbigen Polstergarnitur nieder.

»Ich glaube, unter mir krabbelt's«, flüsterte Theresa Grock zu.

Katty Lundy kam mit einer Kanne Kaffee und drei Tassen aus der Küche.

»Ich entschuldige mich nicht für diese Absteige«, sagte sie, »sondern nenne es liebevoll Retro-Schick. In Hamburg oder wo ich sonst bin, habe ich ähnliche Buden. Ich bin dauernd unterwegs, ich habe keine Zeit, mich um was anderes zu kümmern. Trotzdem nehme ich Tipps dankend entgegen. Nur Theaternähe ist wichtig. Und ich ziehe mich jetzt auch nicht um. Jetzt haben Sie mich schon so gesehen, den Anblick müssen Sie aushalten, das ist die Strafe dafür, dass Sie so früh und unangemeldet hereinschneien.«

Jetzt hätte Grock etwas Galantes sagen müssen, aber alles, was ihm einfiel, hörte sich für ihn plump an.

Sie beugte sich vor, um den Kaffee einzuschenken, wobei sich ihr Morgenmantel öffnete, und Grock befürchtete das Schlimmste, doch sie trug einen Pyjama darunter, und Grock atmete erleichtert auf. Nicht noch einmal so ein Frühstückserlebnis, auch mit Anstandswauwau nicht.

»Und jetzt fragen Sie, was Sie zu fragen haben, damit Sie schnell wieder verschwinden können. Aber vorher geben Sie mir eine von Ihren Schwarzen, Herr Kommissar.«

Grock war verblüfft. »Woher wissen Sie …«

Sie lächelte, und es war, als ginge die Sonne auf. So etwas hatte Grock noch nie erlebt. Wahrscheinlich hatte sie ihren Ruf als Star doch zu Recht.

»Mit Kontaktlinsen habe ich gute Augen. Ich beobachte gern und gut, das ist berufsbedingt, wie bei Ihnen wohl auch. Eine unscheinbare Geste, eine kleine Marotte, das hilft mir dabei, eine Rolle anzulegen. Wie geht jemand? Warum geht er so? Was geht in dem Menschen vor? Die Körperhaltung spiegelt eine innere Haltung. Das heißt nicht, dass ich das kopiere, nicht immer jedenfalls, aber es ist eine Basis, mit der man arbeiten kann.«

Grock gab ihr eine Zigarette und Feuer.

»Sie auch«, verlangte sie, »ich bin Gesellschaftsraucher. Und die Wohnung ist so versifft, da macht das auch nichts mehr aus. Ich könnte ja ins Hotel gehen, aber ich brauche diese Illusion von Privatheit. Manchmal möchte ich nicht Katty Lundy sein müssen, sondern einfach nur Roswitha Stimpfig.«

Arme Theresa, mit zwei Rauchern in einem Zimmer. Normalerweise würde sie gleich anfangen, demonstrativ zu husten. Aber sie unterließ es. Manchmal musste man Opfer bringen. Und sie wagte es sich kaum einzugestehen, aber diese Frau faszinierte sie. Sie hatte Glamour. Sogar im Morgenmantel.

Theresa mahnte sich zur Vorsicht. Katty Lundy war Schauspielerin, und zwar eine verdammt gute. Sie war in der Lage, aus jeder Situation eine Bühne zu machen. Ihr Kostüm jetzt gerade war Pyjama mit Morgenmantel, ihre Maske ist das Ungeschminktsein, vielleicht war sie so auch schon mal auf der Bühne gestanden. Blieb nur die Frage aller Fragen. Spielte sie bewusst? Oder konnte sie nicht anders? Wie viel Roswitha Stimpfig war unter dem Morgenmantel der Katty Lundy? Oder vielmehr: Wie viel davon zeigte sie, außer den renovierungsbedürftigen rotlackierten Zehennägeln in Birkenstocksandalen?

Und Grock ärgerte sich. Er war ja für jede Gelegenheit dankbar, eine paffen zu können in diesen harten Zeiten, bald würde man sich dazu ja wieder auf dem Klo verstecken müssen wie in seinen Jugendjahren. Aber bei Befragungen, Vernehmungen blieb er standhaft, selbst wenn er einem Kettenraucher gegenübersaß. Das erschien ihm wie Kumpanei, ein unausgesprochenes Einverständnis. Wir Verfemten unter uns.

Und jetzt saß er noch keine halbe Stunde auf einem grässlichen Sofa in einer grässlichen Wohnung, und diese Frau war dabei, ihn zu instrumentalisieren, und hatte es dabei schon ganz schön weit gebracht. Seine Ahnung hatte nicht getrogen, diese Frau war ein harter Brocken, und sie hatte ihm den Wind aus den Segeln genommen. Zeit für eine steife Brise, auch auf die Gefahr hin, dass sie ihn selbst wegwehte.

»Ihre Wohnung ist wirklich nicht sehr gemütlich«, sagte er. »Sehnen Sie sich nicht manchmal nach einem richtigen Zuhause?«

»Ich bin eine Unbehauste. Kennen Sie das?« Sie sang: »Heute hier, morgen dort, bin kaum da, muss ich fort.«

Ja, Grock kannte das, es war von ... ach, egal jetzt.

»Als wäre das extra für mich geschrieben worden. Stuttgart und Hamburg und Berlin und München und wieder von vorn. Heute bin ich Richard und morgen Ophelia und übermorgen Macbeth. Wanderzirkus. Mein innerer Kalender richtet sich nicht nach Tagen, sondern nach Rollen. Heute ist Richard? Ah, dann muss Mittwoch sein.«

»Die einzige Konstante in Ihrem Leben war Carlos.«

Sie lachte schallend. »Carlos als Konstante, das ist süß! Wir sind gemeinsam durch die Welt gezogen und haben die Szene aufgemischt. Das Dreamteam des deutschen Theaters.«

»Damit ist es ja nun vorbei.«

»Wie grausam kann das Schicksal doch zuschlagen, nicht wahr? Und jetzt denken Sie, ich war mit dem Schicksal im Bunde, nicht wahr?«

»Was meinen Sie damit?«

»Halten Sie mich nicht für blöd, Kommissar, das beleidigt meine Intelligenz. Diese ganzen Befragereien, Ihre kleine Show heute Morgen. Sie glauben nicht, dass es ein Unfall war, Sie denken, es war Mord, und nun wollen Sie wissen, ob ich Carlos gemeuchelt habe.«

»Haben Sie?«

»Finden Sie's heraus, Schätzchen, und hoffentlich haben Sie viel Spaß dabei. Selbst wenn, würde ich es Ihnen jetzt nicht heulend gestehen. Wir sind erst im ersten Akt, es dauert noch, bis der Vorhang fällt. Also, Vorhang auf, erster Akt, erste Szene. Natürlich war ich's nicht, man sägt doch nicht den Ast ab, auf dem man sitzt. Dreamteam.«

»Nur dass der Ast schon abgebrochen war.«

»Sehr gut, Kommissar, die erste dramatische Verwicklung. Eine raunende Andeutung. Jetzt ist in Ihrer Inszenierung Fantasie gefragt. Sie müssen das ausarbeiten, sonst verlieren Sie das Publikum.«

Sie spielte mit ihm. Konnte sie haben. Abrupt wechselte er das Thema. »Wie kommen Sie mit Ihren Kollegen zurecht?«

»Wechselnd.«

»Sie gelten als arrogant, herablassend, abgehoben. Man nennt Sie die Diva.«

»Das will ich meinen! War harte Arbeit, sich diesen Ruf aufzubauen.«

»Und was haben Sie davon?«, fragte Theresa, die das Geplänkel der beiden bisher schweigend beobachtet hatte.

»Es sind doch immer die Frauen, die die intelligentesten Fragen stellen, die den Finger auf den wunden Punkt legen. Wenn ich in Ihrem Alter auch schon so gewesen wäre … Wie alt sind Sie? Ende zwanzig? Da ist man jung und hübsch und giert nach dem Ruhm, der einem zusteht, denn natürlich ist man die Beste, nur merkt das keiner. Noch nicht. Man tut alles, wirklich alles, um der Welt zu beweisen, dass es so ist. Und irgendwann hat man seine Seele dem Teufel verkauft und hat es gar nicht gemerkt. Ich hätte gern mal den Faust gespielt, da hätte ich viel aus eigener Erfahrung einbringen können.«

»Der Teufel war Carlos?«

»Wer denn sonst? Meine Liebe, hüten Sie sich vor Männern, die Ihnen alles versprechen. Und das dann sogar noch einhalten. Anfangs zumindest.«

»Im Dreamteam gab's Spannungen?«

»Jetzt tun Sie doch nicht so, Frau Wimmer, das haben Sie garantiert schon gehört. Es gibt keinen besseren Nährboden für Gerüchte als das Theater. Das Dreamteam gibt es nicht mehr, aus, vorbei. Ich habe mich befreit. Der ›Hamlet‹ sollte unsere letzte gemeinsame Produktion sein. Ist sie auf tragische Weise nun tatsächlich auch geworden.«

Aus den Augenwinkeln sah Theresa, dass Grock kaum merklich den Kopf schüttelte. Noch nicht, Theresa, lass sie erst ihre Version erzählen, bevor du sie in die Zange nimmst. Die Lundy plappert so viel, irgendwann wird sie sich auch mal verplappern. Lass das Gespräch einfach laufen und versuche, es behutsam zu steuern.

»Weshalb kam es zum Zerwürfnis?«

»Es gab, wie das so schön heißt, unterschiedliche künstlerische Ansichten über die Darstellung einer Rolle. Im ›Hamlet‹ spiele ich die Ophelia. Das ist, falls Sie es nicht wissen, Hamlets Angebetete, ein junges Ding also. In Carlos' Interpretation hat es durchaus Sinn, die Ophelia mit einer Frau im fortgeschrittenen Alter zu besetzen. Mit mir also. Aber dieser Mistkerl wollte die Ophelia nackt haben.«

»Als Richard waren Sie doch auch nackt.«

»Geschützt durch einen Panzer aus Latex, und das konnte auch jeder sehen. Das war nicht ich. Aber als Ophelia sollte es Katty Lundy pur sein. Verstehen Sie mich nicht falsch, ich bin nicht prüde, ich hatte nie ein Problem damit, mich auf der Bühne auszuziehen. Aber ab einem gewissen Alter oder besser gesagt ab einer gewissen Figur ist das eine Sache der Ästhetik. Und der Selbstachtung. Schauen Sie mich doch an. Ich bin nicht mehr so rank und schlank und straff wie Sie. Soll ich mich in meinem Alter noch nackig auf der Bühne wälzen? Muss ich mir das antun? Damit auch jeder sieht, wie's quillt und schwabbelt? Bei den drei Produktionen, die wir davor gemacht hatten, hat er darauf auch Rücksicht genommen, da trug ich Kostüm, aber diesmal …«

»Und Sie konnten sich nicht durchsetzen?«

»Der Drecksack hat das doch nur so angelegt, um mich zu demütigen.«

»Ich hätte mich einfach geweigert.«

»Ach, Kindchen, Sie haben ja keine Ahnung. Bewahren Sie sich Ihre Unschuld.«

Jetzt schaltete Grock sich wieder ein.

»Also hat Carlos Sie erpresst. Womit? Was ist Ihr Geheimnis?«

»Dass ich gern mal einen über den Durst trinke? Nein, das ist allgemein bekannt. Das einzige Geheimnis, von dem Carlos wusste, ist mein Alter. Und das ist von Samstag an auch kein Geheimnis mehr, sondern deutlich sichtbar, da hilft auch noch so viel Schminke nicht.«

»Wir haben anderes gehört.«

»Tatsächlich? Verraten Sie mir das jüngste Gerücht, dann kann ich Ihnen vielleicht weiterhelfen.«

Grock war in seine eigene Falle getappt. Man droht nicht mit Wissen, das man nicht hat. Diese Katty Lundy war eine mysteriöse, eine faszinierende Frau. Sie hatte ein ungeheures Gespür für Untertöne und manövrierte ihn ein ums andre Mal in die Ecke. Er musste improvisieren und eine Karte ausspielen, die er lieber noch verdeckt gehalten hätte. Vielleicht war es aber auch gut so.

»Nach unseren Informationen haben nicht Sie die Zusammenarbeit mit Carlos aufgekündigt, sondern umgekehrt. Carlos hat Sie rausgeworfen.«

»Himmel, mein großes Geheimnis ist enthüllt! Auf den Schock brauche ich noch eine von Ihren Schwarzen. Geht das eigentlich auf Spesen, wenn ich von Ihnen dauernd Zigaretten schnorre? Wenn Sie zur Premierenfeier kommen, bringe ich Ihnen eine Schachtel mit, so generös ist die Diva.«

Grock schob ihr seine Schachtel hin.

»Feuer müssen Sie mir schon auch geben«, sagte sie. »Männer in Ihrem Alter sollten eigentlich noch gelernt haben, wie man sich einer Dame gegenüber benimmt.«

Grock gab ihr Feuer. Er selbst verzichtete, so schwer es ihm fiel.

Katty Lundy nahm ein paar Züge, dann drückte sie die halb gerauchte Zigarette aus. Grock war entsetzt. Welche Verschwendung!

»Stimmt«, sagte sie dann. »Und genau damit hat er mich erpresst. Ich wollte unbedingt verhindern, dass er mich nackt auf die Bühne bringt, wir hatten wüste Auseinandersetzungen deswegen. Und dann hat er mir die Pistole auf die Brust gesetzt. Entweder du machst es oder du gehst, und ich habe mich gefügt. Jetzt werden Sie vielleicht sagen: Na und? Wenn ihr das so wichtig ist, lässt sie sich halt rauswerfen. So einfach ist das nicht. Die Entscheidung für die nackte Ophelia fiel in einem ziemlich späten Stadium der Proben. Einer von Carlos' berüchtigten spontanen Einfällen. Von wegen! Der hat das von Anfang an so geplant, davon bin ich überzeugt, Carlos schüttelt nicht eine völlig andere Konzeption aus dem Handgelenk. Und dann hätte es in der Branche geheißen, die Lundy schmeißt eine Produktion, ich gelte ja sowieso als zickig, die wahren Gründe hätten niemanden interessiert. Wissen Sie, was das für mich bedeutet hätte, in meinem Alter? Das Ende. Aus und vorbei. Und weil ich so lange ausschließlich mit Carlos gearbeitet habe, fehlt mir auch das Netzwerk, das mich auffangen könnte.«

»Warum haben Sie sich eigentlich so auf Carlos konzentriert? Nach allem, was wir so gehört haben, war er ja nicht gerade ein angenehmer Zeitgenosse.«

»Wissen Sie, wir Schauspieler sind süchtig nach Ruhm. Dafür und davon leben wir, und wenn Ihnen jemand was anderes erzählt, ist das Quatsch. Wir leben nur für die Kunst? Eine Rolle gestalten, durchdringen? Verdammich, das ist unser Job. Dafür wollen wir gelobt werden. Gelobt und geliebt. Wenn Sie, Frau Wimmer, hier in Stuttgart am Schauspiel, immerhin Staatstheater, also Bundesliga – wenn Sie hier eine tolle Ophelia hinlegen, vielleicht in einer ganz herausragenden Inszenierung, berichtet die Lokalpresse darüber, sonst kriegt es niemand mit. Wenn aber der Skandalregisseur Carlos am Werk ist, kommen sie von überall her. Vielleicht wird die Inszenierung verrissen, vielleicht werden Sie verrissen – egal, die Welt weiß von Ihnen. Und auch wenn sie diesen Carlos verrissen haben, beim nächsten Carlos sind sie doch wieder da, und Sie sind dabei. Oder auch nicht. Aber Sie möchten natürlich gerne dabei sein. Und dafür tun Sie viel. Manchmal alles. Und es entstehen auch persönliche Beziehungen. Carlos war ein Aas, ja, aber er war auch faszinierend, er hatte etwas, was einen in seinen Bann schlug. Im Nachhinein gesehen war es natürlich ein Fehler, sich so an Carlos zu binden. Aber das ergab sich so. Und irgendwann ist der Punkt erreicht, von dem ein Absprung schwierig wird.«

Diesmal griff sie selbst zu Grocks Schachtel, zog eine Zigarette heraus, zündete sie selbst an, rauchte hastig, angespannt, aber wenigstens bis zum Ende. Grock und Theresa schwiegen, beide spürten, dass da noch etwas kam.

»Tja«, sagte sie schließlich, »und nachdem Sie ja Bescheid wissen, können Sie sich vorstellen, wie ich mich gefühlt habe, als er mir am Montag endgültig und unwiderruflich einen Tritt in den Hintern gegeben hat. Erst will er mich rausschmeißen, wenn ich's nicht mache, ich gebe klein bei, und am Ende tut er's doch. Einfach so, so nebenbei, nach einer Probe, im Hinausgehen. Ach übrigens, was ich noch sagen wollte ... In dem Moment hätte ich ihm alles antun können, aber zu seinem Glück waren wir nicht allein, und das vor den Kollegen auszutragen, die Genugtuung wollte ich ihm nicht geben.«

»Aber am Mittwoch dann, oben auf der Galerie, da waren Sie allein mit ihm.«

»Das musste ja kommen. Katty Lundy hat Carlos auf dem Gewissen. Ich war nicht auf der Galerie. Ich kann es nicht beweisen, wie auch, also müssen Sie mir nachweisen, dass ich lüge, und das können Sie nicht.«

»Vielleicht doch. Sie haben ausgesagt, Sie hätten Carlos in jener Nacht angerufen, um ihm gute Nacht zu wünschen.«

»Habe ich auch. Auf meine Art. Ich wusste selbst nicht, wie groß mein Repertoire an Schimpfwörtern ist. Ich hatte etwas gebechert, da ist die Wut wieder hochgekommen.«

»Sie haben außerdem ausgesagt, Sie hätten von zuhause aus angerufen.«

»Ja.«

»Das stimmt aber nicht. Die Funkzelle, von der aus Sie telefoniert haben, befindet sich im Umkreis des Theaters, nicht hier.«

»Eine Notlüge. Es war ja klar, dass Sie irgendwann herausfinden würden, dass ich auf Carlos – nun ja, nicht gut zu sprechen war. Ich war auf dem Weg nach Hause. Normalerweise nehme ich ein Taxi, aber diesmal ging ich zu Fuß. Ich musste meine Wut loswerden.«

»Zeugen?«

»Da waren einige Leute unterwegs, aber ich habe nicht auf sie geachtet und sie wahrscheinlich nicht auf mich. Was hätten sie auch gesehen? Eine Frau mit finsterem Gesicht. Vielleicht habe ich auch ab und zu vor mich hingebrabbelt.«

»Warum waren Sie gerade an diesem Abend so wütend auf Carlos?«

»Das war sozusagen der Nachklapp zur ersten Hauptprobe, Carlos wollte einzelne Szenen durchgehen, die ihm nicht gefallen haben, und er war wieder mal ganz besonders fies. Nichts hat ihm gepasst, er hat jeden beschimpft, und zwar auf ziemlich rüde Art. Fast so, als wollte er alle gegen sich aufbringen. Die Stimmung hinterher in der Kantine war auch dementsprechend. Mordlüstern. Ich war nicht die Einzige, Herr Kommissar, die Carlos auf der Stelle den Hals umdrehen wollte.«

»Wer noch?«

»Schauen Sie auf den Besetzungszettel. Da finden Sie alle. Carlos hat sich nicht nur an mir ausgetobt.«

»Stand jemand besonders im Fokus?«

»Das wechselte. Wie in allen Bereichen hatte er auch da seine temporären Lieblinge. Manchmal war das geradezu gespenstisch. Andere hat er fertiggemacht, zu dir war er richtig lieb, und du fragst dich, was hast du falsch gemacht? Womit hast du das verdient?«

»Sind alle Regisseure so?«

»Irgendjemand, ich weiß nicht mehr, wer, hat mal gesagt, Regisseure seien nur deshalb Regisseure, damit sie ihre Macht ausspielen können. Stimmt. Carlos war nur ein besonders ausgeprägtes Exemplar dieser Gattung.«

»Wen hat Carlos in letzter Zeit besonders gegen sich aufgebracht?«

»Herr Kommissar Grock, wir Theaterleute sind zugegebenermaßen ein seltsames Völkchen. Wir sind eitel und überdreht und ein Intrigantenhaufen. Wir gönnen dem andern nicht die Butter auf dem Brot, aber das heißt nicht, dass ich jemanden in die Pfanne haue.«

»Es könnte Sie entlasten.«

»Ich muss mich nicht entlasten. Ich weiß, was ich getan habe und was nicht. Der Rest ist Ihr Job.«

»Hatten Sie an jenem bewussten Abend ein Schäferstündchen mit Carlos?«

Katty Lundy lachte wieder ihr schallendes Lachen. »Meine Schäferstündchen mit Carlos sind schon lange vorbei. Jüngere standen ja ausreichend zur Verfügung.«

»Wer?«

»Auch hier empfehle ich einen Blick auf die Besetzungsliste.«

»War allgemein bekannt, mit wem er was hatte?«

»Mit jeder jüngeren Frau, davon können Sie ausgehen.«

»Auch mit jedem jüngeren Mann?« Theresa wollte sich mal wieder ins Spiel bringen, und Grock überließ ihr gern die Regie. Er war verwirrt.

»Ich glaube, diese Phase war vorbei«, sagte Katty Lundy. »Aber legen Sie mich nicht darauf fest, die Details seines Liebeslebens haben mich nicht interessiert. Nicht mehr.«

»Nachdem Carlos tot ist und Sie nicht mehr triezen kann, können Sie die Ophelia ja jetzt bekleidet spielen.«

Katty Lundy seufzte. »Wenn's nur so einfach wäre, Kindchen. Auch wenn es vielleicht oft nicht so aussieht, ob nackt oder nicht, ist manchmal bedeutsam für die gesamte Konzeption, und in dem Fall ist es so. Bei aller Empfindlichkeit, ich bin Profi, ich muss das akzeptieren. Ophelia bleibt nackt, es ist nicht mehr anders zu machen. Carlos' letzte Demütigung. Freuen Sie sich auf meine Falten.«

Grock stand auf, Theresa tat es ihm gleich. Grock sagte förmlich: »Ich muss Sie bitten, die Stadt bis auf Weiteres nicht zu verlassen.«

»Oh, oh, ich stehe noch immer auf der Liste, ich hoffe doch auf dem ersten Platz, ich habe einen Ruf zu verteidigen. Am Mittwoch spiele ich in Hamburg, bis dahin müssen Sie fertig sein.«

37

Auf der Straße atmete Theresa erst einmal tief durch. »Gibt es eigentlich Gefahrenzulage für Passivrauchen? Meine Lunge ist ein Teerklumpen.«

»Nicht zu tief einatmen, Theresa, Stuttgarter Feinstaub.«

»Den merkt man wenigstens nicht so.«

»Warum stehen eigentlich auf jeder Zigarettenschachtel Warnhinweise, aber auf keinem Auto?«

»Das fragst du? Im Autobauerländle? Da steigt dir jeder Daimlerarbeiter aufs Dach und zündet sich hinterher eine Zigarette an. Weißt du eigentlich, dass du süchtig bist?«

»Auf die Idee bin ich noch nicht gekommen.«

»Weißt du eigentlich …«

»Theresa! Du klingst schon wieder, als seist du meine Frau! Wir haben jetzt andere Probleme.«

»Stimmt. Was halten wir von Frau Lundy?«

»Du zuerst«, forderte sie Grock auf.

Theresa überlegte. »Sie ist eine tolle Schauspielerin, auf der Bühne wie im Leben. Und sie hat ihr Publikum im Griff. Sie hat dich teilweise ganz schön auflaufen lassen.«

»Ist mir nicht entgangen. Glauben wir ihr?«

»Schwierig. Klingt schon glaubhaft. Vor allem können wir ihr nicht das Gegenteil nachweisen. Auf der anderen Seite … Ich glaube, sie hing noch immer an Carlos, trotz allem, was er ihr angetan hat. Und wir wissen, wozu wütende, sitzengelassene Frauen fähig sind.«

»In einem hat sie recht, darauf stoßen wir ja selbst immer wieder: Sie wäre nicht die Einzige.«

»Wir müssen nur Carlos' Liste weiter abarbeiten.«

»Und diese Liste macht mich stutzig, Theresa. Ich könnte mir vorstellen, Carlos sitzt irgendwo dort oben und lacht sich schief. Er liefert uns die Verdächtigen frei Haus. Hier habt ihr meine Liste, nun strampelt euch mal schön ab. Was aber, wenn das gar nicht alles stimmt, was er da als seine Missetaten notiert hat?«

»Was meinst du damit?«

»Nimm mal das große Geheimnis der Katty Lundy, von dem er geschrieben hat.«

»Da hat sie sich ganz schön herausgewunden.«

»Den Eindruck hatte ich nicht, Schauspielerei hin oder her. Vielleicht hat sie gar kein Geheimnis. Vielleicht trifft das auch auf andere Dinge zu. Er notiert Motive, die es gar nicht gibt. Nur, warum sollte er das tun?«

»Müssen wir alles nachvollziehen können, was in einem kranken Hirn vorgeht? Und in meinen Augen war Carlos krank. Verrückt.«

»Diese Liste könnte man auf verschiedene Arten lesen. Zum einen setzt sich da einer hin und zieht die Bilanz seines

Lebens. Er notiert, was er alles Böses getan hat, und das ist schon schrecklich genug. Aber etwas macht mich stutzig. Carlos hat vielen Menschen viele Gründe gegeben, ihn zu hassen, wohl sein ganzes Leben lang. In der jüngsten Zeit aber setzt er noch eins drauf. Er erhöht den Druck. Er setzt Menschen an die Luft, die von ihm abhängig sind. Er demütigt sie. Er liefert noch mehr Motive, ihn zu hassen.«

»›Richard III.‹ Ich bin gewillt, ein Bösewicht zu werden.«

»Richtig. Er provoziert geradezu, dass jemand durchdreht und die Kontrolle verliert und ihn umbringt. Das ist wie eine Inszenierung. Er liegt gewissermaßen mit entblößter Kehle da und wartet, wer als Erster zubeißt. Motive liefert er mit seiner Liste ja genug. Teilweise sind sie echt, das wissen wir mittlerweile, teilweise sind sie vielleicht auch nur vorgetäuscht.«

»Grock, du machst mich ratlos.«

»Ich sehe, wir sind uns einig.«

»Und jetzt?«

»Weiter die Liste abarbeiten. Es sei denn, du zauberst einen handfesten Beweis aus dem Hut.«

»Der Staatsanwalt wird doch nicht recht haben? Doch ein Unfall?«

Grock zog sein Handy hervor und wählte eine Nummer.

»Kollege Kinzig, wenn wir Sie nicht hätten! Bestellen Sie mir doch bitte Sabine Gronewoldt ins Präsidium. Außerdem soll es einen Ehemann geben, kann sein, dass der auch anders heißt, Sie finden das schon raus. Den auch, bitte. Nacheinander. Den Ehemann zuerst.«

Er steckte das Handy wieder weg und sagte zu Theresa: »Fahr schon mal voraus, ich muss noch was erledigen.«

»Ach, der Chef ist wieder mal in geheimer Mission unterwegs?«

»Ja. Zigaretten kaufen. Die Lundy hat ganz schön zugelangt.«

38

Grock kaufte nicht nur Zigaretten, sondern hielt unterwegs bei einer Metzgerei und ließ sich ein Leberkäsweckle einpacken. Er parkte vor dem Naturkundemuseum am Löwentor, ging in den Rosensteinpark hinein und suchte sich eine einsame Bank.

Das Weckle war pappig, der Leberkäse zu salzig, der Senf hatte einen unangenehmen Beigeschmack, und wenn er ein wenig nachdachte, würde er noch genügend andere Dinge finden, wegen denen er sich bedauern konnte.

Ein älterer Mann kam vorbei, der seinen Hund spazieren führte.

»Mag Ihr Hund ein Leberkäsweckle?«, sprach Grock ihn an. »Mir schmeckt es nicht.«

»Wenn's Ihnen nicht schmeckt, mag er's auch nicht«, bekam er zur Antwort.

Grock warf den Rest in den Papierkorb.

Ein Ehepaar, ebenfalls im Rentenalter, hatte das beobachtet. Der Mann sagte: »Machen Sie sich nichts draus. Das ist ein Rassehund, der darf nicht alles fressen.«

»Was für eine Rasse?«

»Von und zu Großkotz. Wie der Herr, so's Gscherr.«

»Deswegen darf der auch überall hinscheißen, wo er will«, ergänzte die Frau. »Ond mir dappet nei.«

So ähnlich kam sich Grock auch vor. Von irgendwoher stank es gewaltig.

Er hatte Carlos' schwarzes Notizbuch eingesteckt, holte es nun hervor und schlug die Seite mit der Liste auf. Wozu hatte er sie erstellt? Als eine Beichte vor sich selbst? Das ist mein böses Leben, darauf drei Ave Marias, und alles ist wieder gut? Der reuige Sünder? Aber nein, der Böse war ja noch böser geworden. Eine Bilanz? Gibt's da jemand, dem ich noch nicht auf die Füße getreten bin?

Grock schloss die Augen und versuchte, sich in den Menschen Carlos hineinzuversetzen. Es gelang ihm nicht. So fremd, so unbegreiflich war ihm selten jemand gewesen.

Er versuchte es mit Carlos' Opfern. Wann schlagen Verletzungen, Demütigungen um in eine Wut, die vor nichts haltmacht? Wann fällt die letzte Hemmung?

Er musste aufpassen, dass er sich nicht genauso in seine Theorie verbiss wie der Staatsanwalt in die seine. Im Gegensatz zu ihm sprach er sich eine gewisse Unvoreingenommenheit zu. Damit war es jedoch nicht weit her.

Warum hatte Sabine Gronewoldt ihm nichts gesagt von ihrem Verhältnis mit Carlos, von ihrem Ehemann – vorausgesetzt, es stimmte, was Carlos schrieb? Einfache Antwort: Warum sollte sie? Er hatte den Eindruck gehabt, es sei so etwas wie Nähe entstanden zwischen ihnen. Blödsinn. Er war von der Kripo, sie immerhin eine potenziell Verdächtige. Wollte sie ihn um den Finger wickeln? Die viel wichtigere und beunruhigende Frage war doch: Warum wäre ihr das fast gelungen?

Er lauschte dem Vögelgezwitscher, dem leisen Rauschen des Windes in den Bäumen. Die Welt könnte so friedlich sein, wenn nicht das Handy ertönen würde.

Dirk. »Was ist? Machst du Mittagsschlaf? Der Rat will dich sehen.«

Mittagsschlaf. Das wäre keine schlechte Idee.

Seufzend stand Grock auf, so klug als wie zuvor, und fuhr hinüber in die Hahnemannstraße.

39

Bevor er zum Rat ging, schaute er bei seinem Team vorbei. »Gibt's was Neues, was ich wissen müsste?«

»Die Neuigkeiten hättet eigentlich ihr mitbringen müssen«, sagte Dirk.

»Taktischer Fehler, Grock«, sagte Toni. »Du hättest mich mitnehmen müssen. Meinem Charme entzieht sich keine. Außer Referendarinnen der Staatsanwaltschaft.«

Jasmin Jung wusste offensichtlich nicht, was sie tun sollte, und machte ein betrübtes Gesicht. »Der Herr Ströbel ist nicht sehr glücklich über den Lauf der Ermittlungen.«

»Im Gegensatz zu uns«, meinte Dirk. »Ich nehme an, das wird dir der Rat auch gleich sagen. Viel Vergnügen.«

Grock warf Jasmin Jung das schwarze Notizbuch auf den Tisch. »Schauen Sie da mal rein und sagen Sie uns Ihre Schlussfolgerungen.«

»Fünfzehn Uhr dreißig Sabine Gronewoldt, vierzehn Uhr dreißig Sebastian Sprengler, das ist ihr Ehemann«, sagte Kinzig.

Grock nickte und machte sich auf den Weg.

»Wenn's wieder lecker Häppchen gibt, bring welche mit!«, rief ihm Dirk hinterher.

40

Es gab keine Häppchen, nur einen Rat, der mürrisch hinter seinem Schreibtisch saß. Waltraud, natürlich ficusgießend, hatte ihn gleich durchgewinkt.

»Wir bekommen Druck, Grock«, sagte der Rat.

»Das sind wir doch gewohnt.«

»Der Ministerpräsident möchte vor der Premiere morgen eine Trauerrede halten. Aber das kann er natürlich nicht, wenn er nicht weiß, was geschehen ist. Stellen Sie sich mal diese Peinlichkeit vor, wenn er von einem tragischen Unglücksfall spricht, und dann stellt es sich doch als Mord heraus.«

»Er wird sich schon irgendwie durchlavieren. Das können Politiker doch.«

»So einfach ist das nicht. Wie's scheint, rudert auch der Staatsanwalt zurück. Er hat seine Unfalltheorie noch nicht gänzlich aufgegeben, aber er stellt sie zumindest in Frage. Das immerhin haben Sie geschafft, Grock. Wie macht sich übrigens die schüchterne Referendarin?«

»So schüchtern ist die gar nicht, die hat es faustdick hinter den Ohren. Gab es noch keine Beschwerden?«

»Gäbe es Anlass dazu?«

»Toni gibt mal wieder den italienischen Macho, Sie kennen ihn ja, das kann er gut, wenn er will, und provoziert sie ziemlich.«

»Dann scheint sie's wohl gelassen zu nehmen. Mir ist nichts zu Ohren gekommen. Grock, Sie müssen mir versprechen, dass Sie den Fall bis morgen Abend gelöst haben.«

»Das kann ich nicht. Der Fall wird immer verworrener, je mehr wir uns hineinknien.«

Der Rat seufzte. »Ja, natürlich, und wir können nicht mit etwas an die Öffentlichkeit, das sich dann als haltlos erweist. Aber was sage ich dem Ministerpräsidenten?«

Grock war nicht mal zum Schlurfen über den Teppich eingeladen worden, so ernst war die Lage.

41

Sebastian Sprengler, der Ehemann von Sabine Gronewoldt, war von Beruf Buchhalter in einem größeren Industriebetrieb, das hatte Kinzig in Erfahrung gebracht. Der Mann, der ihr Büro betrat, hatte die Statur eines Preisboxers, Schwergewicht. Grock sah einen Hoffnungsschimmer. Sebastian Sprengler hatte durchaus die Körperkraft, einen Mann übers Geländer zu wuchten.

Er wies auf einen Stuhl, und Sprengler setzte sich. Der Stuhl ächzte.

Grock hielt sich nicht lange mit Vorreden auf, sondern ging in die Vollen.

»Ihre Frau hatte ein Verhältnis mit Carlos, und Sie scheinen deswegen nicht erfreut gewesen zu sein.«

Sprengler sagte nichts. Er verschränkte die Arme vor der Brust. Unter seinem dünnen Cashmerepullover zeichneten sich die Muskelpakete ab.

»Ich muss mich korrigieren«, sagte Grock. »Dass Sie nicht erfreut waren, ist eine Untertreibung. Sie waren stinksauer und haben Ihre Frau verlassen.«

Sprengler schaute ihn nur an.

»Warum waren Sie am Mittwochabend im Theater?«

Die Kollegen schauten Grock verwundert an. Pokerte er oder wusste er etwas, was er ihnen nicht gesagt hatte? Auf Dirks Stirn bildete sich eine Zornesfalte. Dass Grock seine eigenen Wege ging, war nicht ungewöhnlich, und jedes Mal hatten sie Zoff deswegen.

Und Sprengler sprach, mit einer für seine Statur ungewöhnlich hohen Stimme.

»Wie kommen Sie auf die Idee, dass ich im Theater war?«

»Zeugen? Spuren? Ein Vöglein hat's mir geflüstert? Intuition? Suchen Sie sich's aus.«

Man sah, wie es in Sprengler arbeitete. Wie er seine Chancen abwog. Wusste der Kommissar tatsächlich etwas? Bluffte er nur?

»Stimmt«, sagte er schließlich. »Ich war dort.«

»Und Sie sind einfach so hineinspaziert, ohne dass man Sie aufgehalten hat?«

»Die an der Pforte kennen mich. Ich war oft dort, um Sabine abzuholen, und habe dann in der Kantine gewartet, bis sie fertig war.«

»Und am Mittwoch waren Sie auch in der Kantine?«

»Nein. Ich habe mich in den Gängen herumgedrückt, bis Carlos aus seiner Besprechung kam.«

»Woher wussten Sie von der Besprechung?«

»Ich kenne die Abläufe im Theater ein bisschen.«

»Woher wussten Sie von der Einzelprobe? Die gehörte ja nicht zum normalen Ablauf.«

»Von Sabine. Wir hatten miteinander telefoniert.«

»Sie telefonieren noch miteinander? Worüber?«

»Das geht Sie nichts an.«

»Doch.«

Sie maßen sich mit den Augen. Schließlich gab Sprengler nach.

»Ich wollte mit ihr über diese … Sache reden. Sie aus der Welt schaffen.«

»Aus der Welt schaffen. Damit sind wir beim Punkt. Sie haben die Sache, wie Sie das nennen, dadurch aus der Welt geschafft, indem Sie Carlos die Arbeitsgalerie hinuntergeworfen haben.«

»Nein. Ich wüsste gar nicht, wie man dort hinkommt. So gut kenne ich mich im Theater nicht aus.«

»Was ist dann passiert?«

»Als ich erfahren habe, dass Sabine mit Carlos im Bett war …«

»Wie haben Sie davon erfahren?«

»Als ich Sabine mal abholen wollte, stand da Carlos mit Lutz Benger und hat ihm erzählt, dass Sabine sich ihm an den Hals geworfen hätte, und zwar in ziemlicher Lautstärke, es war nicht zu überhören. Ich war natürlich ziemlich wütend, das ist wohl verständlich. Ich habe sie zur Rede gestellt und bin erst mal ausgezogen, ich brauchte Abstand. Wir sind trotzdem im Gespräch geblieben, ich wollte meine Ehe nicht so schnell aufgeben, und mir ist klar geworden, dass das ganz anders gelaufen ist. Carlos hat Sabine auf ganz fiese Art benutzt und erpresst und dann einfach fallengelassen. Ja, stimmt, ich wollte ihn aufmischen, aber ich habe es dann doch nicht getan.«

»Was ist geschehen? Haben Sie ihm eine gescheuert?«

»Nein. Ich habe ihm aufgelauert und am Arm gepackt. Das hat ihm ziemlich wehgetan, das hat man gesehen. Wissen Sie, meine Muckis sind echt. Und dann habe ich in seinen Augen Angst gesehen.«

»Sie hatten Mitleid mit ihm?«

»Nein, mit mir. Ich bin plötzlich wieder klar geworden. Dieser erbärmliche Wicht war es nicht wert, dass ich mir die Finger schmutzig mache. Ich habe ihn stehen lassen und bin gegangen. Und wissen Sie was? Dieser Drecksack hat sich entschuldigt. Da war ich nahe dran umzukehren und ihn doch noch zu vermöbeln.«

»Hat Sie jemand gesehen?«

»Ich weiß es nicht, ich habe nicht darauf geachtet.«

Eine Zeitlang war es still im Zimmer. Dann sagte Grock: »Danke, Herr Sprengler. Wir brauchen noch Ihre Fingerabdrücke. Frau Jung, Sie begleiten Herrn Sprengler bitte. Und achten Sie darauf, dass er und Sabine Gronewoldt nicht miteinander reden.«

»Ich weiß doch gar nicht, wo das ist«, sagte Jasmin Jung.

»Toni, dann du.«

Grock begleitete Toni und Sprengler zur Tür. Draußen saß Sabine Gronewoldt. In ihrem Gesicht stand Furcht.

»Sebastian«, sagte sie, aber Toni packte Sprengler am Arm und zog ihn mit sich.

»Einen Moment noch, Frau Gronewoldt«, sagte Grock und ging wieder ins Zimmer zurück.

»Grock, was hast du uns jetzt wieder verheimlicht?«, fragte Dirk, und er klang deutlich verärgert.

Jetzt wäre die Gelegenheit, ein nicht ganz den Dienstvorschriften entsprechendes Frühstück zu beichten. Aber man konnte das ja verklausuliert tun.

»Bei meinem Gespräch mit Sabine Gronewoldt hat sie eine Bemerkung gemacht, die ich nicht einordnen konnte. Carlos' Liste hat mich dann auf eine Idee gebracht.«

»Du wusstest, dass er im Theater war?«

»Nein.«

»Oh Mann«, stöhnte Dirk, »das hätte ins Auge gehen können!«

»Na und? Was hätten wir verloren?«

»Und was halten wir jetzt von Herrn Sprengler mit seinen Muckis?«

Ratloses Schweigen.

»Ich bin geneigt, ihm zu glauben«, sagte Grock.

»Ist das auch nur so eine Idee oder hast du Gründe?«

»Er ist der erste Kandidat, der kein Schauspieler ist und uns etwas vormacht«, sagte Theresa.

»Ein überzeugendes Argument«, sagte Dirk spöttisch. »Auf Sabine Gronewoldt können wir dann wohl verzichten. Eine Frau wie die wuppt bestimmt nicht einen Kerl wie Carlos.«

»Trotzdem und gerade deswegen«, sagte Grock. »Kann ja sein, dass Sprengler uns angelogen hat.«

Dirk nickte. »Ich verstehe, was du meinst. Wenn man schon einen starken Kerl in der Familie hat, der dazuhin allen Grund hat, mächtig sauer zu sein …«

»Wäre doch möglich, oder?«

Grock ging zur Tür. »Frau Gronewoldt, bitte.«

Das war die wohl peinlichste Vernehmung seiner Laufbahn. Er hatte in einem sehr privaten Rahmen etwas gehört oder auch nur herausgehört, was er jetzt gegen diese Person verwenden musste. Er fühlte sich erbärmlich.

42

Sabine Gronewoldt setzte sich auf den Stuhl. Sie war unruhig und blass. Bringen wir's hinter uns, dachte Grock, und wenn sie mich dafür verachtet bis ans Lebensende.

»Frau Gronewoldt, Sie hatten ein Verhältnis mit Carlos«, sagte er.

Sie hatte sich im Griff. »Nein. Ich war mit ihm im Bett. Ein Verhältnis war das nicht.«

»Das müssen Sie uns erklären. Eine kurze Aufwallung der Gefühle?«

»Carlos hat mich mehr oder weniger erpresst. Ich wollte bei seiner nächsten Produktion unbedingt dabei sein. ›Kein Problem, Süße, aber dafür bist du mir einen Gefallen schuldig.‹ So einfach hat er sich das gemacht.«

»Bekommt man so seine Rollen am Theater?«

»Normalerweise nicht. Bei Carlos schon.«

»Und trotzdem hat es nichts genützt. Sie hätten die Rolle nicht bekommen.«

»Das hat er mir vor ein paar Tagen gesagt, ja. Dieses Schwein!«

»Ihr Mann hat davon gewusst?«

»Ich habe es ihm erzählt. Ich wollte doch, dass er mich versteht. Wenn ich es schon nicht ungeschehen machen kann.«

»Wussten Sie, dass Ihr Mann am Mittwoch im Theater war und was er vorhatte?«

»Nein.«

Aber du hättest es dir vorstellen können, dachte Grock. Das hast du gemeint, als du dich oder mich gefragt hast, wie weh man einem Menschen tun könne.

»Danke, Frau Gronewoldt«, sagte er. »Sie können gehen.«

»Ist Sebastian jetzt verhaftet?«, fragte sie.

»Nein. Dafür gibt es im Moment keinen Grund.«

Als Sabine Gronewoldt gegangen war, stöhnte Theresa laut auf.

»Dieser Carlos wird mir immer unsympathischer. Geht es noch abartiger? Ich schlage vor, wir schließen die Akte, soll der Ströbel meinetwegen seinen Unfall haben. Diesen Mörder will ich nicht hinter Gittern sehen. Der hat der Welt einen Dienst getan.«

»Tatsache ist«, sagte Dirk, »wir stecken fest. Aber deswegen geben wir noch lange nicht auf. Die Frage ist nur, wie wir jetzt weiter vorgehen. Irgendwelche Ideen, Grock?«

Grock saß da mit diesem geistesabwesenden Blick, den sie alle kannten. Er brütete etwas aus, und wenn er gnädig gestimmt war, würde er sie sogar an seinen Grübeleien teilhaben lassen.

»Grock?«, fragte Dirk noch mal.

Grock schreckte hoch.

»Nein, die Akte wird nicht geschlossen. Vielleicht gehen wir in die falsche Richtung. Wir müssen das alles sich setzen lassen und darüber nachdenken. Schluss für heute, wir sehen uns morgen bei der Premiere.«

»Aber was soll denn dann der Ministerpräsident sagen?«, protestierte Jasmin Jung.

Grock schaute sie mit bösem Blick an. »Das, Frau Jung, ist mir scheißegal. Das können Sie ihm gerne wortwörtlich so sagen. Und noch einen Rat von mir: Er soll seine Füße stillhalten, sonst könnte es sein, dass er sich unsterblich blamiert. Noch ist alles offen.«

Grock stapfte zur Tür hinaus.

43

Grock hatte sich nicht angemeldet und hatte Glück, Bussig war in seinem Büro.

Bussig lächelte. »Unseren täglichen Grock gib uns heute.«

»Wenigstens finde ich mich mittlerweile ganz gut zurecht in Ihrem Haus. Ich meine das allerdings nur architektonisch. Sonst ist mir vieles schleierhaft.«

»Womit wir dann wohl beim Thema Ihres heutigen Besuches wären. Ich bin bereit. Um wen oder was geht es?«

»Michael Bussig. Welchen Grund hatte er, auf Carlos sauer zu sein?«

»Gar keinen. Eher umgekehrt. Mein Job bringt es nun mal mit sich, dass ich mit Regisseuren Auseinandersetzungen habe, die manchmal auch etwas ungemütlich sind.«

»Er hat nicht zufällig Ihre Frau besprungen?«

»Nicht, dass ich wüsste. Es sei denn, er ist so diskret vorgegangen, dass ich nichts mitbekommen habe. Das wäre dann allerdings ein Charakterzug von Carlos, der mir bisher verborgen geblieben ist. Wie kommen Sie darauf?«

»Reine Routine. Die Antwort war mir klar.«

»Und deswegen kommen Sie extra hierher?«

»Ich schnuppere so gerne Theaterluft. Deshalb schaue ich mir jetzt auch eine Aufführung an. Allerdings nicht bei Ihnen. Hoffentlich habe ich was zum Lachen.«

44

Finkbeiners Truppe trat in Botnang in einem Kirchengemeindesaal auf. Man gab den »Raub der Sabinerinnen« in einer Mehrdialektfassung, Schwäbisch und Bayerisch und Sächsisch wild durcheinander, dazwischen auch Türkendeutsch und Italienerschwäbisch. Finkbeiner spielte den Schmierentheaterdirektor Striese, der mit allen Mitteln seinen maroden Wanderzirkus retten will, und Grock lachte sich kringelig.

Er sah einen ganz anderen Finkbeiner, einen, der vor Energie sprühte und die Pointen sicher zu setzen wusste.

»Das war toll!«, sagte er hinterher zu ihm. »Ganz große Kunst!«

»Ach was!«, tat der das mit einer Handbewegung ab. »Wir sind nur lausige Amateure. Staatstheater ist schon was anderes.«

»Euch versteht man wenigstens.«

»Ist ja auch nur eine Komödie. Die will nichts anderes als das Publikum unterhalten, weshalb sie von den Intellektuellen auch scheel angesehen wird. Die wirklichen Dramen des Lebens werden bei ›Hamlet‹ oder ›Richard III.‹ abgehandelt. Das sind die Stoffe, die dich zum Nachdenken bringen, über dich und die Welt, über Konflikte, Defizite, Gefühle.«

»Nur versteht das keiner.«

»Du bist ein Banause!«

»Ist das schlimm?«

»Ja! Ach was, du willst mich ja nur auf den Arm nehmen.«

»Du hast wirklich das Zeug zu einem Schauspieler. Dass du dich auf der Arbeit so verwandeln kannst. Immer den Mürrischen geben!«

Finkbeiner lachte glücklich. Was war es, was Theater mit einem machte?

Sie saßen noch lange zusammen, redeten und diskutierten. Am Ende fühlte Grock fast so etwas wie Theaterbegeisterung in sich aufsteigen, ein bisschen auch Verständnis. Zumindest für die Euphorie, die auf ihn übergeschwappt war.

Sie durchlebten den Abend noch einmal, den verhaspelten Text, die verpatzten Auftritte und wie sie das überspielt hatten, ohne dass das Publikum es merkte. Zwei Monate Arbeit in ihrer Freizeit für gerade mal drei Aufführungen.

Die Theaterfreunde erwiesen sich als überaus trinkstark, und schließlich sah Grock sich genötigt, seinen Wagen stehen und sich von einem Taxi nach Hause bringen zu lassen. Was tat man nicht alles für die Kunst.

45

Grock schlief lange und traumlos, er konnte sich zumindest an nichts mehr erinnern. Er gönnte sich ganz gegen seine Gewohnheit ein ausgiebiges Frühstück, Wurst und Käse fanden sich wundersamerweise im Kühlschrank und auch ein Brot war im Haus, und las die Zeitung dazu. Die bevorstehende Premiere des »Hamlet« war Thema des Tages.

Er ließ sich vom Taxi nach Botnang kutschieren, wo sein Auto stand. Auf der Rückfahrt kam er am Feuersee vorbei. Hier hätte er abbiegen können zu Lenas Atelier, vielleicht war sie ja zuhause. Aber nicht heute, er hatte den Kopf voller anderer Dinge.

Später setzte er sich in den Garten in die Sonne, mit dem »Hamlet«-Text, den Theresa ihm gestern mitgebracht hatte. Ein Buch in der Hand war doch praktischer als der Laptop auf dem Schoß. Falls es den Text im Hause Grock jemals gegeben haben sollte, was durchaus denkbar schien, war er verschwunden. Ob ihn Lena mitgenommen hatte? Eines der Kinder?

Er klappte das gelbe Büchlein auf und nach zwei Seiten wieder zu.

Nein.

Ich arbeitete das jetzt nicht durch. Ich sehe das heute Abend auf der Bühne. Ich lasse mich überraschen. Wahrscheinlich verstehe ich nicht alles, aber das ist egal. Ich verstehe auch nichts, wenn ich den Text lese.

Er blätterte ziellos in dem Büchlein und blieb bei einzelnen Sätzen hängen. Manche von schmerzhafter Klarheit, andere dunkel raunend. Was sagten sie ihm? Über sich? Über seinen Fall?

Er legte das Buch beiseite und dachte nach.

Eine Tröte weckte ihn, Hans, den alle nur den verrückten Hans nannten, war im Anmarsch, auf seinem klapprigen Fahrrad mit Hilfsmotor, in lila Latzhose und Taucherbrille, eine lederne Cabriohaube auf dem Kopf. Er stieg ab und setzte sich zu Grock, eine Flasche Wein in der Hand.

»Er macht sich rar, der Herr«, sagte er.

»Viel zu tun.«

»Arbeit, immer nur Arbeit! Und wo bleibt das Leben?«

»Du hörst dich an wie meine Frau.«

»Eine weise Frau, deine Frau. Wie steht's mit euch beiden?«

»Weiß nicht.«

»Grübel nicht so viel, mach was! Jetzt! Eines Tages wachst du auf, und das Leben ist vorbei, und du hast es gar nicht gemerkt.«

»Verstehst du etwas vom Theater?«

»Natürlich. Ich bin der beste Schauspieler weit und breit, mein Publikum ist immer wieder aufs Neue entzückt von mir.«

»Im Ernst jetzt, keine von deinen verrückten Geschichten.«

»Im Ernst. Schau mich doch mal an.«

Grock war verblüfft. So hatte er das noch gar nicht gesehen.

Hans grinste. »Mein eigener Autor, Ausstatter, Regisseur und Hauptdarsteller. Mir auf den Leib geschrieben. Genial wäre untertrieben. Und jetzt lass uns eine Flasche köpfen.«

Grock schüttelte den Kopf. »Heute nicht.«

»Ist aber ein guter Tropfen.«

»Ich muss heute Abend noch ins Theater. Premiere.«

»Freiwillig?«

»Beruflich.«

»Einen schönen Beruf hast du. Du bist zu beneiden.«

»Lass deine Sprüche!«

»Keine Sprüche. Ernst. Und dann noch Premiere! Dafür sind kaum Karten zu kriegen. Was spielen sie denn?«

»›Hamlet‹.«

»Ah, ›Hamlet‹! Der Mann, den die Dämonen jagen! Ist's Wahrheit? Wahnsinn? Einbildung? Ist's gar ein grausig Spiel, von teuflisch' Hand ersonnen?«

»Steht das so bei Shakespeare?«

»Keine Ahnung. Was kümmert mich anderer Leute Text? Ich mache mir meinen eigenen.«

»Ich habe einen toten Regisseur.«

»Tote gibt's bei Shakespeare immer reichlich. Das Leben ist ein Schlachtfeld, dem du dich nicht entziehen kannst. Du kannst nur mitspielen und auf deine Weise lenken.«

»Ich weiß nicht, welche Rolle mein toter Regisseur in diesem Spiel hat.«

»Ha! So verzagt? Zeig einen Willen, der dem Himmel trotzt, ein unverschanztes Herz, störrisch Gemüt! Zeig den Dämonen die Krallen! Und jetzt gehe ich. Wenn ich schon allein saufen muss, kann ich das auch bei mir tun.«

Laut trötend fuhr der verrückte Hans davon, streckte die Faust in die Luft und rief: »Sein oder Nichtsein! Der Rest ist Schweigen.«

Dann begann er zu singen, mit einer überraschend wohltönenden und tragenden Stimme: »Schlag nach bei Shakespeare, bei dem steht was drin! Kommst du mit Shakespeare, sind die Weiber gleich ganz hin.«

Grock kam der Song bekannt vor, konnte ihn aber nicht zuordnen. Der verrückte Hans!

Er saß lange da und grübelte. Es war wie das Erwachen, wenn sich die Traumfetzen zu Gedanken formten. Bloß das Frauenbein blieb ein Rätsel. Nun ja, manche Rätsel blieben eben ungelöst.

»Danke, Hans«, sagte er leise.

46

Grock hatte sich fein gemacht und diejenige seiner zwei Wildlederjacken angezogen, die ihm am wenigsten speckig erschien, wobei der Unterschied freilich nur ihm sichtbar war. Es war die graue, nicht die beige.

Passt. Eine gedeckte Farbe war dem Ereignis angemessen.

Grock hatte sich die Haare gewaschen, war frisch rasiert und hatte sogar ein sauberes weißes Hemd gefunden. Button-down-Kragen, und ohne Krawatte wie immer.

Es konnte losgehen.

Vor dem Schauspielhaus wurde er abgefangen. Eine aufgetakelte Blondine mit Betonfrisur stürzte auf ihn zu, im Schlepptau einen Kameramann. Sie hätten jetzt gleich eine Liveübertragung, und ob er nicht als Leiter der Ermittlungen und so weiter. Aber ja doch, gerne.

Diesmal hatte er sich vorbereitet, er hatte so etwas schon vermutet.

Es war viel los und die Erregung greifbar. Ein großes Gedränge, Stimmengewirr, die Kamerateams traten sich auf die Füße. Was erwarteten sie eigentlich? Dass ein Mörder vor laufender Kamera weinend zusammenbrach? Etwas in der Art schon. Jedenfalls war die Premiere ein großes Ereignis.

Die Betonblondine führte Grock etwas abseits, wo schon Bussig stand, der ihn mit seinem üblichen ironischen Lächeln begrüßte.

»Ihr Chef lässt sich diese Gelegenheit entgehen?«, fragte Grock verwundert.

»Ich habe ihm Redeverbot erteilt«, antwortete Bussig. »Nicht dass ihm die Gefühle durchgehen.«

Aus den Augenwinkeln sah Grock Staatsanwalt Ströbel, um den sich keiner scherte. Dabei hatte er einen schönen Anzug an, der wie maßgefertigt aussah.

Blendende Scheinwerfer gingen an, und Grock fühlte sich an den Moment vor drei Tagen erinnert, als er auf der Bühne des Staatstheaters gestanden hatte, die frisch entdeckte Leiche Carlos' hinter sich, und von einem Lichtschwall überflutet wurde. Er war jetzt Profi, er kniff die Augen nicht zusammen und sah gelassen in die Kamera.

Die Reporterin fasste mit aufgeregter Stimme das Geschehen zusammen, erzählte etwas zu Carlos, was Grock ziemlich daneben fand, Experte, der er jetzt war, und wandte sich dann an Bussig.

»Diese Inszenierung umgibt ein großes Geheimnis, Einzelheiten sind bisher nicht nach außen gedrungen. Herr Bussig, Sie sind der stellvertretende Intendant. Ist dem Ensemble ein Maulkorb verpasst worden, damit das Theater möglichst viel Kapital aus diesem tragischen Ereignis schlagen kann?«

Grock verstand jetzt, warum der Intendant nicht zugegen war. Der wäre bei dieser Frage in die Höhe gesprungen.

Bussig blieb souverän. »Carlos selbst hat darauf bestanden, dass über seine Arbeit bis zur Premiere Stillschweigen bewahrt werden musste. Mit seinem Ableben hat das nichts zu tun. Wir handeln nur im Sinne des Verstorbenen, wir erfüllen ihm sozusagen seinen letzten Wunsch.«

Interessiert nahm Grock zur Kenntnis, dass Bussig neutral nur vom »Ableben« sprach.

»Erleben wir denn auch eine Inszenierung, die im Sinne des Verstorbenen ist? Carlos konnte sie ja nicht zu Ende führen.«

»Die Inszenierung ist bis in jedes Detail genau so, wie Carlos sie mit seinem Team erarbeitet hat. Als Carlos starb, befanden wir uns ja bereits in der Phase der Hauptproben, das heißt, die Inszenierung stand, es war nur noch Feinarbeit zu leisten.«

»Wie man hört, ist in Ihrem Haus heftig darüber gestritten worden, ob man unter den gegebenen Umständen diese Inszenierung überhaupt auf die Bühne bringen soll.«

»Carlos' Tod war ein Schock für uns, und natürlich diskutiert man, wie man mit dieser Situation umgehen soll. Aber es stand außer Frage, dass die Premiere kommt und dass an seiner Inszenierung nichts, aber auch gar nichts geändert wird. Das sind wir dem Andenken an Carlos schuldig. Und bedenken Sie, dieser ›Hamlet‹ ist ja gewissermaßen Carlos' Vermächtnis.«

Es ging noch eine Weile so weiter. Die aufgeregte Reporterin versuchte Bussig zu provozieren und erweckte sehr gekonnt den Anschein, als sei sie bestens informiert, und Bussig konterte gelassen und notfalls mit einem Schwall von Phrasen, wenn ihm eine Frage nicht behagte.

Grock begann zu schwitzen. Bald war er an der Reihe, und er konnte das nicht. Er knurrte und bruddelte, aber verbale Nebelkerzen waren seine Sache nicht.

Eine saudumme Idee, sich der Presse stellen zu wollen und dann auch noch zu glauben, er könne glanzvoll bestehen. Er hätte das doch besser dem Ströbel überlassen sollen, der Staatsanwalt gierte ja nach dem Rampenlicht, der spulte die Phrasen ab wie andere Leute Wollknäuel.

Hilfesuchend sah Grock sich um. Wer rettete ihn? Niemand. Ströbel war nicht mehr zu sehen. Wahrscheinlich hatte er sich verzogen, um das Elend, das unausweichlich kommen musste, nicht mit ansehen zu müssen.

Welcher Teufel hatte ihn geritten? Grock, wenn du dem Ströbel eins auswischen willst, dann solltest du ein Feld wählen, auf dem du auch bestehen kannst.

Aber jetzt war es zu spät, die Reporterin hielt ihm das Mikrofon vor die Nase. Vor lauter Aufregung hatte er gar nicht mitbekommen, was Bussig zuletzt gesagt hatte. Doch das war egal, die Reporterin war nicht an Antworten interessiert, nur an den klugen Fragen, die sie abschoss.

»Noch immer ist unklar«, sagte sie jetzt, »wie Carlos zu Tode gekommen ist. Neben mir steht Hauptkommissar Grock, der die Ermittlungen leitet. Herr Grock, gibt es neue Erkenntnisse?«

Der Sprung ins kalte Wasser.

Grock schaute ins gleißende Scheinwerferlicht, dann in die blauen Augen der Reporterin, offenbar eine echte Blondine, die Augen wenigstens würden passen, blassblauer Lidschatten, kräftiger schwarzer Kajal, der am linken Auge außen etwas verschmiert war, eigentlich war sie ganz hübsch, diese Reporterin, wenn sie nur nicht so aufgeregt reden würde, kein Ehering an der rechten Hand, die das Mikrophon umklammerte, ja, ganz fest umklammerte, nicht locker hielt, wahrscheinlich war sie auch aufgeregt, diese Reporterin, deren Namen er sich nicht gemerkt hatte, irgendwas mit, nein, er wusste es nicht mehr, seltsam, auf was man alles so achtete, wenn man sich eigentlich auf anderes konzentrieren müsste, und dann war das Herzrasen weg, nur die feuchten Hände blieben, aber die sah ja niemand.

Grock holte Luft.

»Neue Erkenntnisse, ja, die gibt es in der Tat, allerdings sind die Ermittlungen noch nicht abgeschlossen, so dass ich Ihnen keine Informationen darüber geben kann.«

»Das sind die Ausflüchte, die wir immer hören. Darf ich Sie dahingehend interpretieren, dass Sie noch keinen blassen Schimmer haben, was vorgefallen ist?«

»Im Gegenteil, wir haben sehr genaue Vorstellungen.« Aus den Augenwinkeln sah Grock, dass Bussig lächelte. »Aber wir gehen nicht mit halbgaren Vermutungen an die Öffentlichkeit, das ist das Privileg der Presse, sondern wir müssen unsere Theorien mit Beweisen untermauern. Und daran arbeiten wir. Auch heute Abend.«

Die Reporterin war sichtlich verärgert und sah gleich etwas weniger attraktiv aus, wie sie den Mund zusammenkniff. Den knallroten Mund mit den vollen Lippen.

Aber sie entspannte sich gleich wieder. »Dieses Thema würde ich gerne vertiefen, aber unsere Sendezeit geht zu Ende. Eine letzte Frage noch, Kommissar Grock: Wann ist denn nun mit handfesten Ergebnissen zu rechnen? Heute noch?«

Grock versuchte es mit dem gewinnendsten Lächeln, das er zustande brachte. »Gut möglich.«

»Der Herr Kommissar macht's spannend«, sagte die Reporterin. »Und wir sehen mit großer Spannung dieser Inszenierung entgehen, die in wenigen Minuten beginnt. Wir bleiben dran und werden Kommissar Grock daran erinnern, was er versprochen hat. Bleiben auch Sie dran. Das war Claudia Kobel live vor dem Staatstheater Stuttgart.«

Die Scheinwerfer erloschen und mit ihnen das Lächeln der Reporterin. Grock atmete aus. Ist doch gar nicht so schlecht gelaufen, oder? Man könnte ja fast Spaß bekommen an solchen Auftritten. Dann merkte er, dass er völlig durchgeschwitzt war. Das Rampenlicht überließ er wohl doch besser anderen.

»Sie haben mich ganz schön auflaufen lassen«, sagte Claudia Kobel vergrätzt.

Wie du mir, so ich dir, dachte Grock, aber er beschloss, von seiner Gewohnheit, das Porzellan um ihn herum zu zerdeppern, diesmal Abstand zu nehmen. Eindeutig, er war auf dem besten Weg zum Gutmenschen.

»Sie haben das bestens gemeistert, Frau Kobel«, sagte er. Wie ein Profi, hätte er gern hinzugefügt, aber auch diese Bemerkung verkniff er sich, ihm schwante, dass sie vielleicht missverstanden werden könnte. Hach, was war er doch diszipliniert heute!

Die Reporterin entschwirrte.

Bussig trug sein gewohntes ironisches Lächeln. »Da bin ich ja mal gespannt auf Ihre neuen Erkenntnisse.«

Grock lächelte zurück. »Sie werden zu gegebener Zeit davon erfahren.«

»Aber nicht zu früh. Gutes Timing ist bei jeder Inszenierung wichtig, vor allem bei einer Schmierenkomödie. Wir sehen uns, ich muss jetzt die Honneurs machen und dann spucken gehen.«

Grock sah ihn verständnislos an.

Bussig packte ihn, sagte »Toi, toi, toi!« und spuckte ihm dreimal über die linke Schulter. »Alter Theateraberglaube. Damit wünscht man Schauspielern Glück, bevor sie auf die Bühne gehen. Hat sogar einen historischen Hintergrund, aber den habe ich vergessen.«

»Danke«, sagte Grock automatisch.

»Oh, oh, das war jetzt schlecht. So darf man nie darauf reagieren, das bringt Unglück. Man sagt nie danke.«

Lächelnd ging er davon.

Seltsames Volk, diese Theaterleute, er würde sie nie verstehen. Eigenartigerweise berührte es ihn, dass Bussig ihm Glück gewünscht hatte. Und stärkte seinen Verdacht, dass er mehr wusste, als er zugab. Was wiederum ihn in seinen Vermutungen bestärkte.

Dumm nur, dass er in seiner Unwissenheit falsch reagiert hatte.

Ach was, er war doch nicht abergläubisch.

Bestens gelaunt und zufrieden mit sich selbst betrat Grock das Foyer des Schauspielhauses, um sich seine Karte zu holen. Dirk und Theresa waren schon da, Theresa in einem schlichten schwarzen Kleid, das ihrer sportlichen Figur schmeichelte, Dirk hatte seinen beigen Leinenanzug hervorgeholt, den er gern trug und der hinten wie vorn nicht passte. Das schwarze Hemd spannte bedrohlich über seinem Bauch. Er schwitzte.

»Gut gemacht, Grock!«, sagte er. »Dieser Reporterin hast du's gegeben.«

»Woher wisst ihr …«

Dirk wies um sich. Überall standen Fernsehapparate, auf denen die Sendung lief, in der er eben seinen Liveauftritt hatte.

Himmel! Jetzt erst wurde ihm bewusst, dass jeder ihn hatte sehen können. Tausende! Millionen! Nachträglich noch wurde ihm heiß und kalt.

»Du bist der Star des Abends.« Dirk grinste. »Aber Vorsicht, da naht dein Konkurrent um diesen Titel, den du vom Platz gefegt hat.«

Grock drehte sich um. Ströbel, eindeutig schlechter Laune.

Er pflanzte sich vor Grock auf. »Herr Hauptkommissar Grock, ich wäre Ihnen sehr verbunden, wenn ich von neuen Erkenntnissen das nächste Mal nicht aus dem Fernsehen erfahren müsste.«

Er klang jetzt sehr offiziell. Aber das konnte Grock auch.

»Herr Staatsanwalt Ströbel, Sie wissen ja aus eigener Erfahrung, wie das ist. Viel reden, nichts sagen. Man wirft der Presse ein paar Brocken hin, an denen sie zu kauen hat. Und von Ihrer Aufpasserin wissen Sie, dass wir nichts Belastbares in der Hand haben.«

»Es könnte sich ja heute was ergeben haben.«

»Heute? Heute ist Samstag.«

»Na und?«

»Ich habe Sie heute im Büro angerufen, aber Sie waren nicht erreichbar.«

Der Staatsanwalt trat einen geordneten Rückzug an. Dirk, Theresa und Grock sahen sich an und grinsten.

»Wo ist eigentlich unsere Praktikantin?«, fragte Grock. »Wollte sie nicht auch kommen?«

»Sitzt zu Hause und grämt sich.« Toni gesellte sich zu ihnen, in einem dunkelblauen Anzug, in dem er sogar besser aussah als Ströbel. Toni hatte eine Anzugfigur. Ein blassblaues Hemd, dessen oberste drei Knöpfe offen standen, ein Goldkettchen um den Hals.

»Schick«, sagte Theresa.

»Mehr nicht?«, fragte Toni.

»Außerordentlich schick.«

»Das will ich doch meinen. Ich habe doch hoffentlich nachher Gelegenheit, mit ein paar hübschen Schauspielerinnen zu flirten.«

Alle hatten sich herausgeputzt, nur bei Grock merkte es niemand so recht.

»Was ist nun mit der Jung?«, fragte Theresa.

»Die hat keine Karte mehr bekommen«, antwortete Toni. »Und Ströbel wollte ihr seine zweite Karte nicht abgeben.«

»Warum nicht? Der ist doch offenbar allein da.«

»Haben die was miteinander, der Ströbel und die Jung?«

»Hundert pro«, sagte Toni.

»Ganz bestimmt nicht«, sagte Theresa. »Der wird sich doch nicht wegen einer kleinen Affäre die Karriere versauen.«

Da kennst du die Männer schlecht, dachte Grock. Manchmal bewahrt sie nur ein gütiges Schicksal davor, eine Riesendummheit zu machen.

»Ist er verheiratet, der Ströbel?«, fragte Dirk.

»Wenn, dann hält er sie gut versteckt«, meinte Toni.

»Oder ihn«, warf Theresa ein.

»Ach so. Das würde manches erklären.«

Der Intendant stürzte auf Grock zu und schüttelte seine Rechte mit beiden Händen und beängstigender Ausdauer.

»Danke, mein lieber Herr Grock, dass Sie diese impertinente Person so gekonnt in ihre Schranken gewiesen haben. Ich hätte diese Prüfung ja gerne mit Ihnen gemeistert, aber ich war verhindert. Sie entschuldigen mich? In meiner Position hat man Verpflichtungen.«

Er eilte weiter zu einem Mann, in dem Grock den Ministerpräsidenten erkannte. Der war nicht als Theatergänger bekannt, doch das heute war ja eine ganz besondere Situation. Grock hätte dem Intendanten gern dreimal über die Schultern gespuckt, aber der war ja schon auf seiner Bühne.

Dirk, Toni und Theresa schauten sich um.

»Guck mal, unser Oberbürgermeister.«

»Mit wem redet der? Der kommt mir bekannt vor.«

»Ich glaube, ein Minister, aber ich weiß nicht, welcher.«

»Die dort drüben kennen wir doch. Die Frau Kapfenberger.«

»Nicht sehr vorteilhaft, dieses Kleid.«

»Dafür hat sie ungefähr dein Monatsgehalt auf den Tisch gelegt.«

»Wo ist denn ihr Unternehmergatte?«

»Vielleicht gibt's den nicht mehr.«

»Dann könnte sie sich das Kleid nicht leisten.«

»Ist das nicht …?«

»Genau, die Filmschauspielerin. Arg jung, der Mann an ihrer Seite.«

»Das trägt man heutzutage als Frau ab einem gewissen Alter.«

»Wer ist denn die dort? Sieht aus wie neunzig und ist angezogen wie zwanzig.«

»Muss bekannt sein, sie redet mit dem Ministerpräsidenten.«

Grock hatte sich in das Programmheft vertieft und nur mit halbem Ohr zugehört. Jetzt wurde er ärgerlich. »Ist euer Promigegucke nicht etwas kindisch?«

»Grock, du hast es immer noch nicht kapiert. Deshalb geht man doch zu einer Premiere! Sehen und gesehen werden. Das Theaterstück ist nur eine lästige Unterbrechung.«

Finkbeiner kam, der mürrische Finkbeiner. Natürlich, Premierenabo. Er strahlte übers ganze Gesicht.

»Ich liebe Premieren! Spürt ihr sie auch, diese ganze besondere Atmosphäre, die es nur bei einer Premiere gibt? Dieses Aufgeregte, Flirrende? Da ist etwas in der Luft, das man gar nicht genau beschreiben kann. Ganz anders als bei einer normalen Vorstellung. Und heute natürlich besonders.«

»Das ist schon etwas morbide. Die meisten Promis gehen nie ins Theater, aber heute müssen sie dabei sein.«

»Wahrscheinlich denken sie, Carlos' Tod ist nur ein Gag, ein Teil der Inszenierung.«

»Und mitten während der Aufführung taucht er quicklebendig wieder auf?«

»Bei Carlos weiß man nie. Und deshalb muss man dabei sein.«

»Wir haben seine Leiche wenigstens gesehen.«

»Wirklich? Vielleicht war es nur eine Sinnestäuschung? Eine Theaterillusion?«

»Jetzt mach mal halblang!«

Es läutete zum ersten Mal.

Grock drängte. »So, Leute, jetzt aber! Wir müssen auf unsere Plätze!«

Theresa bremste ihn. »Nicht so schnell, Grock! Der Profizuschauer geht erst ganz zum Schluss auf seinen Platz, vor allem, wenn er in der Mitte sitzt.«

»Damit alle in der Reihe aufstehen müssen?«

»Damit jeder sieht, wer da kommt.«

Finkbeiner verabschiedete sich. »Wir sehen uns in der Pause. Hach, ich bin aufgeregt, als ob ich selbst auf die Bühne müsste.«

Es läutete zum zweiten Mal. Grock wurde ungeduldig. Er empfand es als unhöflich, wenn alte Damen, schwer vom Goldbehang, wegen ihm aufstehen mussten.

Außerdem ging es ihm wie Finkbeiner. Er war aufgeregt.

Aber um ihn herum standen die Menschen in betonter Gelassenheit da, plauderten und schlürften Sekt.

Dirk fragte ihn: »Was ist denn nun eigentlich mit deinen neuen Erkenntnissen? Nur so dahergesagt?«

»Ich habe da so eine Idee …«

Alle drei verdrehten die Augen. Wenn Grock so eine Idee hatte …

»Also, ich gehe jetzt«, entschied Grock.

»Dann muss ich wohl mit«, sagte Theresa. »Ich sitze neben dir.«

Es klingelte zum dritten Mal.

Ganz gemächlich setzte sich die Menschenmenge in Bewegung.

Sie hatten gute Plätze, zehnte Reihe, und wie Grock befürchtet hatte, waren viele Sitze schon besetzt. Entschuldigungen murmelnd zwängte sich Grock vorbei und bemühte sich, nicht ausladende Busen zu streifen. Aufatmend ließ er sich auf seinen Platz fallen.

Stimmengemurmel im Saal. Grock sah sich um. Noch immer kamen Menschen durch die Eingänge. Seltsam, dachte Grock, beim Einstieg ins Flugzeug drängelten die Passagiere, als hätten sie Angst, nicht mitgenommen zu werden, im Theater ließen sie sich alle Zeit der Welt. Mussten die Schauspieler eben warten, bis sie loslegen konnten.

Dann wurde es dunkel. Auf der Bühne irrte ein Spotlicht umher. Die Premiere von »Hamlet«, die letzte Inszenierung von Carlos, begann. Im Saal erstarb das Gemurmel. Es war still. Wahrhaft totenstill.

47

Es war ein typischer Carlos, erkannte Grock, der Experte. Gerenne und Geschrei, die Schauspieler wenig, meist gar nicht bekleidet, auch Katty Lundy nicht. Er verstand ihre Qualen, wie er sie so sah.

Einige Rätsel klärten sich schnell. Zum Beispiel, warum mehr Frauen mitspielten, als das Stück vorsah. Carlos mischte die Geschlechter, wie üblich.

Soweit Grock verstand, wollte Ophelia Hamlet unbedingt in die Kiste kriegen, doch der Schlappschwanz weigerte sich beharrlich. Was Grock ihm nicht verdenken konnte, Katty Lundys Ophelia hätte schließlich glatt seine Mutter sein können.

Das hatte mit Hamlets Mutterbindung zu tun, belehrte ihn das Programmheft. Seine gespaltene Persönlichkeit zeigte sich darin, dass andere Schauspieler seinen Text sprachen, während er nur seinen muskulösen Körper zur

Schau stellte. Dann spaltete er sich gar auf. Miriam Hampl, die aparte Brünette, brünett von Kopf bis Fuß, die nie mehr mit Carlos zusammenarbeiten wollte, agierte synchron mit Hamlet, mal sprach sie den Text, mal er. Das stand für seine feminine Seite.

Irgendwann beugte sich Grock zu Theresa hinüber. »Ich möchte nachher das ganze Team beisammen haben. Wir müssen aufpassen, dass keiner geht.«

»Die bleiben sowieso«, flüsterte Theresa zurück. »Nachher ist Premierenfeier.«

»Scht!«, kam es aus der Reihe hinter ihnen, dabei war auf der Bühne gerade eh nur Maschinengewehrknattern zu hören, was das Programmheft nicht erklärte.

Grock verstand über weite Strecken nicht, was da gespielt wurde, er hätte den Text doch ganz lesen sollen. Soweit er es mitbekam, war König Claudius ein geiler Bock und Königin Gertrud, Hamlets Mutter, deretwegen er seinen Bruder umgebracht hatte, eine ständig kopulierbereite Tussi, Sabine Gronewoldt hatte Schwerarbeit zu leisten. Immerhin war sie ein erfreulicher Anblick, und als Grock das sah und an ein Frühstück vor zwei Tagen dachte, wurde ihm ganz anders.

Aber wie beim Durchblättern des Buches heute Nachmittag brannten sich ihm einzelne Textfetzen ein. O schmölze doch dies allzu feste Fleisch, zerging' und löst' in einen Tau sich auf! – Wie ekel, schal und flach und unersprießlich scheint mir das ganze Treiben dieser Welt. – Bin ich 'ne Memme? – Es steht in der Tat so übel um meine Gemütslage.

Und als Hamlet seinen berühmten Monolog zelebrierte und vom Sein und Nichtsein sprach, trat Carlos persönlich auf. Eine lebensgroße Puppe, deutlich er, raste durchs Bild wie Tarzan. Das Publikum schrie auf, Grock lächelte.

Es gab keine Pause, Carlos ließ dem Publikum keine Chance, zu flüchten, es sei denn türenschlagend, wovon vielleicht ein Dutzend Zuschauer Gebrauch machten. Die Prominenz hielt eisern durch, Grock sah ein paar

Reihen vor sich den weißen Haarschopf des Ministerpräsidenten.

Als alles vorbei und der Rest nur noch Schweigen war, fiel vom Bühnenhimmel ein überdimensionales Porträt von Carlos und zerbarst auf der Bühne in tausend Scherben. Das Publikum sprang auf und tobte, und Grock, zuletzt doch wieder von heftigen Zweifeln geplagt, lächelte erneut.

Wütende Proteste, frenetischer Jubel, ein Publikum im Aufruhr. Grock sah, wie der Ministerpräsident den Kopf schüttelte.

48

Im Foyer, das vor erregten Diskussionen pulste, traf Grock auf Tim Kurz, den Theaterkritiker.

»Und? Was sagt der Experte?«, fragte er ihn.

Kurz wiegte den Kopf hin und her. »Schwierig, schwierig! Ich bin keiner dieser Schnellschusskritiker, ich erlaube mir hin und wieder auch, über eine Inszenierung nachzudenken. Und das ist so eine.«

»Machen Sie mir zuliebe eine Ausnahme. Ich sag's auch nicht weiter, wenn in der Zeitung dann was anderes steht.«

»Nun gut, ein paar Gedanken, nur so ins Unreine gesprochen. Einige typische Carlos-Elemente, manche typisch zu dick aufgetragen, manche auf eher seltsame Weise zurückgenommen. Er hat viel aus anderen ›Hamlet‹-Inszenierungen übernommen, ob übernommen oder zitiert und warum und aus welchem Grund, darüber muss ich erst noch nachdenken. Sie sehen, ich bin etwas verunsichert, und das ist an sich kein schlechtes Zeichen für eine Regiearbeit.«

»So ein Theaterkritiker hat's auch nicht leicht, scheint mir.«

»Weiß Gott nicht, man möchte dem guten Mann ja nicht Unrecht tun, auch wenn er's nicht mehr mitbekommt. Das ist übrigens der nächste Punkt. Angesichts des Todes von Carlos ist man vielleicht geneigt, diese seine letzte Arbeit anders zu sehen, vielleicht auch etwas hineinzuinterpretieren, das da gar nichts zu suchen hat.«

»Zum Beispiel?«

»Nehmen Sie nur mal Hamlets berühmten Monolog, Sein oder Nichtsein und so weiter. Diese Todessehnsucht in dem Text ist mir noch nie so klar geworden, das war eine Wucht. Sterben, schlafen, vielleicht auch träumen! Und genau da kommt diese Puppe. Das hat mich wirklich getroffen, aber, wie gesagt, vielleicht auch nur im Zusammenhang mit diesem tragischen Ereignis. Warten Sie mal, mir kommt da eine Idee … Ach nein, das wäre zu absurd. Was machen denn Ihre Ermittlungen? Dank meiner Mithilfe? Ich lechze immer noch nach meiner Schlagzeile, Sie wissen schon: Theaterkritiker entlarvt Theatermörder.«

»Wie wär's denn mit: Der Tod führt Regie?«

»Auch nicht schlecht. Aber im Ernst jetzt! Ach ja, ich weiß, Sie dürfen mir nichts sagen.«

»Stimmt.«

»Nun ja, Undank ist der Welt Lohn.«

»Auch Shakespeare?«

»Oh, da bin ich jetzt überfragt, muss ich gestehen. Peinlich. Man sollte nur Zitate verwenden, deren Quelle man weiß. Das ist jetzt der Zeitpunkt für einen halbwegs würdigen Abgang.«

»Sie bleiben nicht zur Premierenfeier?«

»Nie! Diese Kumpanei mit den Theaterleuten gefällt mir nicht. Und unter uns, der Wein, den sie da ausschenken, beleidigt meinen Gaumen. Ach ja, Stichwort. Die Einladung zu einem weiteren netten Abendessen gilt nach wie vor, auch ohne prestigeträchtige Schlagzeile. Ihrem Gaumen kann weiteres Training nicht schaden. Ich ziehe mich zurück zu einer Flasche Brunello aus dem heimischen Keller und denke nach.«

Grock sah dem Theaterkritiker nach, wie er sich durch das Publikum drängte.

49

Grock schlenderte durchs Foyer. Überall waren heftige Diskussionen im Gange. Man erregte sich über die Inszenierung und mehr noch über eine Theaterleitung, die solches zuließ, jetzt, da Carlos tot war. Man nannte es stillos und geschmacklos und noch schlimmer. Es schien, als würde die Stimmung kippen. Der heftig befehdete Skandalregisseur wurde zu jemandem, den man in Schutz nehmen musste.

Draußen vor der Tür hatten sich viele Fernsehteams postiert, die von den Zuschauern Kommentare einholten. Ins Foyer durften sie nicht, hatte Grock erfahren.

Bussig stand beim Oberbürgermeister, der erregt auf ihn einredete. Grock hätte zu gern gewusst, was er sagte, aber es war zu laut. Der Intendant gesellte sich dazu, er versuchte dem Oberbürgermeister etwas zu erklären, offenbar vergeblich, der stapfte mit wütender Miene davon, der Intendant hinterher.

Grock ging zu Bussig.

»Die hohe Politik sieht nicht sehr zufrieden aus.«

»War zu erwarten. Und dem Intendanten geht die Muffe, was auch zu erwarten war.«

»Wieso das?«

»Die hohen Herrschaften sitzen auf dem Geld, das uns nährt.«

»Wenigstens hat sich der Ministerpräsident seine Rede verkniffen«, sagte Grock.

Bussig schaute ihn verblüfft an. »Hatte er das vor? Davon wusste ich gar nichts. Das hätte uns gerade noch gefehlt!«

»Wir haben ihn um seine Show gebracht. Wenn er schon mal ins Theater geht! Die unfähige Kripo war nicht in der Lage, ihm rechtzeitig einen abgeschlossenen Fall zu liefern. Zu bedanken brauchen Sie sich deswegen nicht.«

Grock sah Bussig zum ersten Mal ohne sein ironisches Lächeln, er wirkte erschöpft und angespannt.

»Immerhin haben Sie Ihr Ziel erreicht«, sagte Grock. »Ein mittlerer Skandal und maximale Medienpräsenz.«

Bussig sah ihn an, ohne eine Miene zu verziehen. Und ohne ihm zu widersprechen.

»Sie haben Ihre Arbeit getan, jetzt bin ich dran«, sagte Grock. »Ich will das ganze Team sprechen. Vielleicht in der Kantine?«

»Besser woanders. Aber gönnen Sie uns erst noch etwas von der Premierenfeier, die Kollegen haben's verdient. Und sie müssen erst noch runterkommen. Eine Premiere geht an die Substanz, vor allem diese. Ich gebe Ihnen Bescheid. Und keine Angst, keiner verlässt das Haus, dafür sorge ich schon.«

Damit ließ er Grock stehen.

Grock war erstaunt. Er hatte mit Widerstand gerechnet und sich schon ein paar Drohungen zurechtgelegt. Aber Bussigs Reaktion zeigte ihm, dass er auf dem richtigen Weg war.

Finkbeiner sah Grock und eilte auf ihn zu.

»Mensch, Grock, ich bin fertig mit der Welt! So hat mich noch keine Inszenierung mitgenommen. Und ich habe das Gefühl, wir haben was übersehen. Wir hätten uns das Flugwerk doch genauer anschauen sollen. Warte mal, ich muss da jemanden begrüßen. Nicht davonrennen, ich bin gleich wieder da!«

Und schon war er wieder weg.

Nach und nach trudelten die Schauspieler ein, gezeichnet von den Anstrengungen, aber euphorisch. Große Umarmungen, Küsschen, aber auch nachdenkliche Gesichter.

Grock ging auf Sabine Gronewoldt zu. Keine Umarmung, keine Küsschen.

»Du siehst müde aus«, sagte Grock.

»Ich bin's auch. War eine ziemliche Herausforderung.«

»Du warst gut.«

»Das sagst du nur so.«

»Nein.«

»Ich muss zu den Kollegen.«

»Klar.«

Einträchtig nebeneinander kamen Dirk, Toni und Theresa.

»Da bist du!«, sagte Theresa. »Wir haben dich schon überall gesucht.«

»Wir haben dir den Ströbel vom Hals gehalten«, sagte Dirk. »Der war nicht gerade bester Laune. Ich sage dir lieber nicht, was er von sich gegeben hat. Auf alle Fälle steht dir am Montag eine Besprechung bevor, die nicht allzu angenehm ausfallen dürfte.«

»Es ist doch schön, wenn man sich hinter dem Chef verstecken und sagen kann, ich weiß von nichts«, sagte Toni. »Und das war nicht mal gelogen. Würden der Herr Chef vielleicht mal geruhen, uns Arbeitssklaven von seiner tollen Idee in Kenntnis zu setzen? Damit wir nicht ganz so doof dastehen.«

»Ich glaube, ich habe da so eine Ahnung«, sagte Dirk. »Wenn du falsch liegst, bist du am Arsch, das weißt du.«

»Volles Risiko. Darunter mache ich es nicht.« Grock grinste schief. Er war nervös.

»Herrgott, diese Geheimnistuerei!«, sagte Toni. »Ich hasse das. Ich bin für klare Verhältnisse. Und wie geht's jetzt weiter?«

Grock sah, wie sich die Theaterleute aus ihren Gruppen lösten und auf eine Tür rechts neben der Garderobe zugingen.

Bussig näherte sich. »Wir sind so weit. Kleine Warnung. Der Intendant ist hochgradig erregt. Lassen Sie's einfach abperlen. Der beruhigt sich wieder.«

Schweigend folgten sie den anderen.

Bussig wirkte nach wie vor angespannt. Plötzlich sagte er: »Ich hoffe, Sie haben die richtigen Schlüsse gezogen. Hier muss endlich wieder Ruhe einkehren.«

Grock sagte nichts darauf. Er war nervös und beschleunigte unwillkürlich seine Schritte.

Bussig zupfte ihn am Ärmel.

»Nicht so schnell, Herr Kommissar. Gutes Timing ist das A und O bei einem großen Auftritt, das habe ich Ihnen doch gesagt.«

50

Sie kamen als Letzte zu dem Raum, wohl eine Probebühne. Vor der Tür tigerte der Intendant auf und ab und stürzte sich auf Grock, als er ihn sah. Er war rot im Gesicht.

»Ich muss schon sagen, Herr Kommissar, das ist ein starkes Stück! Nicht nur, dass Sie unfähig sind, ja, ich sage das so: unfähig sind, einen glasklaren Fall zu einem würdigen Abschluss zu bringen, nein, jetzt belästigen Sie uns wieder, und ausgerechnet an einem Abend wie heute, ja, das ist eine Belästigung, und zwar eine impertinente, wir haben uns verausgabt, auch emotional verausgabt, wir sind am Ende unserer Kräfte, wir müssen uns sammeln, uns neu definieren, und jetzt rufen Sie uns schon wieder zu einer Befragung zusammen, die genauso nutzlos, genauso ergebnislos sein wird wie alle Befragungen zuvor, nur ergebnislos sein kann, denn …«

Es ging noch eine Weile so weiter. Grock ließ die Tiraden über sich ergehen. Als der Intendant mal Luft holen musste, fragte er gelassen: »Fertig? Dann könnten wir nämlich anfangen. Ich möchte auch nach Hause.«

Als er den Raum betrat, wurde das Gemurmel weniger. Alle schauten ihn an. Vermassel es jetzt nur nicht, dachte er. Wie hatte Dirk gesagt? Wenn du falsch liegst, bist du am Arsch.

Er ließ seinen Blick über die versammelten Theaterleute schweifen, bis alle ruhig waren. Sogar der Intendant.

Grock begann.

»Ich will mich nicht mit langen Vorreden aufhalten. Wir wissen inzwischen, dass Carlos' Tod kein Unfall war.«

Gemurmel erhob sich. Wieder wartete Grock, bis es ruhig geworden war.

»Wenn kein Unfall, was dann? Wir haben uns in den letzten Tagen mit vielen von Ihnen unterhalten und haben viel erfahren. Über Ihre Arbeit und vor allem über den Menschen, der sich Carlos nannte. Carlos hat die Menschen, mit denen er zu tun hatte, gedemütigt und verletzt. Und er hat das, so scheint es, nicht oder nicht nur aus einer Laune heraus getan, weil sein Temperament mit ihm durchging, sondern ganz bewusst. Und darum bin ich gewillt, ein Bösewicht zu werden oder so ähnlich, Ihnen muss ich nicht sagen, woher dieser Satz stammt. Er wollte zerstören, demütigen, verletzen. Und aus Demütigungen entsteht Wut, aus Wut Hass, aus Hass – Mord.«

Es war ganz still im Raum. Jeder schien die Luft anzuhalten.

»Das ist der Stoff, das habe ich bei Ihnen gelernt, aus dem die großen Dramen entstehen. Das sind die Gefühle, die Sie täglich auf der Bühne darstellen. Die Gefühle, mit denen Sie auch außerhalb der Bühne fertig werden mussten, in Ihrem realen Leben. Einer von Ihnen hat mir gesagt, Carlos war ein Schwein. Ich kann das nicht beurteilen, ich habe ihn nicht gekannt, aber nach dem, was ich über ihn erfahren habe, scheint das eine zutreffende Beurteilung zu sein. Und das war wohl nicht die Meinung nur einer einzelnen Person. Unter Ihnen gibt es viele, sehr viele, die mehr als genug Gründe gehabt hätten, Carlos umzubringen. Wer zum Beispiel?«

Grock machte eine Kunstpause. Aller Augen waren bisher auf ihn gerichtet, jetzt schweiften die Blicke ab, richteten sich auf Fingernägel oder in die Ferne.

»Ich könnte jetzt bei Ihnen reihum alle diese Gründe aufzählen. Doch das wäre schäbig. Ich würde Sie bloßstellen und mich auf die gleiche Stufe wie Carlos begeben. Es gibt Geheimnisse, die auch Geheimnisse bleiben sollten. Und es ist auch unwichtig. Letztlich kommt es ja nur auf eine Person an. Ich glaube, Lutz Benger hat uns etwas mitzuteilen.«

Erregte Stimmen im Raum. Der Ausstatter stand auf, alle starrten ihn an. »Kinder, was guckt ihr denn so? Habe ich einen Furunkel auf der Nase? Ist mein Make-up verrutscht? Dabei habe ich mich doch heute ganz besonders hübsch gemacht, oder findet ihr nicht?«

Er trug eine hautenge schwarze Lederhose, ein barockes schwarzes Jackett, ein weißes Rüschenhemd und hochhackige Damenschuhe. Seine Fingernägel waren heute rosa lackiert.

Er klatschte geziert in die Hände. »Bravo, Herr Kommissar, endlich! Ich habe schon gedacht, Sie kommen nie darauf und ich müsste Ihnen auf die Sprünge helfen. Kinder, ist das nicht einen Applaus wert? Drei Vorhänge, drei Vorhänge mindestens für die Kombinationsgabe des Kommissars Grock.«

Er verbeugte sich vor Grock. Als er sich wieder aufrichtete, war er ganz ernst. Das Affektierte, das Tuntige hatte er abgestreift, seine Stimme war viel tiefer.

»Nein, ich habe Carlos nicht ermordet, oder sollte das tatsächlich einer von euch geglaubt haben? Das hat er selbst getan. Er hat sich umgebracht.«

Es war totenstill. Lutz Benger griff in seine Jackentasche und holte einen Umschlag, den er Grock übergab.

»Nur der Form halber, Herr Kommissar. Das ist ein Brief von Carlos, in dem er sich erklärt, notariell beglaubigt. Warum, werdet ihr fragen, warum hat er das getan? Wir alle wissen, wie Carlos war. Er war unbeherrscht, jähzornig, gemein, böse. Er war ein Arsch. Aber ich kenne auch einen anderen Carlos, wir waren mal zusammen, wie jeder weiß. Einen, der nicht nur verletzt hat, sondern selbst sehr verletzlich war. Einen, der von Selbstzweifeln geplagt war. Gut, das geht uns allen so, das ist sogar wichtig für unsere Arbeit, und wir haben gelernt, damit umzugehen. Aber Carlos litt unter Depressionen und hat schon lange davon gesprochen, dass er sich umbringen will. Sein künstlerisches Potenzial sei erschöpft, hat er gesagt. Er sah für sich keinen Ausweg mehr. Ich konnte ihn nicht abhalten, niemand hätte das gekonnt. Und da Carlos Carlos war, hat er seinen Freitod inszeniert wie eines seiner Theaterstücke: schrill, eklig, bösartig.«

Er setzte sich wieder. Niemand sagte ein Wort. Der Intendant weinte lautlos. Einer nach dem andern stand auf und verließ schweigend den Raum. Die meisten wirkten betroffen, aber in manchen Gesichtern sah Grock auch Wut. Katty Lundy, Sabine Gronewoldt, Tobias Habich. Er konnte sich vorstellen, was in ihnen vorging.

Grock ging zu Lutz Benger. »Sie haben mich ganz schön an der Nase herumgeführt.«

»Aber nein! Im Gegenteil! Ich habe Ihnen von Anfang an gesagt, dass Sie mit Ihrem Mordverdacht ganz falsch liegen, und da war ich mit Sicherheit der Einzige, jeder andere hätte es durchaus für möglich gehalten. Aber auf eine Tunte wie mich hört einer wie Sie ja nicht.«

»Sie haben mir die ganze Zeit etwas vorgespielt.«

Lutz Benger setzte sein strahlendes Lächeln auf und tätschelte Grock die Wangen. »Süßer, wir sind am Theater.«

Dann wurde er wieder ernst.

»Carlos hat seinen Abgang genau geplant. Ich habe mich an seine Regieanweisungen gehalten. Das war der letzte Wunsch, den ich ihm erfüllen konnte. Über alles wusste ich nicht Bescheid, und das ist wohl ein bisschen aus dem Ruder gelaufen.«

»Das ist reichlich untertrieben. Sie hätten Ihren Kollegen viel emotionales Leid ersparen können, wenn Sie mich informiert hätten.«

»Ach, kommen Sie, Kommissar, deren Trauer hält sich in engen Grenzen, was ich gut verstehen kann, daran hätte sich auch nichts geändert, wenn sie von dem Freitod gewusst hätten.«

»Das meine ich nicht.«

»Sondern?«

Das war das Vertrackte bei diesen Theaterleuten, man wusste nie, wann sie es ehrlich meinten und wann sie nur spielten. Sollte Lutz Benger von diesem Teil der Inszenierung tatsächlich nichts gewusst haben?

»Carlos hat es so arrangiert, dass einige in dringenden Mordverdacht geraten sind.«

»Das sagten Sie bereits. Aber das ist nichts Neues. Jeder, der mit Carlos zu tun hatte, hat irgendwann den innigen Wunsch verspürt, ihm den Hals umzudrehen. Ein Wunder, dass dies nicht tatsächlich schon passiert ist. Er war wirklich ein Arsch.«

»Er hat Tobias Habich gefeuert und ihm ein miserables Zeugnis ausgestellt. Er hat Katty Lundy gefeuert und Sabine Gronewoldt und hat noch einiges andere getan. Er hat über seinen Tod hinaus versucht, Menschen zugrunde zu richten.«

»Sie meinen das ernst, oder?«

»Allerdings.«

»Oh!«

Lutz Benger schwieg und man sah, wie es in ihm arbeitete.

»Davon habe ich nichts gewusst«, sagte er leise.

»Und das soll ich Ihnen glauben? Sie waren sein Vertrauter.«

»Glauben Sie's oder glauben Sie's nicht, mir ist das egal, aber es stimmt. Ich war in seinen Plan grundsätzlich eingeweiht und auch, dass er es mit seiner ›Hamlet‹-Inszenierung verknüpfen wollte, Sie wissen schon, die Plakate und so. Es sollte ein starker Abgang werden. Mehr wusste ich nicht und wollte auch nichts wissen. Es war für mich schon schwer genug, seine Entscheidung als unausweichlich zu akzeptieren. Loszulassen.«

»Haben Sie ihn geliebt?«

»Auf meine Art. Kommt Ihnen das seltsam vor?«

»Nein.«

Lutz Benger lachte bitter. »Er war immerhin so rücksichtsvoll, es an einem Tag zu tun, an dem ich nicht in der Stadt war, das Herzchen. Als er mich an jenem Abend angerufen hat, hat er von der Hauptprobe berichtet und von dem anschließenden Gespräch und hat auf seine übliche Art gewütet über die Theaterleitung. Es war keine Rede davon, dass er … Ich war erleichtert, er schien es jetzt doch nicht tun zu wollen, ich kannte ja seinen Zeitplan. Und er wirkte so wie immer, voller Elan und wild entschlossen, seine Konzeption gegen alle Widerstände durchzuboxen. Später rief er noch mal an, das wissen Sie ja, und hat mir lapidar mitgeteilt, dass er jetzt springt.«

»Und Sie sind fröhlich durchs Frankfurter Nachtleben gezogen.«

»Ich bin in mein Hotelzimmer zurück, habe mir die Seele aus dem Leib geheult und mir die Kante gegeben.«

Grock schüttelte den Kopf. »Hätten Sie nur was gesagt!«

»Die Herren Kommissare geruhten nicht, mich von ihren Erkenntnissen und Fragen und Ängsten und Nöten und was auch immer in Kenntnis zu setzen. Oh, ich vergaß die Dame, unentschuldbar! Schätzchen, das Angebot mit der Diana gilt noch immer. Ach, ich liebe schöne Frauen, sofern sie mir nicht auf den Pelz rücken. Obwohl, Süße, bei dir könnte ich ja fast eine Ausnahme machen.«

Er lachte gackernd und war wieder ganz der Alte.

»Was machen Sie jetzt? Sie sind ja gewissermaßen arbeitslos?«, fragte Grock.

»Ach, machen Sie sich da mal keine Gedanken, ich bin genial, man reißt sich um mich. Übrigens, das hätte Sie eigentlich stutzig machen müssen. Lutz Benger, das älteste Mitglied der Carlos-Familie, Mitbegründer sozusagen, der seit einer halben Ewigkeit ausschließlich für Carlos gearbeitet hat – der auf Jobsuche? Also wirklich! Sie entschuldigen mich? Ich möchte zu den Kollegen und gemeinsam auf Carlos schimpfen, diesen Arsch.«

Lutz Benger tänzelte aus dem Raum.

Grock wandte sich Bussig zu. »Sie haben davon gewusst?«

»Wenn Sie meinen, ob ich in Carlos' Plan eingeweiht war: Nein, das war ich nicht. Ich hätte alles unternommen, um ihn daran zu hindern. Als er dann da lag, habe ich mir so nach und nach manches zusammengereimt, was ich vorher nicht verstanden habe. Diese Plakataktion beispielsweise, für die er gekämpft hat wie ein Berserker. Manche Elemente in seiner Inszenierung, im ›Richard‹ schon, die mir absolut unpassend schienen. Er hat genügend Zeichen gesetzt, man musste sie nur lesen können. Im Nachhinein war das leicht. Am Ende haben es sogar Sie verstanden.«

»Warum haben Sie uns von Ihrer Erkenntnis nichts gesagt?«

»Es war nur eine Vermutung, und ich war mir nicht sicher. Es hätte auch ganz anders sein können, Sie haben die Gründe ja dargelegt. Ich habe mich voll und ganz auf Ihre Ermittlungsarbeit verlassen.«

Da war es wieder, dieses ironische Lächeln. »Wissen Sie, Herr Grock, wenn ich ehrlich sein soll und wenn es unter uns bleibt, ich habe mit der Arbeit von Carlos noch nie viel anfangen können. Sein Tod war eindeutig seine beste Inszenierung.«

»Sie sind doch zynisch.«

»Vielleicht. Wie sind Sie eigentlich draufgekommen?«

»Das möchte ich auch gern wissen.« Dirk, Toni und Theresa waren hinzugetreten und sagten das wie mit einer Stimme.

Grock grinste. »Schlag nach bei Shakespeare. Ich bin ja nicht besonders gut bewandert in der Literatur, aber so einige Zitate haben mich zum Nachdenken gebracht, ich habe sie nur erst spät verstanden. Endgültig eigentlich erst heute in der Aufführung, da war dann alles klar. Wie Sie sagten, die Zeichen waren da, man musste sie nur sehen. Und da war noch etwas.«

Er machte eine Kunstpause, und Bussig tat ihm den Gefallen.

»Nämlich?«, fragte er.

»Für mich hatte es den Anschein, als würde Carlos seiner Umgebung mit aller Macht Gründe liefern, ihn umzubringen, aus blindem Hass. Die Art, wie er sich in letzter Zeit verhalten hatte, seine Liste …«

»Liste?«, fragte Bussig.

Grock winkte ab, er sprach jetzt mehr zu seinen Kollegen.

»Jedenfalls schien er geradezu darauf zu warten, dass ihn jemand ermordet. Und fast wäre genau das auch passiert. Sebastian Sprengler, der Mann von Sabine Gronewoldt, war drauf und dran, Carlos zu verprügeln.«

»Oje«, sagte Bussig. »Das hätte übel ausgehen können. Ich kenne Sebastian, das sind wirklich alles Muskeln.«

»Sprengler hat es dann doch gelassen, aber er hat erzählt, dass Carlos Angst hatte. Ich konnte das erst nicht verstehen. Nach meiner Theorie war es genau das, was er provoziert hatte. Später konnte ich mir's zusammenreimen. Er hatte nicht Angst um sein Leben, er hatte Angst, dass aus der so sorgfältig vorbereiteten Inszenierung seines Todes nichts wird. Ich glaube, Carlos war ein guter Menschenkenner. Er wusste genau, dass von den anderen ihn niemand tatsächlich umbringen würde, dafür waren bei allen die Hemmungen zu stark. Nur mit Sprengler hatte er nicht gerechnet.«

»Und das haben Sie sich alles während der Premiere zusammengereimt?«, fragte Bussig.

»Das meiste schon vorher.«

»Und Sie sind nicht eher ... wie sagt man da ... eingeschritten?«

Grock lächelte. »Ich bin doch kein Spielverderber.«

»Das lass mal bloß nicht den Staatsanwalt hören«, sagte Dirk. »Der grillt dich bei lebendigem Leib. Ohne Hemmungen.«

»Wo ist der überhaupt?«, fragte Grock.

»Ich habe ihn vorhin mit dem Ministerpräsidenten reden sehen«, sagte Toni. »Danach sah er nicht sehr glücklich aus.«

»Der Ministerpräsident?«

»Ströbel. Er ist mit wehenden Rockschößen abgerauscht.«

»Tja, wer zu früh geht ...«, sagte Theresa.

Sie gingen auf den Ausgang zu.

»Mit wem hat Carlos eigentlich zuletzt gepimpert?«, fragte Toni.

»Das werden wir nie erfahren«, antwortete Grock, »und es ist auch nicht wichtig. Aber du kannst ja gerne rumfragen.«

Der Rat kam auf ihn zu, Grock hatte gar nicht gemerkt, dass er auch zugegen war. Lächelnd schüttelte er ihm die Hand.

»Gut gemacht, lieber Grock. Das wird den Herrn Doktor Ströbele ... äh ... Ströbel aber gar nicht freuen.«

In der Hand hielt er einen Umschlag, den er Grock überreichte. Was sollte das? Gab es seit Neuestem Erfolgsprämien, und dazu noch in bar, diskret überreicht?

»Ein Geschenk von meiner Frau und mir«, sagte der Rat. »Unser Premierenabo fürs Schauspiel. Inszenierungen von Carlos haben Sie ja nun nicht mehr zu befürchten.«